Winter Dog

Alistair MacLeod

冬の犬

アリステア・マクラウド

中野恵津子 訳

CREST BOOKS
Shinchosha

目次

すべてのものに季節がある（*1977*） …… 5
二度目の春（*1980*） …… 17
冬の犬（*1981*） …… 51
完璧なる調和（*1984*） …… 77
鳥が太陽を運んでくるように（*1985*） …… 123
幻影（*1986*） …… 135
島（*1988*） …… 187
クリアランス（*1999*） …… 233

訳者あとがき …… 256

ISLAND

by

Alistair MacLeod

First Japanese edition published in 2004 by Shinchosha Company

Japanese translation rights arranged with

The McClelland & Stewart Inc.

through Japan UNI Agency, Inc., Tokyo.

Illustration by Shinpei Kusanagi

Design by Shinchosha Book Design Division

冬の犬

ニュー
ファンドランド島
ケベック州
セントローレンス川
セント
ローレンス湾
カボット海峡
プリンス・
エドワード島
カナダ
ケベック
カンソー
海峡
ハリファックス
モントリオール
ノヴァ・スコシア半島
オンタリオ州
ヒューロン湖
トロント
オンタリオ湖
ケープ・
ブレトン島
エリー湖
ニューヨーク
大西洋
アメリカ合衆国
ウェスト
ヴァージニア州

すべてのものに季節がある

To Every Thing There Is a Season（1977）

これから話そうとしているのは、私が十一歳のとき、ケープ・ブレトン島の西海岸にある小さな農場に家族と住んでいた頃のことである。家族はずっと昔からそこに住んでいた。だから私もそうだったのだろう。当時のことについては、まるで昨日のことのようになつかしく思い出される。それでも、今一九七七年のクリスマスにその話をするときに、自分がどのくらい当時のままの声で話し、どのくらいそれ以後の大人になった声で話すのか、そしてどのくらい、当時の自分はこんなふうだったと思う少年の姿に今の私の思い込みが入っているのか、よくわからない。というのも、クリスマスは、過去と現在の両方が混在する時間であり、このふたつはだいたい不完全に混じりあっているからだ。その時点での「現在」に足を踏み入れながら、たいていの場合、後ろをふりかえっているのである。

私たちはもう、永遠みたいに思えるほど長く待ちつづけていた。こんなに真剣なのは、初雪が降ったハロウィーン以来だ。あの日、暗くなった田舎道を、たくさん着こんだパントマイム役者のように無言で動いている私たちの上に、その冬はじめての雪が舞ってきた。大きくてやわらかな真新しい雪が、ひらひらとゆったり落ちてきた。雪の落ちた地面はまだ暖かく、まだ凍っていなかった。雪は音もなくぬかるみに落ち、海に落ち、触れた瞬間消えてなくなった。雪はまた、赤くほてった私たちの首や手に落ち、お面を着けてない顔にはそこに触れたとたん、消えてなくなった。私たちは枕カバーを持って家から家へ渡り歩き、ドアをノックして、台所から照らされる明かりのなかに浮かぶシルエットとなり、白い姿で白い枕カバーを差し出す。雪は私たちとドアのあいだに降り、きらきら揺れる金色の光の束に変わった。私たちが立ち去ると、雪は私たちの足跡の上に落ち、夜が更けるにつれてその足跡もかき消され、私たちの動いた痕跡もみな消し去られた。朝にはすべてが穏やかに静まりかえり、十一月になった。

　弟のケネスは二歳半で、去年のクリスマスのことはあいまいにしか覚えていない。彼の記憶のなかでいちばん大きく浮かびあがるのはハロウィーンだ。それは、不思議な暗闇のなかで夜遅くまで起きていて、雪が降っていた特別な時間《とき》としてある。「ねえ、クリスマスに、ヘンソウ、する？」とケネスは訊く。「ぼく、ゆきだるまにヘンソウしようかな」。みんなは笑いながら、いい子にしていれば変装しなくてもサンタクロースはちゃんと見つけてくれるよ、と言う。みんな、それぞれ決められた仕事をして、クリスマスがやってくるのを待っていればいいのだ。

　私はサンタクロースの正体について頭を悩ませていて、なんとかサンタクロースにしがみつこうとしていた。たしかに、十一にもなればもうサンタクロースの存在を心から信じているわけではないのだが、それでも、サンタクロースはいるという希望の光がかすかでも見えることなら何でも必死に信じてきた。暗い海で溺れかかった人間が、通りすがりの船の明かりに向かって必死に手を振るように……。溺れかかった人間にとっての船と同じで、サンタクロースがいなければ、私たちのような弱い人間の生きてゆく状況はもっと悲惨なものになるからだ。

私がそうやっていつまでも信じこもうとするのを、母はかなり大目に見てきた。前にも同じことがあったからかもしれない。一度、母が近所の人に、私の姉の話をしているのを立ち聞きしたことがある。「アンは一生信じつづけるんじゃないかと思ってね。だから、自分で悟らせるしかなかったのよ」。あんな話、聞かなければよかったと、ずっと思っている。自分がほんとうのことを知らないほど無知なわけではないとわかっていても、無知であることに逃げ場と後ろ盾を求めているのだから。

でも、ケネスは純粋に信じているし、六歳の双子の弟ブルースとバリーもそう信じている。私の上には、十三歳のアンと十五歳のメアリーがいて、二人ともびっくりするほど急速に子供の時代を脱け出していくように見える。母は十七歳のときにはもう結婚していたそうだ。メアリーと二歳しか違わない。それもなんだか変な気がする。ある人間にとってはほかの人間より子供時代が短いのかもしれない。私がときどきこんなことを考えるのは、夕方、みんなで雑用を終えて、食卓を片づけ、それぞれが宿題をやることになっている時間だ。私は横目で母を見る。母はいつも編み物や繕い物をしている。それから父を見る。父はたいていストーブのそばに坐って、ハンカチを口に当てて、そっと咳をしている。父は二年ほど前から「具合がよくない」ので、ちょっとでも速く動くと息が苦しくなる。父は私がいつまでも信じていたいと思っていることをすべて支持してくれて、私たち皆に人生の「よいこと」をできるかぎり手放さないようにしっかりつかんでおきなさいと言っている。目の端でちらっと父を見ると、どうも父にはよいことがあまり残っていないようだ。父は四十二歳だが、当時の私たちは父を年寄りだと思っている。

それぞれの年齢なりに疑問はあっても、やはりクリスマスは光り輝くすばらしい時間であり、十二月も半ばを過ぎた今、すっかり居着いてしまった寒さが日ごとに厳しさを増すにつれて、私たちの期待も高まってくる。穏やかな海は波ひとつ立てず、海岸沿いの岩をえぐり取った洞穴のなかで、凍りかけのぬかるみに変わっている。わが家の前の小さな川もほとんど氷に閉ざされているが、まんなかだけがまだ凍らず、細い水路となって勢いよく流れている。家畜に水を飲ませるときには、危険な氷の上に立たなくてもいいように、川の端を斧で割って穴をあける。

羊が差し掛け小屋を出たり入ったりしている。落ち着きなく足踏みをしたり、身を寄せあってひとかたまりになったりしている。羊毛の威力で寒さをしのごうと協力しあっているわけだ。鶏はわずかな穀粒のために床に下りる気にもなれないらしく、止まり木に止まって羽根をふくらませている。もうすぐ殺される運命の豚は、寒さにいらだって甲高い悲鳴をあげ、飼葉桶を鼻面で突いて冷たい空気のなかに放り投げている。立派な体をしたすばらしい若馬は、仕切りの板を蹴ったり、飼葉桶の台をかじったりしている。

台所のドアを出たところにはトウヒの枝でつくった防寒用のバリケードがあり、家のまわりにもトウヒの枝や甘藻《あまも》でできた垣が築かれている。それでも、ポーチに出して忘れたバケツの水は朝には凍っていて、ハンマーで氷を割らなくてはならない。母が干した洗濯物は瞬く間に凍りつき、解体されたロボットのような格好で軋みながら揺れている。脚が硬直してギーギー音を立てているズボン、手を広げたまま曲がらないシャツやセーター。朝、私たちは寒い二階の寝室から台所へ駆けおりて、暖かいストーブのそばで着替えを終える。

私たちはいちばん上の兄のニールが一日でも早くクリスマス休暇で帰ってこられるように、できるものなら自分たちの寒さを大陸の半分も離れたオンタリオの五大湖まで届けたいと思っている。十九歳のニールは、穀物や鉄鉱石を運搬する平底の「湖上船」で働いており、十二月十日を過ぎると、結氷の状況次第で仕事が打ち切られる。向こうも寒くなって湖が凍れば、それだけ早く兄も家に帰ってこられる。兄の荷物は先に送られてきている。荷物はいろんな場所からやってくる。コーバーグ、トロント、セント・キャサリンズ、ウェランド、ウィンザー、サーニア、スー・セント・マリー。父を除いて、家じゅうの誰も行ったことのない場所ばかりだ。私たちはうきうきしながら地図でその場所を探し、その輪郭を指で熱心になぞる。荷物の入ったボール箱には「カナダ汽船会社」の文字が印刷され、船乗りがやるような複雑なロープの結び方でしっかり縛ってある。母は、荷物の中身は兄の「衣類」だと言って、箱を開けさせてくれない。

兄がいつ、どうやって帰ってくるか、予想はできない。湖が早く凍れば汽車に乗って帰ってくる。そのほうが安いから。十二月二十日までに湖が凍らないようなら、金より時間が惜しいから飛行機で帰ってくる。着くところが駅にしろ空港にしろ、そこから家までの百キロか百五十キロはヒッチハイクをする。私たちとしては、ラジオに耳をすまして遠方の結氷情報を聞く以外には何もできない。兄の帰省は、私たちから遠く離れたところの、私たちの力ではどうにもならない、いろいろな要素に左右されているようだ。

異常なほどののろさで一日また一日と日が過ぎ、十二月二十三日の朝になって、やっと、見慣れない車が庭に入ってくる。母が唇に手を当て、「まあ、よかった」とつぶやく。父は椅子からよろよろと立ちあがり、窓をのぞきにいく。両親が待ちわびていた息子、弟と妹たちの人気の的である兄が、ついに帰ってきた。兄は赤い髪とひげをたくわえてあらわれ、腹の底から大声で笑っている。私たちにとっては、兄はいつも楽しそうで、力強く、自信にあふれている。

兄と外見のよく似た三人の若い男がいっしょにいる。彼らも湖上船から戻ってきて、ニューファンドランドの故郷に帰るところなのだ。ノースシドニーのフェリー乗り場まで、あと百六十キロも運転しなければならない。車はひどく古ぼけている。汽車も飛行機も予約が取れず、ソロルドの町で二百ドル出して車を買ったそうで、そこからずっと運転しつづけてきた。ニューブランズウィックの北部まで来たとき、ワイパーが故障したが、兄たちはそこで旅を中断することなく、ワイパーのアームに長いひもを結び、そのひもを両側の三角窓に通した。そのとき以来、ちょっとでも雨が降ると、一人がひもの両端を交互に引っぱって、ワイパーを動かした。こういう話は、くたくたになりながらも興奮してしゃべりつづける兄たちの口から飛び出し、私たちはそれを貪欲に取り入れる。父は彼らに酒をふるまい、母は用心深くしまっておいた秘蔵のミンスミートパイとフルーツケーキを取り出す。私たちは家具に寄りかかったり、そこなら安心という戸口の陰からのぞき見ている。みんな、兄に抱きつきたいのだが、知らない人がいるので照れているのだ。台所の暖かさで、若い男たちはうとうとしはじめ、頭ががくんと前に垂れる。お互いに、相手を眠らせまいとして足をつつきあっている。三人の男たちは長居はしない。とりあえずここまで来たが、明日はクリスマス・イブだし、彼らを待っている人たちの住む場所まではまだえんえんと山や川を越えなくてはならない。彼らが出発したあと、私たちは兄に飛びつき、言葉を浴びせかける。兄は笑って大きな声をあげ、たくましい腕で私たちを頭の上に抱きあげたり、振りまわしたりする。でも、そんなうれしそうな兄も、三月以来会っていなかった父の姿を見て驚いているようだ。父はただ兄にほほえみ、母は唇を噛みしめている。

兄が帰ってきたからには、にわかに忙しくなる。私たちは、残せる作業はすべて、兄が帰ってくるまで残しておいた。私は、何ヵ月も前から目をつけておいた丘の上のもみの木のところへ、大はりきりで兄を案内し、兄がいとも簡単にその木を切り倒して、丘の下まで運ぶのを見て感嘆する。私たちは先を争って、大騒ぎしながら飾りをつける。

兄は、クリスマス・イブには、あのすばらしい若馬にそりを引かせて、みんなを教会へ連れていくと約束した。私たちは馬が怖くて、兄が帰ってくるまでは手が出せないでいたのだ。そしてクリスマス・イブの午後、兄は馬に蹄鉄をつける。片足ずつ、ひづめを持ちあげてやすりをかけ、真っ赤な蹄鉄を金床の上で叩いて形を整える。しばらくして、その蹄鉄をたらいの水のなかに入れると、シュ〜ッという音とともに白い湯気が立つ。父は逆さにひっくり返したバケツの上に坐り、そばでやり方を教えている。私たちは文句を言ったりするのに、兄はすべて父に言われたとおりにやる。

その晩、干草や大量の衣類にくるまり、足元には温めた石を置いて、私たちは出発する。両親とケネスは家に残るが、あとは全員出かける。出発する前に、牛と羊に餌をやり、豚にも食べたいだけ食べさせる。そうしておけば、彼らも満ち足りた気分でクリスマス・イブを過ごせるだろう。両親が戸口から手を振る。私たちは山道を六キロほど進む。そこは木材の切り出し用の小道で、車などほかの乗り物は通らない。最初のうち、馬は興奮と訓練不足とで鼻息が荒く、兄はそりの前部に立ち、体を後ろにそらして手綱を引いている。そのうち馬も落ち着いてきて、駆け足の速さになり、さらに上りにさしかかると、歩く速度になった。私たちは知っているかぎりのクリスマス・ソングを歌ったり、ウサギやキツネが雪の斜面を横切らないかとあたりをうかがったり、太鼓の音のようなエリマキライチョウの羽ばたきに耳をすます。こんなときには寒さがまったく気にならない。

村の教会に着くと、木立ちのなかに馬をつなぐ。そこなら、道から木でさえぎられているから、馬がたくさんの車におびえることもない。私たちは馬に毛布をかけ、燕麦《えんばく》を与える。教会の入り口で、近所の人たちが兄と握手をする。「やあ、ニール。お父さんはどうしてるかね?」

「ああ」と兄は言う。「ああ」としか言わない。

夜の教会は、枝をあしらった花づな飾りや炎の揺れるろうそくの光で美しい。聖歌隊席から楽しげなざわめきが羽音のように聞こえてくる。礼拝のあいだじゅう、私たちは催眠術をかけられたようにうっとりしている。

帰り道、石はもう冷たくなっているけれど、私たちはまだ幸せな気分で身も心も暖かい。革の引き具がギーギー鳴る音や、そりの滑走部が雪の上を滑る音に耳を傾け、クリスマスのプレゼントは何かなと考えはじめる。家まであと一キロ半ほどのところで、馬はどこをめざしているかを知って急に足を速め、そのあと、ゆったりと自信たっぷりの駆け足になる。兄は馬の走るままにまかせ、まるでクリスマス・カードから抜け出した絵のように、私たちは冬景色を横切る。馬のひづめから舞いあがる雪が、みんなの頭のまわりに白い星のように落ちてくる。

馬を小屋に入れたあと、私たちは両親と話をし、母の用意していた食事をとる。しばらくすると、眠くなってくる。小さい子供たちはベッドに入る時間だ。ところが今夜は、父が私に、「おまえはもうしばらく、われわれといっしょに起きていなさい」と言うので、言われたとおり、年上の家族たちと起きている。

二階がすっかり静かになると、ニールが「衣類」の入ったボール箱を運んできて、開けはじめる。入り組んだ結び目が手早くほどかれ、器用な指にかかったロープがくるくると下に落ちる。箱のなかには、ていねいに包装され札をつけられたプレゼントが詰まっている。私より年下の弟たちへのプレゼントには「サンタクロースより」と書いてあるが、私へのプレゼントにはそれがない。そして、もうそれが二度とないことを、私ははっきり悟っている。でも、驚いているわけではなく、むしろ大人の世界に仲間入りしてここにいるという喪失の痛みを感じている。突然ほかの部屋へ入れられて、背後でドアがカチャッと音を立てて永遠に閉められたみたいだ。私は自分でつくった小さな傷に不意を突かれている。

でも、そのとき、私は目の前にいる人間たちを見る。クリスマス・ツリーの前で身を寄せあっている両親を見る。父の肩に手を置く母と、いつものハンカチを握っている父。姉たちを見る。私より先に境界線を越え、少女時代の生活から日に日に離れてゆく姉たち。私は魔術師のような兄を見る。大陸の半分も遠く離れたところからクリスマスにやってきて、自分の持てるものすべて、自分自身のすべてを運んできた兄。皆、それぞれの思いやりあふれる姿を描いた一枚の絵のように、そこにおさまっている。

「誰でもみんな、去ってゆくものなんだ」と父が静かに言う。私は父がサンタクロースのことを話しているのだと思っている。「でも、嘆くことはない。よいことを残してゆくんだからな」

二度目の春

Second Spring（*1980*）

私が子牛クラブの夢に熱中したのは、七年生の夏のことだった。もちろん、農場に住み、無数の動物に囲まれて暮らしていた私にとって、それは目もくらむほど新しい思いつきというわけではなかった。動物に触れない日は一日もなかったし、いつもまわりに動物がいる環境は、私の生活にも家族の生活にも、きわめて具体的なかたちで影響を与えていた。動物たちとの密着度とその密着の種類は、季節によって変化した。

動物たちは、数が減る冬には、狭い家畜小屋のなかにみんないっしょに押しこまれ、ひしめきあって共同生活を送った。糞に強い厚板を敷いた床をひづめで踏みつけたり、いらいらしたように頭をそらせたり、さまざまな種類の動物たちがそれぞれの音を出していた。夜、勇気を出して静まりかえった小屋に入っていけば、ギーッと音を立てて開くドアをめがけて、家畜の群れから発散される暖かい空気が波のように押し寄せ、さまざまなリズムの息づかいが静かな暗闇のなかで大きくなったり小さくなったりするのが感じられた。懐中電灯をつけるか手さげランプを掲げると、目を覚ましている動物たちの目が、閉じ込められた仕切りの奥や飼葉桶の向こうに光って見え、そのあと、こちらの明かりに応えるようにいろいろな音が聞こえてきた。牛が落ち着かなそうに首を支柱にこすりつける音、ねぼけた豚が低くうなる声、馬が鼻を鳴らしていななく声、綱や革が突然引き締められるヒューンという音、頭絡《とうらく》の鎖がジャラジャラ動く音。

三月になると、もうすぐ子を産む雌たちがどっしりとした体つきになり、動きが鈍くなるので、小屋はますます狭苦しくなった。大きな体の雌牛が横になると、ぴんと張った太鼓の革のようにつっぱった腹が、子宮の奥の動きにつれて小刻みに波打つのが見えた。その体の深く暗い場所で、未来の兆しが暖かく力強く横たわっていた。

冬の家のなかでは、犬や猫が、無造作にばらまかれた敷き物のように台所のソファの下やテーブルの下に横たわったり、薪が盛大に燃えるストーブの後ろで長々と体を伸ばしたりしていた。夜には、犬のラディーが私の足の上にのって寝た。暖かい生きた掛け布団の鼓動が、寝具を通して伝わってきた。冷たく湿った鼻面は前足のなかに埋もれていた。

三月末までには新しい命の誕生の季節が始まり、ともすれば六月まで終わらなかった。まず羊から始まって、それから一部の牛、そのあと豚、最後にひょろひょろした脚でよろめきながら立ちあがる馬と続いた。目の開かないひよこや子猫や子犬も生まれてくる。短い生涯を定められた動物の数は数週間のうちに二倍、いや三倍近くまでふくれあがり、彼らの出産と急速な成長にともなって、われわれ人間は嵐のような忙しさに巻きこまれる。新しい囲いをつくり、抵抗の悲鳴のまっただなかで、子供を親から引き離し、離乳させ、焼き印を押し、歯を抜き、ナイフをひらめかせて睾丸を切り落とし、尻尾を切り詰め、耳に切り込みを入れる。それから、種類に応じて、もっと広い庭や野原や、青い海の白波の打ち寄せる高台の牧草地に出してやる。

七月一日、いつも信じられないほど早くやってくるこの日、次の冬を無事に越すための干草づくりが始まる。夏の数ヵ月間、動物たちはつやつやした毛並みになり、でっぷり太って堂々としてくるが、飼い主の人間たちは逆にだんだん痩せ細って、怒りっぽくなり、いらいらしてくる。ほとんど毎日夜明け前に起きだして、ときには暗くなるまで働いているからだ。人間とともにつらい仕事をこなし、体重が減るのは、馬だけらしい。われわれの手に水ぶくれやたこができるのと同じように、馬の首当てを当てる部分は熱をもち、こすれた痕が痛そうだった。ときどき、夜になると、われわれはその日にこしらえた打ち身や捻挫の痛みをやわらげるために、馬用の塗り薬を薄めて塗った。

夏の季節には、今も述べたように、動物たちは力強く自由になった。乳牛だけは一日に二回、乳を搾るために納屋に連れていかれたが、その乳牛でさえ独立心が旺盛で、ほとんどいばっているという感じになった。ほかの動物たちは、夏休みの長い一日一日を、心おきなく好き勝手に草を食んで過ごしていた。とりわけ、いつもより暑い日には、海と牧草地のあいだに広がる砂浜に動物たちがのんびりと横たわっているのが、干草を積んだ荷車の上から見えた。ときどき、海からそそり立っている崖の縁の、見るからに危なそうな岩の上にいることもあった。海の近くだと少しは涼しいし、かすかに風もあって、内陸の動物を悩ますハエにわずらわされることもない。夏のあいだ働きずくめのわれわれには、紺碧の海のそばで寝そべったり、海に入って遊ぶ時間はほとんどなかった。

夏が進み、その年に生まれた子供が成長して親離れしてゆくと、親たちはふたたび発情期を迎える。動物の種類や雄か雌かによって違いはあるが、それぞれのやり方で生理的要求を訴え、それが満たされるまで訴えつづける。動物を頼り頼られている人間として、われわれはたびたび、やむをえず彼らの要求と欲求に介入することになった。性欲が盛んで怒りっぽくなる雄羊を、地面に深く打ちこんだ鉄の杭につないだり、囲いのなかに隔離したりした。羊たちはその囲いのなかで、がっしりした頭をぶつけあって欲求不満を発散させた。雄はそうして秋の終わり近くまで雌から離しておく。早く交尾させると、冬に出産することになり、生まれた子供が厳寒に耐えて生き抜くことがむずかしいのだ。一歳過ぎの若い雌牛も、重量のある雄牛から離しておく。はじめての交尾で傷つけられ、悪くすると一生治らない障害を負うこともあるからだ。たとえうまく交尾して受胎しても、若い牛の妊娠期間には困難が待ち受けているし、出産中に死ぬことも多い。が、あと一年たてば、われわれにとっても牛にとっても事情は全然違ってくる。鶏の場合も、雌に巣ごもりさせない。十一月になると気温が下がり、雨の日が多くなり寒くなるが、秋口に生まれたひなはそれまでに十分な成長を遂げることはできないし、そのあとはもっと気候が厳しくなる。われわれは過保護の親のように、いろいろ管理を試み、結果的にはそれがみんなにとって「最善」になるようにと願いながら、生き物たちのまわりをうろうろした。口に出しては言わないが、これは俺たちのため、おまえたちのためでもあるんだぞ、と思っていた。

暑く長い夏の日に大きく育った動物たちは、秋には数を減らされた。春に二倍三倍に増えていれば、増えた分だけ減らされた。方法はいろいろあった。買付け業者がやってきて、ときには牧草地まで足を伸ばして犠牲になる動物の候補を目で確かめ、値をつけ、条件によって変わる可能性を示し、いったん立ち去って、また戻ってきた。子羊については、雄はすべて、雌は繁殖用に選ばれた数頭を除いてほとんどが買い取られていった。生まれたときにはあんなによろよろと立ちあがった羊が、出てゆくときには力がついて強く猛々しくなっていた。羊たちは体をぶつけあいながら群れになり、待っていたトラックの傾斜路へと追い立てられた。なかには、新しい「檻」の羽根板のついた側面を飛び越えて逃げようとするやつもいた。一生に一度しかない夏を過ごした特別な場所からトラックで連れ去られるとき、羊たちは怒ってメーメー鳴いた。その怒りの声には、切羽詰まった不安の響きがかすかに混じっていた。しばらくして、代金の小切手が送られてくると、今度はわれわれが元気を回復し、希望に満ちて、つかのまながら自信をつける番だった。

遠い屠場へ動物を運び去るトラックや貨車に頼るほうが事務的で簡単ではあったが、場合によっては農場で処分したり地元で売ったりしたほうが利益になることもあった。晩秋になると毎年、家族用と都会の親戚用の肉を調達するために家畜を処分したものだが、いつもの年よりたくさん処分する年もあった。動物を殺すのは憂鬱なことで、数が多ければなおさらだった。前の晩になると、血の染みだらけの、いくら洗っても消えない独特の匂いのついた、その時専用の服を取り出した。台所の椅子に腰をおろし、いろいろな種類のナイフを研ぎ、たこのできた親指の付け根で刃の切れ具合を試した。天気に注意を払い、だいたい月の満ち欠けに従って動物を処分した。納屋からは、知らぬまに明日までの命と決められた動物が抗議するようにうめく声が聞こえてきた。死刑囚とは違って、動物はその前には食べ物も飲み物も与えられなかった。体重と体液を減らしておくためだ。まもなく命の消える体は、重さが減れば扱いやすくなる。

動物を殺す当日には、幸先のよいスタートを切れるように朝早く起きた。晩秋には日が短くなる。われわれはふつう自然光の下で仕事をするので、時間の調整が必要だった。まず、納屋のなかの「脱穀場」と呼ばれている場所に動物を連れていき、鎖のついた滑車の下に立たせた。この装置は死体を引き揚げるのに使う。大きな動物なら銃で撃った。疑うことを知らぬ頭に、クレヨンで、両耳を結ぶ線とひたいを縦に通る線を描くこともある。一般的には十字に交わる点が狙い目になる。それが雄牛なら、文字どおり「ブルズ・アイ」(アーチェリーやダーツの的の中心)だった。それほど大きくない動物は、腕力のある男が大ハンマーか斧の背で眉間を一撃するだけですむ。動物の前脚ががくっと崩れ、目がうつろになったそのとき、ハンマーや斧を放り出して待っている手に、手術中の外科医に看護婦がメスを手渡すように、頸部を切るためのナイフが柄のほうを先に向けてすばやく渡される。うまくいけば、生が死に変わるまで十秒ないし十二秒しかからない。やりにくいのは豚だった。ひたいが平らではなく、後ろのほうに反っているため、ハンマーや斧で一撃を加えるのがむずかしいのだ。喉を切ると、血がほとばしり出る。それを鍋に受け止め、あとでブラッド・ソーセージをつくるのに使う。ブラッド・ソーセージはゲール語で「マラカン」と呼ばれる。一人が倒れた動物の首の下に鍋を当て、もう一人が喉を切られて痙攣している動物の頭を持ちあげて安定させる。血を床板にこぼすことなく確実に鍋に入れるためだ。そのあと、後ろ脚の膝の関節と腱のあいだの肉を切って、水平に棒を差しこんだ。この棒に、滑車の鎖をかけ、大股開きになった動物を引き揚げて、皮をはぎ内臓を取り除くのである。実際にはもう死んでいるのに、そのあとも長い時間、ときには皮をはいだあとでさえ、肉がぴくぴく動いていることがあった。内臓はだいたい大きな洗濯桶のなかに入れられた。われわれは、まだ湯気の立っている生温かい内臓を、ぬるぬるした血だらけの手で腑分けした。少なくとも心臓と肝臓と胃と、霜降りの帯状の脂身、そしてたまにはほかの部位も自家用に取っておいた。時間のあるときには、父が今まで隠れて見えなかった内臓や部位を指差しながら、その不思議な働きを説明してくれた。「これは膀胱、これは脾臓、これは大腸だ。これは気管。これは肺臓。これは、睾丸からペニスの先っぽまで精子を運ぶ管だ」。われわれは、検死解剖をしている検死官のように、あるいは死体を取り囲んでいる医学生のように、目をしっかり開いて熱心に耳を傾けた。

驚くようなこともいろいろあった。胃のなかに釘やかすがいや折れ曲がった針金の切れ端が食い込んでいるのが見つかったり、奇妙な半透明のこぶのような軟骨に覆われたガラス瓶の首が出てきたこともある。それは卑猥な感じのする大きな真珠のように輝いて見えた。一年余り前、その牛が数日間は餌も食わず乳も出さず、しばらくは歩くのもやっとだったことが思い出された。そのとき、縁のとがった琥珀色のガラスをうっかりのみこんで胃壁を傷つけていたことなど知る由もなかったし、いつ頃からガラスのまわりに軟骨ができて、胃壁から離れ、ふたたび動いたり働いたりできるようになったのかもわからなかった。また、子供ができないと思われていた若い牛の子宮から胎児が見つかったこともある。その牛は交尾の相手を変えてみたりいろいろな方法を試してみたが、妊娠しなかったのだ。わが家では、四年目に入っても子を産まない牛を飼っておく贅沢は許されなかった。「あのままじゃ、もう一冬越させるわけにはいかないな」というのが、下された判決だった。「肥えさせて、処分するしかない」。母親の子宮のなかで見つかった牛の胎児は、ほんのつかのま生き延びて動きつづけた。ちょうどできはじめていた華奢な脚が、自分を包みこむようにしっかり折りたたまれてあった。目は大きく光っているように見えた。今にも壊れそうな精巧な耳は、ぴったり頭部に押しつけられ、いつか暗い地中で見つけたシダを思い出させた。受胎の時期はだいたい推測できたが、どの牛が父親なのかは見当もつかなかった。望みがかなえられたと知ったときにはすでに遅く、その命を救えないというのは皮肉だった。

動物を売ったり処分したりすることは、家畜と干草の量がほぼバランスのとれるまでくりかえされた。雨の少ない年には干草の出来が悪く、それに応じて家畜も減らさなければならない。干草の出来が悪い年なら選別されて生き残れなかったような動物を、豊作の年には冬のあいだも飼っておくことができた。どれを残してどれを捨てるかという選別は、いつも厳しく慎重におこなわれた。見る目のあるスポーツ・チームの監督が残すべき選手のリストをつくるように、それぞれの動物の長所と短所が細かく検討された。年齢は常に考慮の対象となった。全般的体力や、前にも述べたように繁殖力、ときには性格も判断の材料になった。とくに怒りっぽいとか神経質な性格、あるいは柵を飛び越えたり夏の野菜畑を荒らしたりといった悪い癖のある動物たちは、期限が迫るにつれて注意深く観察された。そしていつも、問題が多くても際立った長所があれば裁量の余地ありと判断され、あと一年の猶予を与えられた。「目方のある」子供や双子を産む確率の高い羊は、短所があっても大目に見られたし、性格が悪くても乳をよく出す牛は、嫌われながらもわがままを許されるのがふつうだった。彼らはいわば、さほど強くないチームの「スター」

であり、それ相応の待遇を受けていたのだ。

私が今こんな話をしているのは、子牛クラブの夢がどんな環境の下で生まれ、どんな状況でしばらく続いたかを理解してもらうためだ。それはいかにも不安定で心もとないものではあったが、子牛クラブを設立しようとする人間とその周辺にいる動物に見合った、それなりの現実性に根ざしていた。

しかし、このアイデアそのものは、私たちのなかに新しく入ってきた人物から出てきたものだ。七年生の冬の終わり、春のはじめ頃、教室が二つしかない私たちの学校に、精力的な新しい農業研究員が訪れるようになった。若くてたくましい、はつらつとした男だった。あと一年で学位を取るというとき、一年間正規の研究を中断して「現場」を体験しにきたのだそうで、われわれもそのフィールドワークの一部となる予定だった。彼には人を釣りこむような魅力があった。農業研究員は毎年来ていたが、ほとんどはもっと年上で、どこかよそへ行きたそうな感じが見てとれた。ある研究員はスエードのジャケットを着て、タバコの灰だらけの、あるいはなにやら興味を引く染みのついたグレーのズボンをはいていた。いつも教室の前方に置かれた机に坐り、何か質問はないかと訊いた。質問があることはめったになかったので、自分のほうから質問した。「それじゃ、みんなで何を話そうか？」。そのあと、何かを待ちこがれるような目で窓の外を見つめるのだった。だから、われわれも話し合うテーマがないならお互いを解放したほうがいいんじゃないかと思いつつ窓の外を見ていた。別の研究員は、「北米における一般的な雑草」というスライドを見せた。この男は年度の終わりの五月か六月にやってきて、それも学校に来るのはいつも午後だったような気がする。スライドには一枚一枚イラスト入りの名前がついていて、彼がそのラベルを読みあげるので、私たちはその儀式を「雑草パレード」と呼んだ。「サワギク」「オオヒレアザミ」「ワイルド・オニオン」「ギシギシ」と彼は読みあげ、こっそり腕時計に目をやり、ウイスキーを混ぜたコーヒーの魔法瓶に口をつけた。眠気のさす暑い午後、雑草また雑草のオンパレードで、研究員の読みあげる名前の発音もいいかげんになり、ウイスキー入りのコーヒーから立ちのぼる蒸気があたりに広がる頃になると、私たちはどうにも目を開けていられなくなった。しかし、今度来た新しい研究員はすべてを変えた。

彼はまず、すでにあるさまざまな菜園クラブに加えて、子牛クラブを設立すると言った。もう下調べもすんでいて、純血種の種牛を父親にもつ雌の子牛が少なくとも十頭は必要だという。これらの子牛を来年の春に誕生させるには、そろそろ受胎を考えてもいい頃だ。母牛は「高品質の雌ならどんな牛」でもよい。そうした品質は、うまくいけばその娘に遺伝するだろう。純血種の種牛の飼い主からは、種付けの日時と望みどおりの子牛を妊娠する見込みとを紙に書いてサインしてもらってこなくてはならない。家で飼っている雌牛をチェックして、親と話しあうこと。われわれの関心は乳牛にあるのだから、食用牛を母牛に選ばないように。また、できれば品種の「掛け合わせ」を避けること。たとえば、重量のあるホルスタインの特徴をそなえた雌牛を、エアシャーの雄牛と掛け合わせてはならない。品種の特徴がごたまぜになるから。新しい研究員の調査によると、このあたりに多い血統はエアシャーで、約十五キロ離れたところに農業省の奨励金を受けて飼育されているエアシャーの雄牛が二頭いるらしい。私たちは忘れないようにそうした事柄をすべてノートに書きとめた。

帰り道、家で飼っている牛を一頭ずつ思い浮かべ、それぞれの生い立ちや血統、今春の出産予定など、あれこれ考えた。来春に子牛を産ませるにはあと一年あるが、今から母牛を探しにかからなければならない。私は頭のなかで、大きくて穏やかな性格の、うちでは「モーラグ」と呼ばれている雌牛に決めた。鮮紅色の斑点のついた白い牛で、エアシャー特有のとびきり優雅な長い角を生やしていた。研究員の言った「高品質」の条件をほとんどすべてそなえており、今春早々「ふつうの」子牛を産むだろう。モーラグは妊娠しやすく、今までも子牛を産んだすぐあとに妊娠した。私は自分の幸運が信じられなかった。

家のなかへ入っていくと、父が台所で馬具を修理していた。機嫌が悪そうだったが、私は夢中になっていたので、新しい農業研究員が来たことや子牛クラブの設立の可能性を、興奮でしどろもどろになりながら父に説明した。

「ああ」と父は、ちょっといらいらしたように言った。「前にも聞いたな、そんな話。農業研究員なんてもんは、みんなおんなじだ。干草づくりの忙しい最中に、ご立派な車で乗りつけて、俺たちが仕事をほっぽりだして、お迎えに出ると思ってるような連中だよ、やつらは。言うことも当たり前のことばっかりでな。『苗を早く植えろ、そうすれば早く収穫できる』とか、『作物は輪作しろ』とか、『石灰を使え』、『雨がたくさん降れば豊作になる』、『七面鳥は感謝祭向けに需要がある』とかな。そんなこと、知らないとでも思ってんのか？　連中の言うことなんか、まぬけなことばっかりよ」

「あのう」と私は、ここは話を続けるのがいちばん得策だと思いながら言った。「雌牛、一頭だけでいいんだ。子牛が生まれたあとのモーラグはどうかなと思ったんだけど。八キロ先のマクドゥーガルさんちに、農協の純血種の雄牛がいるんだって。この夏、モーラグを、その牛で種付けさせてもいいかな」

「俺はやらんぞ」と父は言った。「牛に綱つけて、そんな雄牛のところへ引っぱっていくのは、もうまっぴらだ。十五年ぐらい前、うちでもそういう農協の雄牛を飼ってたことがあるがな。手間をかける価値より面倒のほうが多かった。納屋は占領されるし。餌も水も運んでやってな。危なくて、外には出せんのよ。それで運動不足になるから、種付けもちゃんとやれない。とんでもない時間に雌牛を連れてくるやつがいるしな。日曜の朝の七時とかな。婚礼があろうが葬式があろうが、おかまいなしだよ。こっちが出かけようってときに、かならず雌牛を連れたやつがあらわれて、また家に戻って着替えして、そいつのために雄牛の面倒をみなきゃならん。その牛は俺以外、そばに寄せつけなかったからな。だから、ろくに出かけられもしない。雌牛を連れてきたやつは、俺が留守だと文句を言った。そんな権利、ないと思うがな」

父は夕方の日課をこなすために、床から馬具を集めはじめた。私は、今飼っている優良な牛たちはすべて、ずっと昔に死んだその雄牛の子孫だと言いたかったが、どうも今日はそういう論理が通じそうもないという気がした。父が納屋に行ってしまったあと、母が言った。「お父さんはね、今日、あんまり機嫌がよくないんだよ。でも、『だめだ』とは言わなかったよ。もっとはっきり、おまえが自分でやるからと言って、頼んでごらん。お父さん、疲れてるんだよ。ほら、いったんした約束は、ちゃんと守るだろ、お父さんは」

それはほんとうだった。気分にむらのある父ではあったが、何事も忘れることができないという記憶力の持ち主で、約束はかならず守った。ふりかえってみると、気候が不安定で季節は気まぐれ、昆虫には攻撃されるし、土壌もそれほど肥沃とはいえないような土地に住んでいて、われわれはいろんなことに自信をなくしていたようだ。しかし、そういう性分であることは確かなので、泳ぎに自信のない者が丸太にしがみつくように、私はその性分にすがった。

納屋のなかはすでに暗くなりかけていた。父は、疲れてはいるが慣れた身ごなしで歩きまわり、動物に寄りかかったり肩で押したり、飼葉桶のほうに進みながら自分たちだけにわかる短い言葉で話しかけたり、脚の下から熊手で糞を取ったり、頭絡《とうらく》の鎖を締めなおしたり、食べやすい範囲に餌をまいてやったりした。

「いいだろう」と、父は私が話をきりだす前に言った。「やっちゃだめだと言ったわけじゃない、俺は手を貸さないと言っただけだ。おまえが自分で種付け料を工面するんだったら、雌牛を連れていってもいいぞ」

その言い分は、まあ、当然のことだと思われた。

そもそもうちが農協の雄牛を使うのをやめたのは、たぶん種付け料がひとつの理由だった。もうひとつの理由は、まだトラックと人工授精の普及していない時代のことであり、手間がかかりすぎて貴重な時間をつぶされたからだ。わが家にとって農協の雄牛は昔の話になり、もはや価値があるとは考えられていなかった。さっきも言ったように、料金が高すぎるし、しかも、ただの繁殖行動に金を払うというのはやりすぎというか、不自然というか、一種の堕落、動物の売春みたいで、そんなことにかかわりたくなかったのだ。まるで「そういうことに金を払ってはいけない」という窮屈な考え方があるような感じだった。それに、選びぬかれた交配を数年続ければ、ほとんどの牛が並外れた純血種とはいわないまでも「優良」な血統になるわけで、それ以上の交配は時間の無駄ではないかという賢明かつ合理的な意見もあった。学校に農業研究員が来て、まず子牛クラブの夢の種をまいたのは、そうした意見が広がりつつある現状への対応策だったのだろう。

いずれにしろ、私は最初の一歩を踏み出した。モーラグがそのとき宿している子を産む前から、もう次の妊娠を考えていた。そして農業研究員に自分の名前を告げて子牛クラブに登録し、学校の仲間に「やる」と宣言した。まだ雪も解けておらず、野鴨も北へ帰らず、早春に生まれる最初の子羊やそのほかの動物の子供たちが産声もあげていないうちから、私は早くもその年の春ばかりでなく翌年の春にやることに夢中になっていた。

モーラグが「ふつうの」子牛を産んだあと、長い待ち時間があった。来年の早春に思いどおりのすばらしい子牛を産ませるには、真夏に妊娠させなくてはならない。妊娠から出産まで九ヵ月かかる牛は、「人間並みだ」と言われたものだ。「動物で人間とおんなじだけ時間がかかるのは、牛ぐらいのもんだ」と。

春が過ぎ、初夏が近づくと、生活はだんだんあわただしくなった。学年末の最後の二、三週間は学校へも行ったり行かなかったりした。生徒は家で必要とされていた。その学年でどんなことを学んだにしろ、それはもう過去のことだった。干草づくりのシーズンを目前にひかえ、熱に浮かされたような忙しさのなかでその準備が始まっていた。機械類の修理、部品の取り寄せ、納屋の手入れ、ほかにも畑仕事や缶詰め作業、チーズづくりなど、仕事は山ほどあった。短い夏の盛りが迫りつつあり、時間を無駄にするわけにはいかなかった。

人間が家畜の冬の餌を集める準備をしているあいだ、動物たちはまるまると肥え、栄養の行き届いたつやのある毛並みや羽根に覆われ、われわれから離れたところで遊んでいた。七月初旬、本格的に干草づくりが始まった。牧草を刈り、そのまま置いて乾燥させ、それから熊手でかき集め、最後に荷車に積みあげ、納屋へ運び、降ろし、また牧草地に戻って同じことをくりかえす。荷車の引き具が壊れたり機械が故障するおそれは常にあったし、突然降る雨も悩みの種だった。

七月十四日の夕方、乳牛を海辺の牧草地から連れて帰ってくるとき、私はモーラグの異変に気がついた。発情期に入って、自分だけでなくほかの牛にも落ち着かない興奮状態を生み出していたのだ。気づいたのが夕方遅くだったので、その日は何もできなかった。夜になって、ラジオの天気予報が、現在スコールが接近中で、翌日この地方を直撃するだろうと伝えていた。

「ちくしょう」と父が言った。「干草が外に置きっぱなしだ」

最近別の牧草地を刈ったばかりで、草がまだ乾ききっていなかったのだ。われわれは翌朝五時に起き、天気と競争しながら懸命に働いた。朝の搾乳のとき、モーラグの状態は一目でわかるほどはっきりしていたが、父は気づかなかった。父は牛のそばにいたわけではなく、馬に引き具をつけたり、人間と動物の両方に大声で指示を出すのに忙しかった。すでに雲が空に集まりはじめていたが、それでもまだ遠くの海上にあり、かなり離れているように見えた。

「ぐずぐずするなよ」と父は、私が乳を搾っていた納屋に入ってきて言った。「雨になるぞ。時間がないんだから、急げ」

「今日は、モーラグを納屋に置いといたほうがいいと思うんだけど」。私は話をきりだす前に父が出ていってしまうのではないかとはらはらして、つかえながら早口で言った。

「なんで？」と父は言ったが、目の前の問題に追われて頭がいっぱいの父に、私の言葉に注意を払う余裕がないことは見てとれた。

「発情してるから」と私は言った。「ゆうべから始まったんだ」

父は、何の話かわからないというように目をどんよりさせていたが、言われたことを理解するにつれ、目から曇りが消え、あせりの色が広がった。自分の記憶力と私との約束に、うっかりはめられたとでも言いたげだった。しかも、こんなくそ忙しいときに。

「だけど、今日は時間がないぞ」と父は唾を飛ばしながら言った。「ほかにやることがあるだろ、牛一頭にかかずらっていられるほど、暇じゃないんだ」

「わかった」と私は言った。「今日は、外に出さないで様子を見るよ。すぐ連れていきたいとは言わないから」

「よし」。以前に気まぐれで交わした約束から解放されたというように父は言った。「ほかのやつらを海岸へ連れていけ。急ぐんだぞ」

その日の午前中は夢中になって働いた。よく乾いている干草をかき集め、ミシミシ音を立てている荷車に積んで納屋に運んだ。薄日が射してはいたが、湿度が高く、草を乾燥させる役には立たなかった。ときどき太陽が厚い雲に覆われ、雨はまだ陸まで達していないものの、一度、海の上に降っているのが見えた。われわれが、手にできた古いたこの上に新しい水ぶくれをこしらえながら動きまわっているあいだ、モーラグは午前中ずっと、納屋で大声でうめきながら欲情を訴えつづけた。干草を満載した荷車とともに納屋へ入っていくと、つながれたまま動きまわれない不自由さと欲望が満たされない不満とで、のたうちまわっている声が聞こえた。

要求されているのはそんなことではないと知りつつ、水の入ったバケツでも持っていって喉の渇きを癒してやりたかったが、その暇すらなかった。遠くで、呼応するような鳴き声が聞こえた気がした。でも、空耳だったかもしれない。モーラグを納屋に置いておけば、とりあえずは安全だ。牛にとっては不満でも、私にとっては安心だった。空模様が険悪になるにつれ、われわれはますます忙しく駆けずりまわった。

とうとう嵐になった。まず、激しい雷鳴を二回と空を切り裂く稲妻を一回ともなってその到来が告げられ、そのあと、重く垂れこめた雲から圧縮された力を吐き出すかのごとく、叩きつけるような雨が降ってきた。人間も動物もすべてがたちまちずぶ濡れになった。私たちは荷車に半分ほど積んだ生乾きの干草を濡らすまいと、馬を怒鳴り、湯気を立てている背中越しに手綱を振りまわした。馬は全速力で走り、荷車をガタガタ揺さぶりながら、堂々としたたたずまいで静かに待っている納屋に駆けこんだ。五分もしないうちに、その日の干草づくりが終わったことはあきらかになった。天候が回復したら、雨をたっぷり吸いこんだ干草をふたたび外に出して乾かさなければならない。だが、その頃にはもう同じ干草ではなくなり、二級品の干草になっているだろう。

雨は午後じゅう降りつづいた。窓や建物の壁にしたたり落ち、小道に滝のように流れ、やわらかくなった土を押し広げて不規則にえぐれた溝をつくった。水のほかには動いているものはないようだった。海は静かに動かず、必死に働いたあとのわれわれもじっと動かなかった。モーラグですら欲情を雨になだめられたのか、おとなしくなった。夕方遅くなってやっと、私は海辺にいる乳牛たちを迎えにいった。翌朝、モーラグはひどく腹を空かせていたが、それを除けば、見たところ何も特別なところはなかった。来年の四月半ばに子牛が生まれる見込みはなくなり、ふたたびその希望をもつことはできそうもなかった。

まる二日間はどんよりした曇り空が続き、ときどきにわか雨が降った。刈り取られたあとで雨に濡れた干草は黒ずんできた。三日目、午後になって晴れ間が見えはじめ、四日目にはふたたび太陽が顔を出し、嵐の前に中断した仕事が再開された。刈った干草の一部は飛んでしまったり、使いものにならないほど質が落ちていたから、嵐の前と同じところから再開というわけにはいかなかった。私はそれから約三週間後に再挑戦の狙いを定め、結局、五月半ば生まれでも、まあいいかと自分を納得させた。

もっと早く種付けをするつもりだったので、八月には私のほうの準備はすっかりできていた。すでに刈り終わった牧草地も多かったが、われわれはまだ干草づくりに励んでいた。みんなだんだん痩せてきて怒りっぽくなり、何週間もの厳しい労働を如実に物語るいろいろな怪我に悩まされていた。ロープをひっぱったときにはがれた親指の爪、重たい熊手で干草をすくいあげるために起きる背中の筋肉の痙攣、長く伸びた草むらに巣があるのを知らずにつついて蜂に刺され腫れあがったあご、ハエにいらだった馬に蹴られてできた太腿の大きなあざ。

八月に入ってモーラグがふたたび発情したことに気づいたのは、まだ朝のことだった。その日はよく晴れた暑い一日になりそうだった。夏の干草づくりも終盤に入り、七月ほど必死に働かなくてもよくなっていた。父にモーラグの話をすると、外に出さないで納屋につないでおけと言われた。夕方になって今日の仕事が一段落したら、八キロ先の農場まで連れていってもいい、と。私は仕事をしながら、一日中、これから出かける遠征のことばかり考えていた。くねくねと折れ曲がった道を通ることを思って、出発のときが近づくにつれ、内心では少々不安にもなっていた。その道にてこずりそうなことはわかっていた。納屋からモーラグのわめく声が聞こえてきた。その声は、その日の作品のテーマ音楽のようだった。遠くから、呼応する声が聞こえたような気がした。

夕方、ほかの乳牛たちを小屋に入れたあと、モーラグに頭絡をつけ、余ったロープを大きな角に巻きつけて、出発の準備をした。

「ロープは、あんまりきつく手に巻きつけるなよ」と父が言った。「急に駆けだされると、引っぱられて肩を脱臼するからな」。父は夕方の最後の干草積みを終わろうとしていた。

「うん、わかった」。私はロープを二つ折りにして手に持った。

八キロの遠征は、のこぎり状に出入りする海岸に沿って不規則に折れ曲がった道を行く旅だった。最初の入植者たちが一七七〇年代に新天地に移ってきたとき、海岸に沿って歩いたのがこの道の始まりらしい。今ではほとんど私道となっており、道幅が狭く危険なので、めったに車も通らなかった。この道を使うのは、私のように用事のある者ばかりで、歩くか馬に乗って通った。たまに、恋人同士や酔っぱらいやその他さまざまな理由で人目に触れたくないという連中が通ることもあった。道はところどころ絶壁に寄り添うように進み、場所によっては海側の道の路肩が崩れ、高さ六十メートルの崖を滑って海に落ちているところもあった。

はじめはモーラグが速足で歩くので、そばを離れないためには走るしかなかった。牛の頭や肩の力が波のようにロープを伝ってくるのがわかり、もしここで急に走りだされでもしたら手に負えないだろうと不安だった。父の言いつけを守らず、私は手にロープを巻きつけていた。私の体ごとひきずっていくとなれば、少なくとも逃げられることはないと思ったのだ。最初の一キロ半はあっという間に過ぎ、私もモーラグも息を切らしていた。牛はそのうち疲れるだろう、そうすればもっと扱いやすくなる、と私は思っていた。

一キロ半を過ぎるあたりから、道は急な上り坂にさしかかり、足の下で小さな石が転がったが、牛はまだそれほど歩調をゆるめなかった。

ある意味ではこれでいいと思った。とにかく、早く向こうへ着きたいのだから。

私が最初に想像していたのは、牛が道のまんなかに立ち止って、いくら急き立てても一歩も動かないという光景だった。この分なら、そうならないのはあきらかだ。少なくとも前半の三キロは順調に来ている。上りが終わると、道は高台の平地を三百メートルほど抜けて、そのあとヘアピンカーブの連続になった。道が急に上り下りしたり、先がどうなっているか見えないほどくねくね折れ曲がったりした。最初にそいつに出会ったのは、二番目のカーブを曲がっているときだった。いや、そいつが近づく音が聞こえただけかもしれない。うなるように喉をごろごろ鳴らす声をたえずあげながら、坂の上のほうから私たちに近づいてくる気配がした。

このあたりは、右側が海に面した崖、左側が山の壁になっていて、急なそのカーブの斜面を登りきったところで、ふたたび高台の平地になっていた。その平地の遠くに牛が群れているのが見え、そいつは群れから離れて勢いよく私たちに近づいてくるところだった。巨大な肩とぶあつい胸をして、ひょっとすると体重は一トンくらいあったかもしれない。体の大部分が白く、頭と首が灰色のまだらだったが、その灰色が光の加減によっては青に見えることもあった。頭を低く構えてうなり、あごから涎をしたたらせながらこっちに向かってきた。角は太く黄ばんで、オオツノヒツジの角のように下のほうに巻いていた。外見からも動きからも、きちんとした血統を受け継いでいるようなところはまったく認められず、『牛の標準的品種』といった本にのるような牛ではなかった。

そいつは今や斜面を下りて、勾配で勢いがついたらしく、ぐんぐん近づきつつあった。あいかわらず喉を低く鳴らすようになり、しっかりした速足だったが、走ってはいなかった。よく笑い話に出てくる雄牛は雌を追いかけて走っているものだけれど、この雄牛はそんなふうに走ってはいなかった。もちろん、私たちにとっては笑い話どころではなかった。斜面を下りたところに横木を渡した柵があって、道とは分けられていたのだが、柵とは名ばかりで、支柱が腐りかけて柵の役目をなしていないようだった。そいつの体の大きさと速さと斜面の勾配からすれば、柵を跳び越えてくるかもしれないと思ったが、跳び越えるまでもなく、柵など存在すらしないというようにただ歩くだけで簡単に通り抜けた。そいつの前進に合わせて、鋤が土を割って畝をつくるように、あるいは船が水を切って進むように、柵は二つに割れた。腐って壊れた柵の切れ端が横腹にくっついたらしいが、それで動きが鈍ることはなかった。あいかわらず速足だがあせっている様子はなく、すべてを自分の好きなようにできるとでもいうように、自信に満ちあふれた態度で迫ってきた。

私は、そのときの自分を中世の小説に登場する「守護者」と重ね合わせてロマンチックに思い出すことがある。涎をたらしながら欲望を満たさんとしている好色な男が、私の大事な女性に取り返しのつかない苦痛を与えようとしていて、私はその男から、おびえ震えている彼女を守ろうとしている……。あるいは、婿にふさわしくない男を、かよわい愛娘に近づけないためなら何でもする「心配性の父親」という別の脚色もあった。「たったひとつのことしか頭にない」やつを阻止しなければならない。

ところが、実際には、夕方の埃っぽいその道で、彼女のほうがそいつに向かって、体をそらせながら頭をすばやく振りまわしたのである。モーラグの大きな角がまるで口笛のようにヒューッと音を立て、手にしっかり巻きつけていたロープとともに私を持ちあげた。私の足は完全に宙に浮いた。まるで、あんたにはちょっといらいらしてたのよ、もう我慢できない、と言わんばかりだった。私の体を持ちあげて、不気味なそいつの頭にぶつけんばかりに振りまわした。暗く深く潤んだそいつの目と、角の付け根の節だらけの黄色い環と、灰青色の下あごと、あごからビーズ状にしたたる涎とが、顕微鏡で見ているようにはっきりと見えた。二頭の鼻と鼻が触れたとき、草をたらふく食った口から吐き出されるむっとするような甘く熱い息の匂いもした。そして一瞬、もしどちらかが変な方向に角を振ったら、自分は死ぬかもしれないと思った。すると、そいつがうめき声をあげながら彼女の後ろにまわり、後ろ足で立ったのだ。がっしりした肩が持ちあがり、海のほうに沈もうとしている夕日を背にして巨体が大きく浮かびあがった。たとえ私の望みは叶えられなくとも、その瞬間にモーラグの望みは叶えられるかと思われた。

「おまえ、それでいいのか？」という声が、すぐ近くで聞こえた。

「いやだ」と私は言った。「いやだ」と言いながらしゃくりあげていたのかもしれない。どこから声がするのかもよくわからなかった。

彼もまた忽然とへアピンカーブの向こうから姿をあらわしていたのだ。色あせた青いつなぎの作業着のポケットから酒瓶が二本のぞいているところを見ると、どうやら村から来たらしく、しかもすぐに道端の草を食べはじめた大きな黒い馬は汗をかいている様子もなかったから、先を急いでいるようでもなかった。当時すでに七十歳を優に過ぎていたこの老人は、祖父のいとこ、つまり私の親戚にあたった。とてつもない巨漢で、大男たちが田舎の小さな社会で送るような無茶な人生を送ってきた人物だった。やりたい放題をやる無法者を止める人間がほとんどいないからそうなるのだろう。この老人は、その後のある晩、謎めいた暗闇のなかで、酒の密売人の家の壊れかけた二階のバルコニーから突き落とされるか自分で落ちるかして死ぬことになる。発見されたときには首の骨が折れ、所持金が消え、鋼鉄製車輪付きの荷車を引いていつものように待っていた黒い馬とその相棒の馬の手綱が切られていた。馬たちは全速力で家まで走った。蹄鉄から火花を散らせ、荷車の尻を振りながら、一晩中やみくもに走りつづけた。急カーブでは車輪が道から浮きあがり、一瞬だが崖の縁からはみ出して暗い海の上に宙吊りになった。沿道の住人は馬の走る音で目を覚まし、のちの世の人間がエンジン音で車の種類を聞き分けるのと同じように、ゆるぎなく突き進む恐怖のひづめの音から、それが老人の黒い馬だと知った。その音を聞くのははじめてではなかったが、そのときの馬たちが御者もなく誘導する人間も乗せずに一晩中走りつづけていたとは知らなかった。

家に着いたとき、馬の口は泡にまみれ、肩やわき腹の筋肉は引きつり、目は狂気じみてどんよりとしていた。家の人々はランプや懐中電灯を手にして荷馬車のたどった道を逆にたどり、道端の溝を探り、崖の縁から身をのりだして波打ち際の岩を見おろし、あるいは道のまんなかで大の字に伸びているかもしれないと望みをつないで、老人を見つけようとした。しかし、夜の捜索では見つからず、翌朝、決定的な知らせがもたらされた。そのときはじめて手綱が切られていることに注意が向けられ、なぜ今まで気がつかなかったのかと不思議がられた。

だが、これはもっと先の話である。その狭い道で、雄牛を前にして私たちが出会ったときには、二人とも自分の将来がどうなるかなど知らなかった。今のこの瞬間があまりにも切実だった。

老人はそのとき、ものすごく敏捷に動いたという記憶がある。それほど急《せ》いているようでもなかったのにそういう幻想を抱いたのは、たぶん、脚の長さと、大きな歩幅のせいだろう。彼は歩きながら腰をかがめ、道端にあった大きな石を右手でさっとすくいあげた。ボウリングのボールくらいの大きさはありそうだったが、大きな手で軽々と持っていた。そして、後ろ足で立ちながら突きを入れている雄牛に近づいて、左手を上に伸ばすと、雄牛のオオツノヒツジばりの角を一本がしっと握り、流れるような動きとフォロースルーで、目を見開いて集中している雄牛の眉間にその石をぶちこんだ。欲情が徐々に抜け出た目は、眼窩のなかでぼんやりと裏返り、胃から逆流してきた草色の涎が今や鼻から出て二本の細い流れをつくり、だらしなく開いた口のなかへ戻っていった。まだ液をしたたらせている雄牛のペニスは、鞘のなかでふにゃふにゃになっていた。繁殖に成功したかどうかはともかく、そいつのこの日はもう終わった。

「こいつ、やっちまったかな？」と老人は作業着で手をぬぐい、酒の瓶にその手を伸ばしながら言った。

「さあ、どうかな。見えなかったから」と私は言った。

「やっちまったかどうかなんて、はっきりわからんもんだよ。それにしても、おまえ、ここで何やってんだ？　自殺でもしようってならべつだけどよ」

私はしどろもどろになりながら、出かけてきた目的を短く話した。

「ふーん。そんなら、早く行ったほうがいいぞ。なんなら、途中まで送ってやろうか。ほら、馬に乗れ」

石を持ったのと同じ手が軽々と私を馬の背に持ちあげ、手綱を渡した。老人はモーラグのロープを持った。するとモーラグはほとんど反射的に、彼と歩調を合わせて歩きだし、私は後ろから馬でついていった。一度ふりかえって見ると、雄牛はまだ膝を折って、石で殴られた道端に半分横たわっていた。牛の頭は片側にだらりと傾いているように見えた。

残りのヘアピンカーブを抜け、あと一キロ半ほど進んだところで老人が立ち止り、モーラグのロープを差し出した。私は馬を降り、差し出されたロープと馬の手綱を交換した。

「もうだいじょうぶだ。帰りは別の道を通ったほうがいいぞ」と彼は言った。

老人は酒瓶から一口ごくっと飲むと、黒い馬にまたがり、自分の家の方角へ馬を向けた。

モーラグと私は出発したときよりゆっくりと落ち着いて歩きつづけた。マクドゥーガル家の庭へ通じる小道に入ったときには、太陽がちょうど沈んでゆくところで、家の人たちが暗くなる前に最後の干草を納屋に入れようと急いでいるのが見えた。マクドゥーガルさんは干草を積んだ荷車の上にいて、下にいる人たちが放る干草をならしていたので、牛を連れた私を見てあまりうれしそうではなかった。

「やれやれ、また雌牛かよ」とマクドゥーガルさんは熊手を目の前の干草に突き刺しながら言った。私は父が話していたことを思い出した。

それでも、マクドゥーガルさんは息子の一人に仕事を代わってもらって荷車から降りてきた。

納屋へ行く途中、私はさっきの出来事を話した。

「そいつ、やっちまったのかい?」と彼は訊いた。

「さあ、わかりません。見えなかったから」

「たぶん、やってないな。あっという間だってんだろ? 届いてやしないよ、そいつは。ちゃんと位置につくまで、まあ、たいていはしばらくかかるもんだからな。とにかく、様子を見るしかないけどな」

私はモーラグのロープを握り、薄暗くなった庭に立って待っていた。純血種の特徴をすべてそなえた白と鮮紅色の雄牛が、鼻輪にはめられた長い木の道具で引かれて、うめきながら出てきた。種付けはのんびりと言っていいくらい時間をかけて、完璧に遂行されたようだった。

「よし、うまくいったぞ」と目の肥えたマクドゥーガルさんが言った。「間違いない。だいじょうぶだ」

雄牛が納屋へ戻されたあと、私は料金を払い、マクドゥーガルさんは家のなかに入っていって、メモ帳から破いた紙を持って引き返してきた。そこに、薄暗がりのなかで目を細めながら、日付とモーラグの所有者と種付けをおこなったという事実を、がっしりした手でちびた黄色い鉛筆を持ちにくそうに持って書いてくれた。雄牛の汗と精液のすえたような匂いが、その手や体にもまだまとわりついていた。

帰り道は遠回りした。夕闇が深くなるにつれ、通りすがりの車かトラックに轢かれるんじゃないかと心配だったが、車の往来はほとんどなく、私たちはしっかりした足取りできびきびと歩いた。帰り道というのはそういうものかもしれないが、距離は帰りのほうが長いはずなのに往きよりも短く感じられた。家に着いて庭に入っていったときには、あたりは真っ暗になっていて、父は納屋にいた。待っていたらしい。

「どうだった?」と父が訊いた。

もう一度、私はさっきの出来事を話した。

「そいつ、やっちまったと思うか?」と父が言った。

「わからない」

私は疲れきっていたので、立っているのがやっとだった。父は私の手からロープを取ると、納屋の奥へモーラグを連れていった。私は家に入り、夕食もとらずにベッドへ直行した。握っていたロープの跡がひりひり痛み、手と手首のまわりが赤くなっていた。

その後の数週間は、あの日の出来事を頭のなかで何度も思い出していた。私は半ば、モーラグが受胎していないことを願った。そうすれば、またはじめからやりなおせるかもしれない。だが、そうなると、今までの貴重な時間が無駄になり、九月の種付けともなれば、うまくいった場合でも春ではなく夏の出産となるだろう。それでは子牛クラブの設立には間に合わない。九月に入り、私は不安な気持ちでモーラグを観察したが、何の兆しも見られなかった。モーラグは満足げに草を食べ、海の近くの陽だまりに寝そべり、落ち着いた足取りで納屋に戻り、乳を搾ってもらった。何の心配もなく、ゆったり過ごしているようだった。

そして九月の後半、また心の引きしまる新たな労働の季節がめぐってきた。実った穀物を刈り取る仕事があり、ジャガイモを掘り出す準備も始まっていた。学校が再開され、私は八年生になった。さまざまな秋の農業祭や品評会が開かれ、私たちの農業研究員はいたるところに顔を出した。トラックに満載された最初の子羊が、秋の陽射しのなかでメーメー鳴きながら運び去られ、野菜畑の蔓や巻きひげが黄褐色に、次いで濃い茶色に変わった。

って本格的な家畜の売り渡しや処分が始まった十月、モーラグはまだのんびりと穏やかな日々を送っていた。初雪の降ったハロウィーンには、ほかの動物とともに冬の監禁生活を送るために家畜小屋に入った。

冬のあいだじゅう、私は子供の誕生を待つ若い父親のように落ち着かない気分で、モーラグを見守った。モーラグの体重が増えてくると、少しでも場所がとれるようにと特別の牛房に移し、ときどき、大きくふくらんだ胴体に腕をまわして、手に生命を感じとろうとした。最初にそれを感じたときには、すでに寒さも峠を越し、強い風の吹く気まぐれな三月に入っていた。私は頭のなかで、いろいろな姿勢をとっている胎児を思い描き、子牛はさらに現実味を帯びてきた。

この年の春は早く訪れた。夜にはまだ冷えこんだが、昼間は太陽が照り、柵の修理や排水管の取り替えなど冬のあいだに傷んだり壊れたりした箇所をなおしているわれわれの背中を暖めてくれた。五月になった最初の日、牛は外に出され、日中は忙しく草を探す冒険を始めた。はじめの一週間は、すっかり成長した動物たちは夜になるとまだ小屋のなかの比較的暖かい場所を探していたが、若い動物たちは暖かさより自由を求めた。私はモーラグの出産を外でさせるか納屋のなかでさせるか迷っていた。外でやれば感染症にかかる確率は減るが、寒さがこたえるかもしれない。小屋のなかは暖かいけれど、外より窮屈で不潔になる。今のモーラグは重くなりすぎて、横になるときにはほとんど倒れるように横たわり、起きあがるのにもかなり苦労していた。

五月十日の午後遅く、雌牛たちを連れ戻しに海岸へ行くと、モーラグの姿が見えなかったので、私の迷いなどおかまいなしに、その時が来たのだとわかった。半時間ばかりあたりを探したが、まだ冬の浮氷が点々と漂う海から冷たい風が吹きつけてくる場所を産屋に選ぶことはあるまいと思い、木の多い窪地や、奥に入ったトウヒの木立ちを歩きまわって探した。ようやく、春の湿った土に深く食い込んだ足跡を見つけた。すでに足跡に水がたまっているところを見ると、かなり前に通ったようだ。そうした足跡をたどって、沼地からちょろちょろ流れ出ている小さな水の流れを渡り、沼地そのものの周辺をまわり、そのあと急な斜面を登って、最後に、トウヒとモミの生い茂る小さな森の端に出た。

森の木は密集して生えていた。枝をかき分けながら、茶色い針葉樹の葉を敷きつめた地面の重々しい足跡をたどっていくと、突然、まるで部屋のような小さい空き地に出た。空き地はまだ芽吹いていない野バラに縁取られ、冬の風に根こそぎ倒された数本の古木が、森の縁に沿って頑丈な防壁をつくっていた。私が足跡をたどってきた通路を除いて、ほかに出入り口はなさそうだった。空き地に入っていくと、モーラグがわき腹を下にして横たわっていた。すでにかなり子宮口が開いていて、破水が始まっていた。モーラグは、空き地に入ってきた私を見て、足を踏んばってもがきながら立ちあがり、私に向かって角を振った。一瞬、子牛が出はじめているのに突進してくるつもりかと思ったが、牛はすぐに落ち着きを取り戻し、準備運動のように何回かゆっくりと円を描いて歩いたあと、もう一度わき腹を下にして、重たそうにどすんと横たわった。

出産のときはいつもそうだが、いったん事が始まると驚くほど早くすんだような気がする。何ヵ月も待ったことを思えば、あっという間の出来事だった。

子牛は雄で、肩はがっしりして厚みがあり、胸は大きかった。色はだいたい白で、頭と首の部分に灰色のまだらがあり、光の加減によっては灰色が青に近くなった。一見してすぐわかるようなきちんとした血統の特徴は認められず、『牛の標準的品種』といった本にのっているような牛ではなかった。モーラグは立ちあがって向きを変え、子牛の鼻の穴をなめて粘液を除いてやり、鼻先で体をそっと突いた。子牛はすぐに立ちあがろうともがきはじめた。生まれたばかりの骨格の上から透明な胎盤のカーテンが垂れ、ちらちら光っていた。

子牛はよろめいては倒れ、よろめいては倒れしていたが、しばらくして、母牛が初乳をやろうと鼻で少し力をこめて優しく押すと、まだぐらぐらしてはいたが倒れなくなった。母牛も子牛も顔を見合わせて幸せそうだった。私ががっかりしているとしても、そんな落胆はあきらかに牛の親子には関係のないことだった。

子牛クラブの夢は、五月十日、小さな森に囲まれたその空き地で終わりとなったが、八学年はまだ終わっていなかった。

その年の夏は、それほど懸命に働く必要はなかったように思う。もしかしたら、天候に恵まれたというだけのことかもしれない。あるいは私がそれだけ成長したからかもしれないし、私が気づかなかっただけで両親は懸命に働いていたのかもしれない。あるいは、その全部だったかもしれない。いずれにしろ、暇な時間がいつもよりあったらしく、その夏は野球に熱中した。

野球をやるのは、平日の夕方や日曜日の午後で、かなり遠く離れた場所まで試合に出かけた。ヒットを打つのは簡単だとわかったが、私がいちばん好きなのはボールをさばくことだった。私は三塁やショートを守り、守備範囲と責任を分担した。

内野ゴロでもライナーでもわくわくしながら待ちかまえた。どんな球でもこっちに飛んでこいと思い、どんな球でも逃さなかったと記憶している。私は突進し、跳びあがり、腰をかがめ、倒れこみ、片足を軸にして回転し、ふりむいて球を捕り、そして次の球も自分が捕りたいと思った。この地球上の私の小さな世界では、すべて思いどおりにできるような気がした。

冬の犬

Winter Dog（1981）

これを書いている今は十二月、もうすぐクリスマスがやってくる。オンタリオ州南西部のこのあたりでは三日前に初雪が訪れた。雪は深夜か夜明け前にひっそりと降った。私たちがベッドに入った真夜中近くには何もなかった。ところが、朝早く、廊下の向かい側の子供部屋から、クリスマス・ソングが聞こえてきた。まだ外は暗く、寝返りを打って時計を見ると、午前四時半だった。たぶん子供の一人が目を覚まし、外を見ると雪が積もっていたので、大急ぎでほかの子たちを起こしたのにちがいない。子供たちはクリスマスの気配に有頂天になっている。雪の発見は思いがけないプレゼントをもらったような、めまいがするほどのうれしい驚きなのだ。この地方に雪が降るという天気予報は、昨日ですら出ていなかった。

「何やってるんだ?」と、わかりきったことを大声で訊く。

「クリスマス・ソングを歌ってるの」と子供たちも大声で、これまたわかりきったことを答える。

「だって、雪が降ったんだもん」

「もうちょっと静かにしなさい。赤ちゃんが起きてしまうぞ」

「もう起きてるよ」と子供たちが言う。「あたしたちの歌、聞いてるよ。歌が好きみたい。外に出て、雪だるま、つくっていい？」

　私はベッドから這い出して、窓辺へ行く。近所は雪で覆われて静まりかえり、まだ明かりもついていない。雪はすでにやみ、静寂に包まれた白さに夜の影が映っている。

「この雪は、雪だるま向きじゃないな」と私。「乾いているから、固まらないよ」

「雪が乾いてるって、どうして？」と小さい子が尋ねている。それから、大きい子が言う。「じゃあ、外に出て、最初の足跡つけてもいい？」

　私の沈黙を、子供たちは了解と受け取ったらしい。ざわざわと動きまわる音や忍び笑いが聞こえてくる。階段を下りて電気のスイッチをひねり、互いに押しのけるようにコートやブーツを探している。

「何なの、いったい？」と妻がベッドから尋ねてくる。「子供たち、何してるの？」

「外に出ようとしてるんだよ、雪に最初の足跡をつけるんだって」と私は言う。「ゆうべ、かなり雪が降ったんだ」

「今、何時？」

「四時半過ぎ」

「ああ」

　私たち夫婦はここ数週間、気の休まらない日を送っている。遠く離れたカナダの東海岸に住む家族の病気や不安定な状態に頭を悩ませているのだ。二千四百キロの道のりを運転していくことも考えたが、やはり無理だとあきらめた。遠すぎるし、途中で何が起こるかわからないし、金がかかりすぎる。天気は変わりやすく、子供たちのためにサンタクロースのプレゼントもいっしょに運ぶという面倒もある。

私たちは結局、不安を抱えたまま眠り、見たくもない夢を見て寝返りを打つ。夜の十時を過ぎてから鳴る電話にぎょっとし、遠くから聞こえてくる声に安堵させられる。

「まず第一に、悪いことは起こってないからね」とその声は言う。「前とおんなじだよ」ときどき、こっちから電話をかける。ハリファックスの病院にさえかけて、電話に出た相手に驚くこともある。

「ニューファンドランドから、今日の午後着いたばかりでね。一週間はいるつもりだよ。今日は、ちょっと具合がいいみたい。今、眠ってるけど」

また、遠い西部のエドモントンやカルガリーやヴァンクーヴァーから電話がくることもある。みんな、もっとも感情を揺さぶられる状況のなかで冷静さを見出したいと思っているのだ。ブリティッシュ・コロンビアからニューファンドランドまでカナダじゅうに散らばる家族が、時差を越えて不安に陥りながら。

同じ街に住んでいる者同士でも行ったり来たりしながら、どんな手を打てるか考えている。


今晩、息を引き取るようなら、すぐにでも出発しなきゃ。あなた、来られる?

この時期、飛行機の切符は取れないだろうから、車で行くしかないな。

うちの車でだいじょうぶかなあ。カバノ近くの山がどうも心配で。

リヴィエール・デュ・ルーで足止めを食うと、こっちにいるよりもっとたいへんだしね。誰かに迎えにきてもらうにしても、遠すぎるし。

うちの車なら行けることは行けるけど、そんなに運転する自信がないな。もう目も悪くなってるし。とくに、吹雪の夜なんかはね。

もしかして、吹雪にはならないかも。

いつだって吹雪にはなるさ。

おまえが運転してくれるなら、うちの車、持っていくけど。休まず運転しなきゃならないもんな。

ジョンから電話があって、あいつの車、使うなら使ってくれってさ。さもなきゃ、彼が運転するって——自分の車か、誰かの車を。

彼、飲みすぎるのよね、とくに、この時期の長距離ドライブになるとね。今度の知らせを聞いてからずっと、飲みつづけよ。

心配だから飲んでるんだろ。いつもそうなんだよ、あいつは。

みんな飲むわけじゃないわ。

みんなそんなに心配するわけじゃない。それに、あいつは一度約束したら、向こうに着くまでは絶対飲まない。みんな知ってるよ。

しかし、今のところ、何も起こっていない。事態は前と変わっていないようだ。

窓の外を見ると、一面に降り積もった雪の上に、声を立てずに笑っている子供たちの姿があらわれる。真っ白なステージで、コートやマフラーにくるまった子供たちがパントマイム役者のように動く。体が重くて飛べない鳥のように楽しそうに手をばたばたさせながら、音もなく踊ったり何かの身振りをしたりしている。いちばん上の子から、近所はまだ寝ているから気をつけるようにとクギを刺されていたのか、みんな無言で跳ねまわり、ときどき手袋をはめた手を口に当て、込みあげてくる笑いを押し殺している。月明かりのなかで跳ねまわり、雪合戦をしたり、何もないまっさらの雪の上にいろいろな形や頭文字を描き、くねくねした線を引いたりしている。まわりの世界には何も知られず、何も見られず、何も聞かれない、すべて静寂のうちに……。暗い窓辺に立っている父親の私でさえ、子供たちが現実のものではないような気がしてくる。まるで民話の世界から躍り出てきた子供のようだ。この白く光る暗闇のなかで、誰にも知られない秘密の時間に、踊ったり物まねをしたり、跳ねまわったりして、朝の光が射すと姿を消し、動きまわった痕跡しか残さない、楽しそうな妖精のように……。ほんとうにベッドは空っぽなのかどうか、思わず子供たちの部屋へ確かめにいきたくなる。

そのとき、目の端に彼の姿がちらっと入った。金色に輝くコリーに似た犬だ。犬はまるで、舞台の袖から出てきたようにあらわれる。あるいは、冬景色を描いた絵の下の隅っこにいたのが、今はじめて目にとまったという感じだ。犬はおとなしく腰をおろし、目の前にくりひろげられている楽しそうな光景を見ていたが、そのうち、無言の招待に応じるように、そのまっただなかに飛びこんでゆく。子供たちは喜び勇んでぐるぐるまわりながら犬を追いかけ、急に折り返してきた犬に股をくぐられ、伸ばした手をすり抜けられて、倒れて転がったりしている。犬は子供の手から脱げそうな手袋を奪い、嬉々として宙に放りあげる。何人か落下点を予想して体を投げ出したが、犬はそれより早く、着地する寸前の手袋をぱくっとくわえて回収する。そして舞台の端まで走り、じらすように手袋を両足のあいだに置き、子供たちと向きあって横たわる。子供たちが向かってくると、またもやぱっと飛び出して手袋を放りあげ、また自分でキャッチして、日曜日にフットボールを楽しむ男たちが、相手のファンブルから手に入れたボールを持って、寄ってたかって奪おうとする敵を振りきって前進するように、子供たちのあいだをジグザグに走る。全員の手をかいくぐって逃げおおせたあと、得意満面の選手のように肩越しにふりかえり、まるでエンドラインがあるかのように、もう一度手袋を宙に高く放りあげる。それから、またその手袋をくわえると、自分を追いかける子供たちのまわりを、大きな輪を描きながら軽やかに駆けまわり、その輪をだんだん縮めて、最後には子供たちの手が自分の肩や背中や尻に触れるところまで近づくが、それでもまだ体をくねらせて巧みにすり抜ける。触れても、決してつかまらない。それがこのゲームの特徴なのだ。そして、犬はいなくなる。来たときと同じように突然去ってしまう。私は付近の道路に目を凝らし、その犬をよく見かける家のほうを見る。犬はいつも金網フェンスに囲まれた庭のなかにいる。雪か街灯か月の明かりに映えて輪郭が浮かびあがったのか、犬のシルエットがちらっと目に入った。高く弧を描いて、一瞬、フェンスのてっぺんに寄りかかったように見えたが、そのあと向こう側へ下り立った。犬はやわらかい雪のなかに肩からふわりとおりて、半回転して立ちあがり、飼い主の家の陰に消える。

「何を見てるの？」と妻が訊く。

「あのコリーみたいな犬だよ。向こうの通りから来て、今、子供たちと遊んでいったところ」

「でも、あの犬、いつもフェンスで囲まれた庭のなかにいるのよ」

「いつもじゃないんじゃないかね。たった今、フェンスを跳び越えて戻っていったから。飼い主も含めて、みんなフェンスのなかに閉じ込めていると思っているけど、犬にとってはそうじゃないんだよ。たぶん、毎晩、外に出て、わくわくする生活を送ってるんじゃないか。飼い主が足跡を見つけなきゃいいけど。そうと知ったら、今度は鎖でつなぐだろうからね」

「子供たちは何してるの？」

「犬を追いかけてたから、疲れたみたいだな。たぶん、もうすぐ戻ってくるよ。下に行って、戻ってくるのを待ちながら、コーヒーでも飲んでくるよ」

「わかった」

私はもう一度、フェンスで囲まれた庭のほうを見るが、犬の姿はなかった。

それと似た犬を最初に見たのは十二歳のときだ。家から十三キロ離れた鉄道の駅に、木枠の箱に入った生後二ヵ月の子犬が送られてきた。誰かが電話をくれたか、直接わが家に立ち寄ったかして、「おたくの犬が駅に着いてるよ」と教えてくれたのだろう。

子犬は、父がオンタリオ州モリスバーグに出した手紙と小切手の返答として、ケープ・ブレトンにやってきたのだった。『ファミリー・ヘラルド』という当時の農業新聞に「家畜用コリー犬」の広告がのっており、わが家は働き者の若い犬を必要としていた。

子犬の入った木枠のなかはきれいに掃除してあり、ドッグフードのビスケットと缶に入った水が残っていた。東部への道中は荷物係によく面倒を見てもらったらしく、犬は元気そうだった。首のまわりと胸と、かなり大きな四本の脚は白い毛で覆われ、ひたいに小さな白い炎がついていた。そのほかはふさふさした金茶色だったが、眉毛と耳の尖端と尻尾の先だけは色が濃く、ほとんど黒に近かった。この黒っぽい部分は成長するとほんとうに真っ黒になり、コリー特有のふさふさした毛もところどころ金色から灰色に変わった。背は平均的なコリーより高く、胸もぶあつかった。少なくとも何分の一かはジャーマン・シェパードの血が混じっていたらしい。

子犬がやってきたのは冬だったので、家のなかで飼うことになった。古いコートを敷いた箱をストーブの後ろに置き、そのなかで眠らせた。ほかの飼い犬たちはだいたい家畜小屋のなかか、積みあげた薪のわきやポーチの下か、家の周囲に築いた防寒用の垣の陰に、体を丸めて眠った。新しく来た子犬がそんなに大事にされたのは、まだ小さかったし、季節が冬で、ちょっとお客さん扱いしていたからだろう。それに、ほかの犬より期待されてもいたし、もしかしたらそれが金を払って買った犬で、しばらくのあいだはその犬が来るのを「計画出産」で生まれる子供のように心待ちにしていたからかもしれない。金を払って犬を買うのを、変わっているとか、くだらないとか考えている隣人や親戚たちは、怪しむようにこう尋ねたものだ。「あれが、おたくのオンタリオの犬かね?」とか、「おまえんとこのオンタリオの犬は、役に立つと思うかい?」などと。

結果的には、まったく役に立たないことがわかったが、理由は誰にもわからなかった。ひょっとしてジャーマン・シェパードの血が混じっていたせいだろうか。それにしても、この犬は「こつをのみこむ」ということができなかった。ほかの犬たちにもやったように訓練して働かせてみたが、いつも、家畜の群れをまとめるどころかパニックを起こさせ、事をよくするのではなく、かえって悪くした。この犬は「ヘッド・ドッグ」になった。つまり、家畜の後ろで働くのではなく、前にまわって家畜の先頭に突進する犬というわけだ。群れは前に進もうとしても邪魔されるので、おびえて同じ場所を意味もなくぐるぐるまわる。たまに群れの後ろにまわることがあると、今度は「乱暴な」犬になった。つまり、群れのそばをゆっくり走ったり、軽く嚙んだり、いるだけで家畜たちをうまく誘導するというのではなく、ほんとうにがぶりと嚙みつくので、家畜は驚いて全速力で駆けだしてしまい、これもまた困ったことになった。夏には、ときどき、この犬にあやまって追いこまれた乳牛たちが、恐怖に駆られて大きな角を振り、汗をかいた広いわき腹を波打たせながら小屋のなかに殺到した。犬にやられた傷口から血が流れ、脚や尻尾を伝って乳に混じり、牛乳を台無しにすることもある。犬は「いないほうがまし」と言われた。

だんだんとみんなに見放されていったが、灰色と金色の毛並みの色合いは濃くなってきて、誰もが認める「美しく格好のよい犬」になった。

また、途方もない力持ちでもあったので、冬の数ヵ月間はそりを引いた。そりをつけてやると、地表がどんな状態でもだいたいは何の苦労もなく軽快に引いた。そりを引かせるときには首輪をつけ、そこに軽いひもを結んで、最小限の操作ができるようにしたが、操作が必要になることはめったになかった。犬はクリスマス・ツリーや大きな小麦粉の袋や裏の森で仕留めた鹿を家まで運んだ。冬の罠を見にいけば、かかっていたヤマウズラやウサギを入れた麻袋を運んだ。私たちがそりに乗ることもあった。とくに海辺の吹きさらしの広い平地ではよく乗った。そこだと雪が深く積もることはなく、清水の湧き出る泉や池から染み出てくる水が氷の釉《うわぐすり》となって表面をつるつるに固めるので、そりの滑走部は何にもさえぎられることなく、まるで歌うようになめらかに滑った。最初は軽い足取りで走りだし、だんだんスピードを増してきて、ついには犬もそりもとぎれとぎれにしか地表に触れていないような気がするまで速く走った。そういうときの犬の体はいっぱいに伸び、両耳はぴたりと頭につけられ、スピードに合わせて頭と肩がリズミカルに上がったり下がったりした。私たちは、犬の爪に引っかかれて舞いあがった氷や雪の粒を顔に受けながら、そりの横木にしっかりつかまっていた。顔をそらして目を閉じていたが、風が鋭く肌を刺すので、冷たいのか熱いのか違いがわからなくなった。午後遅く、家に戻って用事をする時間になるまで、そうやって犬にそりを引かせて遊んだ。

今思い出しているのは、よく晴れた冬の日曜日のことだ。私は仕掛けた罠を見にいこうとしていた。その午後には、ほかの子供たちは家にいなかったらしく、大人たちは親戚が来るのを待っていた。私は犬にそりをつけ、家のドアを開けて、罠を見にいってくる、と大きな声で言った。そして森へ向かって裏の山を登りはじめたとき、ふと途中で後ろをふりかえって海のほうを見た。そのあたりでは大きな流氷の群れが集まってできた塊を「ビッグ・アイス」と呼んでいたが、そのビッグ・アイスが陸に接岸して見渡すかぎり広がっていた。ここ数週間、風向きや潮の干満によっては近づいたり離れたりしながら沖のほうに漂っているのが見えていたものの、昨日の段階ではまだ接岸していなかった。ビッグ・アイスが接岸すると、公式に冬の厳寒期の始まりとされた。流氷はだいたい北極圏やラブラドルからやってきたが、セントローレンス川の河口域から来る淡水の流氷も一部あった。独特の神秘的な冷たさを帯びて、クレーターや薄い板状の形、ときにはグロテスクな形や目の覚めるような芸術的な形をして数百キロにも連なりながら、気温の低下とともに南下してきた。青や白の流氷が多いが、なかには灰色やまばゆいばかりのエメラルド・グリーンをしたものもあった。

流氷が何か運んできたかもしれない。それを見にいこうと、犬と私は海のほうへ向きを変えた。私たちはいつも海のそばに住んでいた。そしていつも新しいものや変わったもの、珍しいものを探しに海岸へ行き、海のそばに住むほかの人たちと同じように、長年にわたっていろいろなものを見つけてきた。もっとも、大量にあると言われていた海賊船の黄金の詰まった箱や、老人たちが絶対に見えると言い張っていまだに語り草にしている不思議な明かりの原因は、見つからないままだった。それでも、酒樽が打ち寄せられたり、体のふくれあがった馬の死体やさまざまな釣り道具や沈没船から浮かびあがった家具などが見つかることもあった。私の部屋のドアは「ジュディス・フランクリン」という船の調理室のドアらしかった。この船が難破したのは、冬のはじめ、ちょうど私の祖父の父親が新しい家を建てていたときだった。祖父の話では、船が岩場に近づくとともに叫び声が聞こえ、明かりが見えたという。村人たちは暗闇のなかを走り、自分たちの体を海岸の木に結わえつける一方、遭難した人々に縄を投げた。小さな子供を抱きしめた女たちも含めて全員が救助された。翌日、家を建てていた人たちは海岸へ下り、座礁した船から使えそうなものを拾ってきた。家はいわば、新しいものと古いものの象徴的合体になった。ドア、棚、階段、ハッチ、木の衣装箱、トランク、そして奇跡的にも割れずに残っていたいろいろなガラスの小像やランプ。

人間も打ちあげられた。生き残った人も死んだ人もいた。船から海に落ちて、航海中に行方不明になったと報告されていた人の遺体や、壊れたボートの舳先の陰にうずくまるようにして死んでいた人の遺体もあった。そして冬も終わりに近い頃、アザラシを捕りに出かけた若い猟師たちが、乗っていた船を捨てて氷原を歩いて渡り、わが家のドアまでたどり着いたこともあった。猟師たちはだいたいにおいてまだ若く――十代の若者もいた――自分の手にあまる仕事に雇われ、もう二度とアザラシ猟には出たくないと思うようになっていた。彼らは方向を見失い、どこにいるのかわからなくなったが、陸が見えたのでそれをめざして歩いてきたという場合が多かった。たいてい、凍傷にかかり、所持金もほとんどなく、どうやってハリファックスまで行ったらいいかもわからずにいた。犬と私は海の上の氷に向かって歩いていった。

氷に「乗る」のは、ときとしてむずかしいことがあった。流氷の群れが接岸した時点では、出入りの多い海岸線や、潮の干満や海流の活動によって、氷の張っていない水面や不安定な場所ができるからだが、この日はむずかしいことは何もなかった。私たちは難なく氷に「乗り」、わくわくしながら新しい冒険にのりだした。最初の一キロ半は、果てしなく続く白い空間だった。屋内のアイスリンクのようになめらかな、妨げるもののまったくない氷原が広がっていた。私はその上で膝をつき、犬はゆったりとした駆け足で軽やかに進んだ。しばらくするうち、だんだんと氷原の様子が変化してきた。流氷がぶつかってできた尾根のような隆起や氷の丘などの起伏があらわれ、それ以上先へ進むのは困難になった。そこで氷の丘を迂回しようとしていたとき、突然、みごとなアザラシが目に飛びこんできた。はじめは、生きているのかと思った。犬もそう思ったらしく、急に立ち止ったので、あやうくそりの先が犬の脚にぶつかりそうになった。犬は首筋の毛を逆立て、最近覚えた威嚇するようなうなり声を発した。だが、アザラシは死んでいた。にもかかわらず、信じがたいほど完璧にもとの姿をとどめたまま氷に閉ざされて、私たちと向きあっていた。雪の白さよりわずかに暗い色合いの毛皮にうっすらと粉雪がかかり、繊細な霜がひげの輪郭をつくっていた。目は大きく見開かれ、まっすぐ陸のほうを見つめていた。私の記憶のなかでは、その姿は今でも本物より本物らしく生き生きと残っている。まるで、氷の芸術によって、命そのものよりもっと印象的な何かに変えられたようだった。博物館の展示物のなかに思いがけずアザラシを発見して、真に迫ったその姿に目がクギ付けになるようなものだ。私はすぐさま、これを家に持ち帰りたいと思った。

凍ったアザラシは氷の台の上に固まっていたので、てこの代わりになるものが必要だった。私は犬からそりの引き具をはずし、氷の丘のてっぺんにそりと引き具をかけて目印にしてから、てこを探しに出かけた。しばらく歩いたところで、三、四メートルほどのポールを見つけた。氷原でそんなものを見つけるというのは意外なことではあるが、不思議なことに、実際、氷原ではそんなものも見つかるのだ。夏の海の上でポールが浮いているのを見つけるのと似たようなものだろう。予想もしないことだけれど、ありえないことではない。私はそのポールを拾って引き返すと、仕事に取りかかった。犬は犬で自分の探検に出かけていた。

氷の表面はかちかちに凍ってはいたが、まったく歯が立たないわけではなさそうだった。ポールの端を、まず片側に、次に反対側に差しこみ、それから前、次に後ろというふうに差しこんでいくと、少しずつ氷がはがれてきた。その最中、なんて暑いんだろうと思ったことを覚えている。激しく体を動かし、びっしょり汗をかいていたからだ。戻ってきた犬は、そわそわと落ち着かない様子だった。雪が降りはじめてはいたが、こちらの作業ももう少しで終わるところだった。犬はたいして興味もなさそうにアザラシの匂いを嗅ぎ、哀れっぽい声でちょっと鳴いた。珍しいことだった。それからもう十五分ほどして、ようやく戦利品をそりのなかに転がし、犬に引き具をつけて出発した。二百メートルほど進んだところで、アザラシがそりから滑り落ちた。私は犬を止まらせると、引き返して、もう一度アザラシを転がし、なんとかそりにのせた。今度は、犬を引くひもを首輪からはずして、アザラシをそりに縛りつけた。どのみち家に帰るわけだから、誘導されなくても犬は進む方向を知っていると思ったのだ。不器用に結び目をつくろうとしているうち、指がかじかんできた。犬はクンクン鳴き、後ろ足で立ちはじめた。そして出発の命令が出ると、すぐさま駆けだした。私はそりの後部でしっかりアザラシにつかまった。雪は前より激しくなって顔に吹きつけてきたが、全速力で走りつづけ、アイスリンクのような氷原に来たときには、氷のボートのように滑ってそこを横断した。そりの前部を占める凍ったアザラシの横顔が、ヴァイキング船の舳先を飾る像のようだった。そして、なめらかな広い氷原が終わったまさにその末端のところで、私たちは氷の割れ目に落ちてしまった。そりの最後部にいた私の位置からは、犬が落ちるのは見えなかったが、落ちてゆくのは感じとれた。私は後ろへ投げ出され、その数秒後、そりとアザラシが犬に続いて暗い水のなかに落ちていった。犬は走っていた勢いもあって一度は氷の下に沈んだが、すぐに頭を出して浮かびあがり、ぎざぎざになった氷の穴の端に這いあがろうとした。しかし、勢いのついたそりと荷物の重みに邪魔されて、ふたたび氷の下に沈み、今度は姿が見えなくなった。

私は「縫い目」にぶち当たったことに気がついた。広々としたなめらかな氷原は、まぎらわしいことに、海岸近くのでこぼこの氷に一時的に連結していただけで、今そこから離れようとしているところなのだった。目の前の割れ目がだんだん広がっていくのを見て、私はそこを跳び越えて反対側へ移った。ちょうどそのとき、奇跡的にも、犬がふたたび水面に顔を出した。私は腹ばいになって両手で犬の首輪をつかんだが、そのあと一瞬混乱して、どうしていいかわからなくなった。自分の体が犬といっしょに暗い水に向かってずるずる滑っていくのを感じ、引っぱりこむものの重さに気づいた。そして、犬がかみそりのように鋭い爪を顔の前で振りまわしているのに気づいて、目をやられるかもしれないと思った。そしてまた犬の目が飛び出そうになっているのにも気づき、私に首を絞められると誤解した犬が、必死に反撃して私の顔に嚙みつくかもしれないと思った。そういうことすべてに気づいていたのだが、どういうわけか何もしなかった。そのまま氷につかまって、穏やかな水音を立てて揺れている暗い海のなかへ、この騒ぎの最中に優しく水を跳ね散らかしている暗い海のなかへ、引っぱりこまれていくほうが簡単なような気がした。すると、突然、犬の動きが自由になって、後ろにそりをつけたまま私の肩によじ登ってきた。アザラシもふたたび姿を見せた。凍った体のせいか毛皮のせいか、とにかく水面に浮きあがった。

おそらく生きているときより本物らしく見える姿で、私のほうを一瞬珍しそうに見たような気がしたが、その直後、今度は永遠に氷の下に消え去った。結び方が下手で、そりが垂直になったときにひもがゆるんだのだろう。かじかんだ私の指の無能さに命を救われたわけだ。私たちは、将来のいつかまたその時が来るまで生き長らえることになった。

犬はちょっと横たわってあえぎ、息をつまらせ、咳こんで、冷たい塩水を吐き出したが、そうするのとほとんど同時に毛が凍りはじめた。そのとき、私もはじめて寒さに気がついた。ほんのつかのま横たわっていただけで、着ているものが氷にくっつきはじめていた。さっきの汗が霜となって、衣類の下で体の輪郭を白い線でなぞっているようだった。私がそりに乗ると、ただちに犬は走りだした。私は身を低くかがめた。犬の毛は急速に凍りはじめ、やがて、氷をコーティングした個性的な毛皮が、走る犬の動きに合わせてカスタネットのようにカタカタとリズミカルな音を立てはじめた。激しく降る雪が顔に吹きつけ、夕暮れが近づいているような暗さになったが、すでに見えなくなってしまった陸地ではそんなことはないはずだった。私はもっと早く気づくべきだったことを思い出した。つまり、雪が顔に吹きつけてくるなら風は陸から吹いている、風が陸から吹いているなら氷の群れがその風で海のほうへ押し戻されている、という当然のことだ。たぶん、「縫い目」ができたのは、そのせいもあった。それに、流氷の群れはたった一晩「接岸」しただけで、まだしっかり「定着」したわけではなかったのだ。ほかにもまだ気づいたことがあった。今は午後遅く、潮の引く時間だということ。私たちがどこにいるか、誰も知らないということ。私は山に罠を見にいくとは言ったが、そこへは行かなかった。それに、間違った情報を告げたにしても、返事がなかったということも思い出した。だから、ひょっとしたら誰にも聞こえなかったのかもしれない。そして、もし陸地もこんなふうに激しい吹雪になっているなら、私たちの足跡はもう消えているだろう。

やがて氷に起伏のある場所に出た。巨大な板状の氷が立っていたり、一枚がもう一枚の上に積み重なったりしていた。まるで風変わりな倉庫みたいだった。もうそりに乗っているのは無理だった。私はそりから降りて、犬と離れないための手段としてそりを持ちあげてしっかりしがみついた。いつも首輪につけているひもは、アザラシとともに沈んだ。立ちあがってみると、膝がこわばってよく曲がらなかった。そして、それまで風除けになってくれていた犬がいなくなったので、今は吹雪をまともに顔に受けるようになり、とりわけ目を直撃された。視界をさえぎるだけでなく、乱れ飛ぶ雪がほんとうに目のなかに入ってくる。そのため涙が出て、その涙が凍り、目がほとんど閉じてしまうのだ。まつげについた氷の重みを感じ、まつげがだんだんと垂れ下がり、もっと重くなって、自分のまつげが見えるまでになった。最初に流氷の上に乗ったときには、氷の状態がこんなだったという覚えはなかったが、それほどひどく驚いたわけではない。私は感覚のなくなった足の裏を氷の上にしっかりと押しつけ、氷が動いているかどうか感じとろうとした。でも基準になるような静止しているものがなかったので、どちらとも言えなかった。空港の動く歩道やエスカレーターに乗っているのと同じような感覚だ。じっと立っていても動いているというのはわかるが、もし目をつぶって何も見えなければ、動いているという感覚すらおぼつかなくなる。

犬が情けない声で鳴きながら、私のまわりをぐるぐる歩きはじめたので、そりをつかんでいる私の脚に引き具の引き革が巻きついた。とうとう、私は犬を放すことにした。このまま引き止めておいても仕方がないし、ほかにできることは何もない。私は引き革をはずし、後ろに引きずって何かに引っかけたりしないようにできるだけ小さく折りたたんで、引き具の背当ての下にたくしこんだ。こうした作業をするのに手袋をはずさなかったのは、いったん脱いだらもとに戻せないのではないかと心配だったからだ。犬はたちまち雪のなかに姿を消した。

そりは叔父からもらったプレゼントだったので、あくまでそれを手放さず、吹雪をよける盾の代わりにしようと、両端をつかんで運んだが、盾としての効果はほとんどなかった。できるだけ頭を低くし、風が顔に当たらないように横を向いて歩いた。ときどき、風に背を向けて、何歩か後ろ向きに歩いた。うまい歩き方ではないとわかっていたが、そうでもしないと息もできないようなときがあったのだ。しばらくして、足のまわりに水が跳ねはじめたのがわかった。

潮や海流の動きが激しくなって、流氷の群れがばらばらになりはじめるときには、氷の下の水が上まであふれ、ふたたび海面下に取りこもうとするように氷の表面を洗うことがある。ときには、水の下に堅い氷がはっきりと見えることもあったが、まだ固まっていない「どろどろ」の氷と雪が混じりあって、半解けのシャーベット状で浮いていることもあった。そういう流氷は厚みがあって光を通さず、どろどろしているので、下に何が横たわっているか見えなかった。経験が豊富だと、流氷に乗るときには、歩を進める前に足場の堅さを確かめる細いポールを持っているものだが、もちろん、未熟な私にそんな知恵はなかった。アザラシを氷の台からはずすために使ったポールを持ってくればよかったと、ちらっと後悔した。それでも、前に進むほかなかった。

水のなかに落ちたときに最初に抱いた感覚は、安堵や安らぎに近いものだった。最初は、氷の上にいるときより暖かく感じられたからだ。それは最も危険な錯覚で、すぐに着ているものが重くなっていくのがわかった。私はそりをいかだ代わりにしてしがみつき、どうにかそりを上下に動かして前に進んだ。腕が水を含んで持ちあげられないほど重くならないうちに、硬い氷の面にそりを当てたかった。私はそのときはじめて、激しく吹きつける雪に向かって大きな叫び声をあげた。

すぐに犬がやってきた。もっとも、解けかかった雪に膝までつかっていて、おびえているのがわかった。それでも泳いではいなかったから、犬が立っている足場は堅かったのだろう。私は水を跳ね散らしながら犬のほうへ近づき、あと少しというところまでたどり着いたとき、思い切ってそりを前に投げ出し、犬が立っている堅い足場の端らしきところをめがけて跳びついた。が、両手で冷たい薄粥をつかんだように、氷はぐしゃっと崩れた。そのとき、犬が前に足を踏み出してきた。それでもまだ私は、犬の体重を支えている足場に自分が乗ってもだいじょうぶなのかどうか量りかねていた。ようやく、私は犬の胸に渡された引き具の革ひもをつかんだ。すると犬は後ろに下がりはじめた。前にも言ったように、この犬はものすごい力持ちだった。引き具が犬の肩から前へずり落ちはじめたが、犬は私を引っぱりつづけ、私はつかまりつづけた。とうとう、肘が堅い氷の上についた感じがした。私はその氷の端に両肘をかけ、自力で這いあがった。全身ずぶ濡れで、暗い水面から白いどろどろの氷の上にあがってきたもう一頭のアザラシのようだった。上に出たとたん、着ているものが凍りはじめた。肘や膝を曲げると、まるでSFの国から抜け出したロボットのようにギーギー音がし、しばらくして自分を見おろすと、ワニスを塗ったように全身が透明な氷でコーティングされていた。

冬の海に落ちたとき、最初は逆に暖かいと感じたように、この氷のコートは、肌を突き刺す風から自分を守ってくれているような気がしたが、これもまた人を惑わす錯覚で、あまり時間は残されていないことはわかっていた。犬は風に逆らって進みはじめ、私はそのあとをついていった。今度は、犬は私の見える範囲にいて、ときどきふりかえって、私を待ってくれさえした。その足取りは慎重だったが、しっかりしていた。やがて、徐々に雪のぬかるみが消え、まだ水に洗われてはいたけれど氷の表面が堅く透明になってきた。凍った衣類が重くのしかかってきて、皮肉なことに、氷の鎧の下で汗が流れるのがわかった。私はひどく疲れていたが、これも危険な感覚だった。そのとき、陸が見えた。それはすぐ近くにあり、ほんとうに突然あらわれたのでびっくりした。冬の雪嵐のハイウェイで、立ち往生していた車に突然出くわした感じだった。陸地はほんの数メートル先にあり、接岸している流氷はもうなかったが、そのあいだの水面には薄い氷がいくつか浮いていた。犬はその薄い氷をぴょんぴょん跳んで渡り、私も、まだそりをしっかり持ったままあとに続いた。最後のひとつだけ渡りそこねたが、もう磯が目の前だった。水は腰丈ぐらいしかなく、足が底についた。私はバシャバシャと派手に水を跳ね散らしながら陸地にあがった。私たちはまたもや、将来いつかその時が来るまでは生き長らえることになった。犬はいったん海岸まで到達しながら私のところへ引き返してきたのかどうか、風は逆に吹いていたのに私の叫び声が犬に聞こえたのかどうか、私には知る由もなかった。

私たちは家に向かって駆けだした。陸地の空は明るくなって、夕方の薄日が射していた。風はまだ吹いていたが、雪は降っていなかった。だが、後ろをふりかえると、流氷と海が雪と風の渦のなかに隠れて見えなくなっていた。雪が降っているような映りの悪いテレビ画面で、遠く離れた別の国を見ているようだった。

命が助かって贅沢なことを考える余裕ができると、今度は、親の言いつけを守らない子だとか馬鹿な子だとか思われたくないという意地に取りつかれた。来客の車はまだ庭に停まっていたので、家族のほとんどが居間か客間にいるだろうと見当をつけ、犬を連れて台所のほうへまわって裏口から家に入った。そして誰にも気づかれずに階段をのぼり、服を着替えて一階に下り、みんなに混ざって、できるだけふつうに見えるようにふるまった。客の応対に追われていた家族は、私を見てもどうでもいいようなことしか言わなかった。着替えのできない犬は、テーブルの下で両足に顔をのせて寝そべっていたが、これもおおむね気づかれずにすんだ。しばらくして毛についた氷が解けだし、犬のまわりに水たまりができたので、私はなにげなくモップで拭きとった。それでもあとで誰かが、「この犬、どこに行ってたのかしら？　毛がびしょびしょよ」と言っていた。私はその午後の体験や犬に命を救われたことを、誰にも話さなかった。

それから二度めの冬のある日、隣家の台所のテーブルに坐っていたとき、窓の外に目をやると、犬が撃たれるのが見えた。犬は父と私についてきて、隣家のそばにある小さな丘の上に、堂々とした姿で坐っていたのだ。それは申し分のない標的だったろう。しかし、犬は幸か不幸かちょうその瞬間に動いたので、高性能の銃でも命中せず、弾は肩を打ち砕いた。犬は宙に跳びあがり、見えない痛みのもとを嚙み切ろうと、身をくねらせて傷口にぱくっと嚙みついた。それから、わが家に向かって歩きだした。よろよろしていたが、それでもまだ使える三本の脚で力強く歩いていた。私たち人間もみんなそうだが、犬も家にたどり着けば助かると思ったのだろう。しかし、たどり着くことはできなかった。雪の上に続く出血の量と、三本脚のよろめく足跡を見れば、たどり着けないことはあきらかだった。それでも、前にも言ったように、この犬はものすごい力持ちだったから、一キロ以上も歩いた。息が絶えるときには、探し求めた家が視界に入っていたにちがいない。私たちが道端に倒れている犬のそばまで行ったときには家がはっきりと見えた。犬は目を開き、舌を歯にはさみ、まだ残っていたわずかな血が、赤や黒の色をして冬の雪の上に落ちていた。犬はもはや、将来のいつかその時のために命を救われることはなかった。

その後、父が隣人に犬を撃ってくれと頼んだのだと知った。いわば、だまし討ちにかけたのだ。父がそうしたのは、隣人のほうが若くて射撃の腕が確かだったからかもしれない。自分の手で殺したくなかったからかもしれない。あきらかに、父は最初そんな無惨なことになるとは予想していなかったのだ。

犬はどんどん力がついて自衛心が強くなってきていて、よその人はわが家の庭に入ってくるのをためらうまでになっていた。そして近所の二人の子供が嚙みつかれ、学校への往き帰りにわが家の前を通るのを怖がった。また、この犬がほかの犬たちの分を横取りするほど繁殖にいそしんで、夜になるとほかの犬より遠くまで出かけていっては雌を襲ったり、自分より小さい犬と雌を争って怪我を負わせるといった反感が、あの界隈ではあったのかもしれない。この犬が子孫をつくって好ましくない性格を遺すのは歓迎できないと思われたようだ。

静かな雪のなかで、興奮した子供たちと遊んでいる金色の犬を見て、思い出したことをここに書いてきた。子供たちが家のなかに戻り、温かいココアを飲んだあと、風が吹きはじめた。そして、私が仕事に出かける頃には、早朝のお祭り騒ぎの形跡も、金網フェンスまで続いていた犬の足跡も、みな消え去った。「閉じ込められた」犬は、車のフロントガラスの雪を取り除いている私を落ち着きはらった目で見た。あいつなんかに何がわかる、と言っているようだった。

あいかわらず地吹雪は止まず、私たちが予測しかねていることにまたひとつ不安な要素が加わった。今夜、どうしても運転するしかないという事態になったら、向かい風と吹雪を正面から受けて走りつづける厳しい長距離ドライブになるだろう。オンタリオとケベックとニューブランズウィック、それにノヴァスコシアの花崗岩の海岸にも、この突風と地吹雪があばれまわっているらしい。われわれが死に引き寄せられていけば、自分自身の死に遭遇することも十分ありうる。それでも、そんな可能性を考えることができるのも生きていればこそのことだ。あの金色の犬に救ってもらわなかったら、こんなむずかしい心配事を抱えることもなかっただろうし、雪のなかで遊ぶ子供たちの父親になることも、もちろんこんな回想を書いていることもなかっただろう。私がこんなに遠くまで来られたのは、彼のおかげなのだ。

私にもあの犬を救ってやることができなかったのはほんとうにつらい。道端に横たわる血だらけの体を見おろしていたときの私の気持ちなど、犬にはなんの役にも立たなかった。そのときにはすでに手遅れで、私にはどうしようもなかった。たとえ殺される可能性を知っていたとしても、簡単には助けられなかっただろう。

　犬が私たちと暮らしたのは短い年月で、いわば自業自得で自分の運命を変えたのだが、それでもまだあの犬は生きつづけている。私の記憶のなかに、私の人生のなかに生きつづけ、そのうえ肉体的にも存在しつづけている。この冬の嵐のなかで、犬はそこにいる。耳と尻尾の尖端が黒く、家畜小屋のなかや、積みあげた薪の山のわきや、ポーチの下や、海に面した家のそばで体を丸めて眠っている、あの金色と灰色の混じった犬たちのなかに。

完璧なる調和

The Tuning of Perfection（*1984*）

その年の四月半ば、彼はまた一冬生き延びたと考えた。七十八歳だった。「年老いた」とか「かくしゃくとした」とか「歳より若い」といった言葉に頼るのではなく、ここで正確な歳をあきらかにしておくのがいちばんだろう。年齢は七十八歳、長身痩軀で、髪は黒、目は茶、歯は自分の歯だった。よく身ぎれいにしていると言われたものだ。いつもきちんとひげを剃っていたし、着ているものもこざっぱりとしていた。ベルトではなくサスペンダーを愛用していたのは、ズボンが腰のところでたるんだり、シャツが出すぎたりするのを嫌い、ズボンの脚が二本すっきり「並んで」見えるようにしたかったからだ。人前に出るときには、かならず靴をはいた。寒い日やぬかるんでいる日には、靴の上からオーバーシューズやゴム製の浅いオーバーシューズ、あるいは自分で「オーバーブーツ」と呼んでいる、前にジッパーのついたゴム製の防水靴をはいた。もっと一般的なゴム長靴は、人前で決してはかなかった。もちろん持ってはいたが、それはポーチの隅のきれいな段ボール箱の上にきちんと置いてあった。

彼は若いときに自分で建てた山頂近くの家に一人で暮らしていた。かつては同じ空き地にもう一軒建っていて、今でもまだ、穴蔵だった窪みや苔だらけの土台石がいくつか残っていた。この

「昔の家」は、彼の曾祖父がスカイ島から移住してきたときに建てたもので、今はもう存在しないのにまだ「最初の家」とか「古い家」とか呼ばれていた。曾祖父がなぜ高い山のてっぺん近くに家を建てたのか、はっきりその理由を知っている者はいなかった。とくに当時は広い土地が政府から下付されていた時代だったから、山に家を建てるにしても、もっと足の便のよい場所がいくらでもあったはずだ。きこりだったので木を切り出して麓に降ろすのに山のてっぺんから始めたかったのだ、と言う者もいた。あるいは、スコットランドで味わった争いごとのせいで、新世界では人に近づかれたくない、近づいてくる者は敵か味方かわからないから、相手が自分を見つけるより先に自分が相手を見つけるようにしたかったのだ、と言う者もいた。あるいはまた、単に一人で暮らしたかっただけだと言う者、眺望のいいところに建てただけだと言う者もいた。世代が進み、スカイ島から来た男が遠ざかるにつれて、こうした理由がいっしょくたに混ぜあわされるようになった。結局、眺望説がいちばん息の長い理由だということが証明されたのかもしれない。スカイ島から来た男も彼の建てた家もすでになくなってしまったが、眺望はそのまま残っていたからだ。たしかにすばらしい眺めだった。眼下に広がる谷間《たにあい》と、彼の住む山より低い山並みと、その山の向こう側まで、何キロにも渡って眺望がひらけ、西に目を向ければ海があった。海には、夏にはさまざまな漁船、冬にはアザラシ猟の船が浮かび、プリンス・エドワード島の輪郭やマグダレン諸島の平坦な形が見え、その東には紫色の大きな塊となったニューファンドランド島が見えた。

谷間に沿って続いている舗装道路の「本道」は、彼の家から車で八キロのところにあったが、歩いてゆくときには細い山道や小さな急流の橋を通る近道があるので、それほどの距離ではなかった。昔はそういう小道にも、徒歩や馬で行き来する人がたくさんいたのだが、時代とともに車が普及すると、小道は使われなくなって植物が鬱蒼と生い茂るようになり、春の雪解け水で橋が押し流されても、そのつど架け替えられたり修復されたりしなくなった。

彼の家まで登ってくる曲がりくねった道路の区画は、ほかの区画でもよくあることだが、長いあいだ論争の的になっていた。山の上のほうの住人はだいたい彼の親戚で、スカイ島から来た男に下付された土地の範囲内に住んでいた。道路の一部は「公有地」だったので、そこは当然、道路交通局が補修した。しかし、それ以外は、彼の区画も含めて「私有地」だったので、政府の管理下にはなく、補修は沿道に住む人々だけでおこなわれた。彼の家は、「最後から二番目」(または「二番目」――山の上下どちらから数えるかによって呼び方が違う)の家からさらに一キロ半ほど登ったところにあったため、地ならし機や砂利トラックの訪問を受けることもなく、冬の除雪機にもお目にかからなかった。道路交通局はヘアピンカーブの山道に人員や装備を派遣しなくてもいいことをひそかに喜んでいる、と世間では思っていた。そういう山道は、崖から落ちた車の残骸が転がっている危険な峡谷沿いにあった。道路交通局はそこより標高の少し低い道路についてもそれほど細かい気づかいをしなかった。だから、「税金に見合ったよりよいサービス」を要求する嘆願書がしょっちゅう出まわった。にもかかわらず、道路の「私有地」にあたる区画を「公有地」にするという問題が持ちあがると、かならず、「われわれの祖先の土地をわれわれの土地のままに」といった言い回しの嘆願書が出てきた。山から五キロほど下ったところ(あるいは麓から三キロほど上がったところ）にスクール・バスが方向転換する広場があり、麓からその広場までは、その種のほかの道路と同じように管理され補修された。

彼はテレビの映りがいいと言って、山の上にひとりで住むことをいとわなかった。もちろん、テレビはよく映るだろうが、そんなことは比較的最近の理由でしかない。一九二七年の二年前、彼が家を建てたときにはテレビはなかった。その頃の彼は間近に迫った結婚のことで頭がいっぱいだった。当時ですら、山を下りる人が多いのに、なぜわざわざ「山に登ろうとする」のだろうと不思議がられた。彼はそんな人たちには目もくれず、双子の弟といっしょに頑固に完璧主義を貫いて家造りに励み、棟木をあげたり切妻屋根を組んだりするときなどの、ほんとうに必要なときにしか他人に手伝いを頼まなかった。

彼と妻は同い歳で、お互いに夢中になったときはまだとても若かった。二人ともほかに相手がいるわけではなかったが、彼は彼女に家が完成するまでは結婚しないと告げた。結婚したらしばらくはどちらかの家族と同居するという当時の風習に従わず、「自分たちだけ」になれる家がほしかったのだ。だから、「自分の人生」が終わって「二人の人生」が始まる日を楽しみにして、必死にがんばって家を建てていた。

彼と双子の弟は、その家を「古いやり方」で建てた。つまり、自分たちで設計して、自分たちで木を切り、それを馬に運ばせ、自分たちで設置した製材用具を使って、切り出した丸太を建築用の板に製材したということだ。家が山の風に吹かれて揺れても、船のようにまたもとに戻ってひっくり返ることがないように、屋根の木材には鉄の釘ではなく木の釘を使うことも決めた。

結婚する直前の夏、もうじき新妻になる彼女は、材木を運んだりハンマーを振るったりして、彼と同じくらい一生懸命に働いた。男の仕事をしすぎると父親に言われると、「私は自分がやりたいからやっているの。私たちのためにやっているの」と答えた。

家を建てているあいだ、彼らはよくいっしょに歌を歌ったが、その歌詞はゲール語だった。ときどき、どちらかが独唱のパートを歌い、もう一人が合唱のパートを歌った。独唱も合唱も関係なく、はじめから終わりまでいっしょに歌うこともあった。なかには十五行から二十行の詩から成る歌もあり、そういう歌は終わるのに時間がかかった。よく晴れた穏やかな日には、山腹やもっと下の谷間に住む人にさえ、ハンマーで叩く音や力のこもった若々しい歌声が聞こえた。

二人は九月の終わりの土曜日に結婚し、最初の娘が生まれたのはきっかり九ヵ月後のことだった。それはしばらく世間話の種になった。それから十一ヵ月もたつかたたないうちに二人目の娘が生まれた。当時、彼は冬のあいだ、二、三十キロ離れた森の伐採場で働いていた。一コード(長さ四フィートの木材を高さ四フィート、幅八フィートに積んだ容積)につき一ドル七十五セントでパルプ用の木材を切り出し、馬の使用料として月に四十ドルを受け取った。朝は五時半に起き、夕方七時過ぎまで働き、夜は木の枝で作ったマットレスの寝台で眠った。

週末に家に帰ることもあった。澄みきった冬の夜、谷間から山を登りはじめると、彼の馬の特徴のある鈴の音が妻の耳にも届いた。山道は急な上りだったが、馬たちは家に向かっていると知っていたから歩調も軽く、少しでも平らなところに出ると駆け足になって、それに合わせて鈴の音も速くなった。彼はときどきそりを降り、体を暖めるためと家がどんどん近づいているのを実感するために馬と並んで走ったり、馬の前を走ることさえあった。

鈴の音を聞いた彼女は、ランプを持って窓から窓へ移動し、最後の窓まで来るとまた最初の窓に戻って同じことをくりかえした。それは、灯台の明かりや、一定の間隔をおいてスイッチが入ったり切れたりしている電灯のように、規則正しい光の明滅となって見えた。窓から窓へ移って送られてくるその光が、彼には興奮した雌馬がちらちら見せる合図のように感じられた。だから、疲れてはいたが体に欲望がみなぎってきて、自分を駆り立て、もっと速足で山を登った。

彼は馬を小屋に入れて餌を与えてから、家に入っていった。そして二人は台所のまんなかで互いの腕に飛びこみ、ひしと抱きあった。彼の衣類はまだ雪と霜でびっしり覆われていたので、動くとギシギシと音を立て、ストーブのそばにいると湯気があがった。さっきまで揺れ動いていたランプは台所のテーブルの上に置かれて静かになり、そこには彼らだけしかいなかった。彼らより上にいるのは、もっと高いところに生えている栂《つが》の木に巣をつくった一夫一妻主義の鷲だけのようだった。

五年間の二人の結婚生活は、そんな関係が長続きするはずはないと思われるほど熱烈で、お互いにますます夢中になり、ほかの人たちをほとんど寄せつけずに暮らした。

一九三一年二月、彼女が月足らずで出産したとき、彼は家にいなかった。予定日までまだ六週間もあったし、四番目の子供のために必要なお金を稼ごうと、いつもより少し長く伐採場で働くことにしていたからだ。

そのとき、その地域一帯に大雪が降り、強い風が吹いてきて、そのうち身を切るような寒さになった。すべてたった一日半のことだった。彼女は山を下りることもできず、伐採場に連絡することもできなかった。二日目になって、彼の双子の弟が雪のなかをなんとか歩いて森の伐採場にたどり着き、山ではみんな知っていることを、すなわち、彼の妻と彼のはじめての息子となるはずだった子供が亡くなったことを知らせた。弟が伐採場に入ってきたとき、積雪は頭の高さを越えていた。弟は地吹雪と闘って汗だくになっており、青白い顔で体を震わせ、伐採場の敷地で嘔吐しはじめながら、兄にニュースを伝えた。

彼はただちに出発した。弟は体を休ませるためにあとに残し、弟が森に入ってきたときの足跡を逆にたどった。彼には信じられなかった。彼女が自分のいないところでいなくなってしまったことが信じられなかった。あんなにもぴったり寄り添っていたのに、ニュースを知ったのは自分がいちばん最後だったとは、そしてあれほど「自分たちだけで暮らしたい」と願っていたにもかかわらず、彼女が他人に囲まれて死んだとは信じられなかった。だが、彼がそばにいなかったのだから、ほんとうの意味では一人で死んだのだ。始まりはいつもいっしょだったのに、最後のときに離ればなれだったとは、どうしても信じられなかった。これは何かの間違いだと思おうとした。しかし、青白い顔で体を震わせ、雪で固められた伐採場の敷地で吐いていた弟を思い出すと、そんなささやかな望みも吹き飛んだ。

彼は葬式の準備中も葬式の最中も、何もする気になれず茫然としていた。妻の姉たちが来て、幼い三人の娘たちの面倒をみてくれた。娘たちはときおり母親を求めて泣くものの、ちやほやされるのを喜んでいるようにも見えた。葬式のあくる日の午後、伐採場までたどり着いたあとに肺炎にかかっていた弟の容態が悪化した。今度は少なくともそばにいられるので、ベッドのわきに坐って弟の手を握っていたが、弟の妻のコーラが非難するような視線を向けてくるのに気づいていた。彼はコーラという女をずっと好きになれなかった。その視線は、あんたに知らせにいかなかったら、こんなことにはならなかったのよ、と語っていた。湿布薬や塗り薬を使ったり医者の処方薬を飲ませたりしたにもかかわらず、彼が付き添っているあいだにも、弟の胸はだんだん悪化していった。ようやく山の道路を登ってきたその医者は、弟の病状を「驚くほど進行した」肺炎だと言いきった。

弟が亡くなったあと、無気力な状態が続いた。真夜中の火事や船の沈没事故で家族を全員失ったような気分だった。生存者ゼロの突然の事故。彼は妻にすまないと思い、父親を失った弟の子供たちにすまないと思い、これから母親を知らずに育つ娘たちにすまないと思った。そして恐ろしく孤独だった。

彼は娘たちといっしょに暮らし、妻がやっていたとおりにやろうと努力した。しかし、やがて妻の姉たちが、三人の娘は自分たちと暮らしたほうが幸せなのではないかと言いだした。最初、彼は反対した。彼も妻も、その姉たちがなんとなく俗物だという気がして、あまり快く思っていなかったのだ。だが、生活のためには森に戻らなくてはならない。そうなれば、四歳を頭にした三人の女の子を誰かに面倒をみてもらわなくてはならない、ということははっきりしていた。冬が終わり、春になっても、彼は迷っていた。ときには、義理の姉たちが助けてくれようとしていることに感謝し、またときには、ある種の噂を漏れ聞いて腹を立てた。「小さい女の子が三人、男といっしょにあんな山の上に取り残されるのはよくないわよ、あんな若い男と」。まるで、彼がただの父親ではなく、今に子供を性的にもてあそぶようになると言わんばかりだった。娘たちは伯母たちの家で夕方を過ごすことが多くなった。週末には泊まるようにもなり、まもなく数週間もそこで暮らすようになると、小さい子供にはありがちなことだが、もう父親と離れるときにも泣いたり脚にしがみついたりもせず、窓辺で父親が迎えにくるのを待つということもなくなった。それからまたしばらくすると、自分が暮らしている家の人たちにならって、自分の父親を「アーチボルド」と呼ぶようになった。だから最後には、彼は夫でもなく、兄でもなく、父ですらなく、ただの「アーチボルド」になってしまった。このとき彼は二十七歳だった。

彼はいつもアーチボルドと呼ばれ、たまにゲール語で「ギリアスピック」と呼ばれることもあった。堅苦しい雰囲気がつきまとっているせいか、「アーチ」とか、もっと一般的で親しみのこもった「アーチー」という呼び方をする者はいなかった。見た目もふるまいも「アーチー」という柄じゃない、と世間は言った。そして年がたつにつれて、届けられる手紙の宛名には「アーチボルド」とだけ書かれるようになり、宛先には半径六十キロほどの範囲のさまざまな住所が書かれていた。後年の手紙の多くは、一九六〇年代に彼を「発見」したという民俗学者たちからのもので、彼はそういう人たちのためにテープやレコードをつくった。そして、「本物のゲール語民謡の最後の歌い手」と言われるようになった。彼の歌は正確に録音されてシドニーやハリファックスやオタワの公文書館に保管され、さまざまな学術雑誌やそれほど学術的でない雑誌に写真がのった。写真のなかの彼は、民俗学者に腕をまわされていたり、自分の馬の手綱を握っていたり、ときには、「スアスレイシャガリック（ゲール語万歳）」と書かれたステッカーの貼ってある新品のピックアップ・トラックのわきに立っていたりした。記事には「ケープ・ブレトンの歌手――このジャンル最後の歌い手」とか、「山の上にこだわる」とか、「ゲール語の歌詞の記憶法」といったタイトルがつけられ、ゲール語関係の記事にはたいてい大量の脚注がついていた。

彼は民俗学者たちをそれほどいやがらず、歌詞を何度も何度も発音しながら、「bh」は「v」と発音する（phone の「ph」が「f」と発音するのと似ている）ことを説明したり、古い言葉の意味を詳しく解説したり、地方独特の言葉や語句に注釈をつけたりした。こういうことすべてに、のこぎりにやすりをかけて目立てをするときや薪を割って積みあげるときと同じように、細心の注意を払い、真剣に取り組んだ。

さて、一九八〇年代のこの四月、はじめに述べたように、彼は自分のことを、この冬もどうにか生き延びた七十八歳の男と考えていた。たいていのことはあきらめて受け入れるようになったが、妻の死だけは今でもあきらめきれなかった。しかし、ここ数十年のあいだにそのつらさも少しはやわらいできた。もっとも、修道僧のような生活を送っているせいで言われるのだろうが、いまだにセックスの話題をもちだされるのには閉口した。

「死の一週間」から一年もたたない頃、弟の妻のコーラが訪ねてきた。彼女は酒臭い息を吐きながら、台所のテーブルのまんなかにラム酒の瓶を置いた。

「考えてたんだけどねぇ」と彼女は切りだした。「あんたとあたし、そろそろいっしょになってもいいんじゃないの」

「んーむ」と彼は、できるだけ当たりさわりなく聞こえるように曖昧に答えた。

「ほら」と彼女は、食器棚へ行ってぴかぴかのグラスを二つ取り出し、そこへラム酒を勢いよく注いだ。「はい」と彼女は、グラスの一つをテーブルの上に置いて彼のほうに滑らせてよこし、向かいあって坐った。「はい、一杯やって。これで、あんたのやつをぴんぴんにさせるのよ」と言って、しばらく間をおいてからまた言った。「もっとも、そんな必要もないって、聞いていたけどね」

彼は、コーラと弟がベッドに並んで横たわりながら、自分の体のことを話しているところを想像して、あっけにとられた。

聞いてたって、何を？ どこで？

「そうよ」と彼女は言った。「あんたはこんな山の上に一人でいて、あたしは下に一人でいる必要はないんじゃない？ 使わなきゃ、サビるよ」

あまりに孤独で、飲んだくれるほど飢えていて、あまりにも妻の思い出とかけ離れているコーラを見て、彼はうろたえそうになった。コーラは、自分たちがお互いにどんなに嫌いあっていたか、あるいは嫌いだと思っていたか、覚えていないのだろうか。自分を死んだ弟の代わりにできると思っているのだろうか。双子だから、心はともかく体は同じはずだとでも？

「ねえ、もうサビてんでしょ」と彼女がテーブルから体をのりだしたので、酒臭い息がぷんぷん匂い、おまけに彼女の指が脚に触れるのまで感じた。

「んーむ」。彼は急いで立ちあがり、窓のほうへ歩いていった。あからさまな欲情を見せられて、妻のいる家から遠く離れた売春宿に連れていかれた内気な中年男のように狼狽していた。自分とは相容れない話だからというのではなく、その言い方やり方が問題だった。

窓の外では、鷲が巣をつくるための小枝をくわえては山頂のほうへ飛んでいた。かなり大きな枝をくわえていることもあった。

「んーむ」。彼は窓から、谷間へと続く曲がりくねった道を見おろした。

「ふん」と彼女はぐいっとグラスを飲み干して言った。「ここにゃ、面白いことは何にもなさそうだね。あたしはただ、ちょっと様子を見にきただけなんだから」

「ああ」と彼は言った。「それは、どうも」

コーラはふらふらしながらドアに向かった。ドアを開けてやるべきか、そんなことは軽率すぎるのか、彼は迷った。

彼女は自分でドアを開けた。

「それじゃ」と彼女は庭に出ていきながら言った。「あたしのいるとこ、知ってるよね」

「ああ」。彼は彼女が立ち去るとわかって自信を取り戻して言った。「あんたのいるところは知ってるよ」

あれから半世紀が過ぎ、またもめぐってきた四月のこの朝、窓の外には鷲が飛んでいた。鷲は大切な卵をほんのつかのま巣に残し、餌を探しに谷間に下りてゆくところだった。そのとき、ピックアップ・トラックのエンジン音が聞こえた。昔、妻が馬の鈴の音で彼の帰りを知ったように、彼は車が庭に入ってくる前から音で誰の車かを聞き分けた。トラックは泥の跳ねだらけだったが、それは春の雪解け道の泥だけでなく、たぶん去年の秋から残っている泥もあったろう。ピックアップ・トラックは結婚している孫娘の車だった。サラという名だったが、本人はサルと呼ばれるほうを好んだ。サルはトラックを庭に乗り入れると、家のドアとすれすれのところで停めるや車から降りた。髪はそういうスタイルにするには歳をとりすぎているという感じのポニーテールにして、脚に張りついたジーパンの裾は夫のゴム長靴のなかに入れていた。ガムを嚙みながらタバコを吸っているのには見るたびに驚かされたが、今も、ドアを入ってきながら口紅のついたタバコを唇からはずして指先で庭にはじき飛ばしたのを見て、そんなことができるのだとあらためて思い出した。今日のサルは、胸にでかでかと「胸がはりさけそう」と書かれたぴちぴちのTシャツを着ていた。

「こんちは、アーチボルド」。サルは窓にいちばん近い椅子に腰をおろした。

「やあ」と彼は言った。

「なんかニュースある?」

「いや、とくにない」と答えたあと、一息おいてから言った。「お茶でも飲むか?」

「そうね。ミルクなしで。今、ダイエット中だから」

「んーむ」

彼は遠い日の自分たちを思い出しながら孫娘を見つめ、いくらかでも妻の面影や自分の面影が残っていないか、探そうとした。サルは彼や妻より背は低かったが、黒い瞳と待ち受けているようななまめかしい唇をした、なかなかの美人だった。

「電話が二本、あったわよ」

「ああ」。彼の家には電話がなかったので、いつも山の下のほうに住む親戚に伝言をしてもらわなければならないことにちょっぴり後ろめたさを感じていた。

「一本は、ここの雌馬がほしいっていう人から。まだ、売る気あるの？」

「うん、まあな」

「もう一本は、ゲール語の歌の件。今年の夏、あたしたちにハリファックスで歌わないかって。今年は『世界中のスコットランド人』の年で、いろんな人たちが集まるんだって。王室からもね。そこであたしたちが一週間出るの。出演料はまだ決まってないけど、いいらしいよ。宿代と交通費も出るし」

「ほう」と彼は好奇心と警戒心の入り混じった気持ちで言った。「あたしたちってのは、どういう意味だい？」

「あたしたちよ。うちの家族っていう意味。二十人ほしいんだって。向こうで二、三日リハーサルやって、そのあと何回かコンサートやって、テレビに出るの。待ちきれないなあ。ハリファックスでいっぱい買い物しなきゃ。トムに邪魔されずにゆっくり寝坊もできるし。お昼までは劇場にもスタジオにも行かなくていいの」。彼女はまたタバコに火をつけた。

「何を歌わせたいんだろ？」

「そんなことはどうでもいいのよ。大事なのは旅行できるってことなんだから。古い歌をいくつかね。二、三週間以内にオーディションか何かに来るみたいよ。『フィーラバータ（船乗り）』でも歌いましょうよ」。彼女はタバコをお茶のカップの受け皿の上でもみ消し、そのわきのテーブルの上に嚙んでいたガムを口から出して置き、ゲール語で歌いだした。透きとおった力強い声だった。

ああ、わたしの船乗りよ、ナホロアイラ
ああ、わたしの船乗りよ、ナホロアイラ
ああ、わたしの船乗りよ、ナホロアイラ
あなたの船の往くところにいつも歓びが待っていますように

わたしは山に登り、あなたの船を探して広い海を見渡す
わたしの船乗りよ、一心にあなたを思いながら。
いつあなたに会えるのでしょう？ 今日ですか、明日ですか？
ああ、わたしをひとり悲しみに暮れさせないで。

歌っているときだけは、この孫娘にもいくぶん妻の面影が見出され、ひょっとしたらこの子は妻のようなすばらしい女になるかもしれないという期待が湧くのだった。
「テンポが速すぎる」と彼は歌が終わると注意を与えた。「でも、まあ、悪くはないが。おまえのは粉挽き歌みたいなんだ。これは好きな人を失って、悲しんでいる歌なんだから」

彼はゆっくりと、音節をひとつひとつはっきり発音しながら歌いはじめた。

彼女は興味をひかれたらしく、しばらく真剣に聞いていたが、やがてガムを口に戻すと、新しいタバコに火をつけ、まだ火のついているマッチをストーブに投げ入れた。

「歌の意味はわかるかい？」と彼は歌い終わると言った。

「ううん。そんなの誰も知らないよ。あたしは音を出してるだけ。音は二歳のときから聞いてるから。自然に出てくるのよ。耳はちゃんと聞こえるからね」

「ほかにも、誰かに頼んだのかな？」と彼は訊いた。半分は好奇心から、半分は喧嘩にならないように話題を変えるためだった。

「さあ、どうだろ？ とにかく、また連絡くれるって。今のところ向こうが知りたいのは、あたしたちにその気があるかどうかだけらしいよ。雌馬の件は、あとでその人が上がってくるから。もう、行かなきゃ」

彼女はそう言うとすぐにドアを出て、砂利をまき散らして家の壁にぶつけながら車をUターンさせた。小石が窓ガラスにピシッとあたって跳ねかえった。泥だらけのバンパーに「ムラムラきたら鳴らして」というステッカーが張ってあった。

彼はコーラを思い出した。サルを見ているとよくコーラのことを思い出すのだ。十五年ほど前に死んだコーラは、彼を訪ねてあからさまに誘惑してから一年もしないうちに別の男と結婚した。彼は孫娘が、自分の妻より弟の妻に似ていることに傷ついた。

雌馬を買いにきた男は、今まで出会ったことのないタイプの買付け業者だった。男はスーツを着て、凝った造りの車に乗り、どこのものとも判断しがたいアクセントで話した。案内役なのだろう、いっしょにカーヴァーがついてきた。山の反対側で育った三十代の荒くれ男だ。ハンサムといえなくもないその顔には、灰色に盛りあがった傷痕が何本も走り、上唇がぶあつくなっているのは喧嘩の最中に誰かの振りまわした伐採用のチェーンが当たったためだが、そのせいで最も目立つ場所の歯も失っていた。ベルトにつるした鎖に財布を留めつけて、アーチボルドのポーチに敷かれた段ボールの上で、伐採用のがっしりしたブーツの底をこすってから台所に入ってきた。カーヴァーは、馬の買付け業者がアーチボルドと話しているあいだ、窓際でタバコを巻いていた。

「その馬、何歳ですか?」

「五歳」とアーチボルドが答えた。

「子馬を産んだことはありますかね?」

「もちろん、あるさ」。アーチボルドはその質問に戸惑いながら答えた。ふつうの買付け業者なら、その馬は単独で働くのか二頭で働くのかとか、性格とか、脚や胸とかについて訊いた。雪のなかで働くか、よく食べてきつい労働に耐えられるかと訊くものだ。

「また産みますかね?」と男は訊いた。

「そりゃ、産むだろうさ」と彼は少々嫌気がさしながら言った。「種馬がいれば」

「それはだいじょうぶです」と男は言った。

「しかし」とアーチボルドはいつもの正直さが顔を出して言った。「実はこいつ、働いたことがないんだよ。最近は木を切り出しにもいかなくなったし、行くときには、もう死んじまったが、これの母親を連れていってたから。作業ができるように仕込もうと思ってたんだが、なかなか手がまわらんもんでね。どっちかっていうと、ペットみたいなもんだな。しかし、仕込めば働くよ。みんなそうやって働いてきたんだ。そういう家畜の血統なんだから。ずっと昔から飼ってるんだから、わかるよ」。彼は、飼ってきた馬たちにも自分自身にも弁解しなければならないことに当惑しながら、口をつぐんだ。

「いいんです」と男は言った。「かまいません。でも、子馬を産んだんですよね？」

「あのさ」とカーヴァーが、たこのできた親指と人差し指にはさんだタバコを吸いながら、窓際から口を出した。「もう、それはいいんじゃないの。この人は嘘つかないって、言ったろ」

「わかった」と男は小切手帳を取り出しながら言った。

「じゃ、まずは馬を見てみるかね」とアーチボルドは言った。

「いや、いいです。おたくを信用しますよ」

「値段は九百ドルでどうかって、こちらでは言ってるけど」とカーヴァーが男に言った。「まだ若い馬だから」

「オーケー」と男が即答したので、アーチボルドは驚いた。七百ドルがいいところだろう、働いたことがないとわかればもっと下げられるかもしれない、と思っていたのだ。

「じゃ、あとでトラックに乗せて、連れてきてくれ」と男がカーヴァーに言った。

「ああ、いいよ！」とカーヴァーは言うと、男を連れて引きあげていった。男は異常なほどの慎重さで運転した。まるで、舗装されていない道を走ったことがないので森の木にのみこまれてしまうのではないかと恐れているようだった。

　二人が去ってしまうと、アーチボルドは納屋へ行って、その馬に話しかけた。そして小川に連れ出して水を飲ませ、別れのごちそうにと思い立ってパンを取りに家のなかへ入った。若い雌馬は力強くすばらしい体をしていたので、買付け業者にその優秀さをわかってもらうためにせめて一目だけでも見せたかった、と残念な気がした。

　正午を過ぎた頃、カーヴァーがトラックを駆ってやってきた。「ビール、飲む？」とカーヴァーは助手席に置いたオープン・ケースをあごでさしてアーチボルドに言った。

「いや、やめとこう」とアーチボルドは言った。「早いところ、用事をすませたほうがいいだろう」

「うん、そうだね」とカーヴァー。「馬、自分で引っぱってくる？」

「いや、いい。あいつは誰にでもついていくから」

「そう。それはいい性質かもな」

　二人は納屋へ向かった。アーチボルドはさっきの言葉とは裏腹に自分で馬のそばに行くと、ロープを解き、午後の陽射しのなかに馬を連れ出した。太陽を反射して、馬のまだらの毛並みがつやつや輝いていた。カーヴァーはトラックをバックさせ、納屋のそばの低い斜面に車の尻をつけ、開閉板をおろした。アーチボルドはカーヴァーにロープを渡すと、馬がいやがりもせずにカーヴァーのあとをついてトラックのなかへ入っていくのを見守った。

「こいつは、ここで飼ってた優秀な馬の最後のやつだね」と、ロープを結び終わって、トラックを跳び降りたカーヴァーは言った。

「うん、そうだな」とアーチボルドは言った。「こいつが最後だ」

「そういう馬たちと、たくさん木を運んだんだろうね。みんなそう言ってるよ、あんたと伐採場で働いた古手の連中はさ」

「ああ、そうだな」とアーチボルドは言った。

「聞いたんだけど、あんたは弟と組んで、一日七コードのパルプ用材をのこぎりで切って、そいつを運んで、山積みにしたんだってね」

「ああ、そうだ。そういう日もあった。そういう日は一日が長く感じたよ」とアーチボルドはほほえんだ。

「へえ、そうなんだ。俺たちなんか、よっぽどいい場所でも、チェーン・ソー使って七コードやれれば御の字だもんな」。カーヴァーはズボンを引っぱりあげ、タバコを紙に巻きながら言った。

「あんたの土地の木って、昔からいいんだってね」

「うん、かなりいい」

「『アーチボルドのとこは、どうしてあれだけどっさり木を切って、馬で運んで、しかもどこも荒れたようなところがないのか、わからん』って言われてるんだよ。毎年毎年切ってるのにさ。山を庭みたいに使いこなしてるって」

「んーむ」とアーチボルドは言った。

「今は違うでしょ？　今はみんな切り倒しちまうよ。伐採用の機械とか積込み用の機械とか、すげえ機械を森に持ちこんでさ、一日で全部やっちまって、明日のことなんか知ったこっちゃない」

「ああ、たしかにそうだな」とアーチボルドは言った。

「ほんとは売りたくないんでしょ？」とカーヴァーが訊いた。

「うん、まだな」

「俺、思ってたんだ……馬を手放そうとしているからさ、もう馬の仕事もないし、あんたも仕事をしないんだなって」

「ああ、あの馬はどっかで働くさ。俺のことはどうかわからんが」

「いやあ、そうかな、あの馬、働かないよ」とカーヴァーは言った。「連中はあの馬を、避妊薬用に使いたいんだから」

「何用って？」とアーチボルド。

「あの男が言うことで、ほんとかどうか知らんけど、モントリオールの郊外に研究所かなんかとつながってる農場があるんだって。とにかく、そこに雌馬を集めて、しょっちゅう孕ませて、羊水を経口避妊薬に使うんだって」

あまりにも荒唐無稽な話で、アーチボルドはどう反応していいかわからなかった。傷だらけだがあけっぴろげなカーヴァーの顔をじっと見つめ、ほかに何か、ヒントのようなものでもないかと探ったが、何も見つからなかった。

「うん、そう」とカーヴァーは言った。「人間の女を孕ませないために、雌馬をしょっちゅう孕ませるわけ」

「子馬はどうするんだ?」とアーチボルドは、話題を変えようとして質問した。

「さあ」とカーヴァー。「それは言ってなかった。捨てられちまうんじゃないか。さて、俺、もう行くよ」とカーヴァーはトラックの運転席に跳び乗った。「こいつを山から降ろさなきゃ。貨車一両分とか、輸送トラック一台分くらい、雌馬を集めたらしいよ。二日もすれば、こいつもモントリオールの郊外に着いて、種馬をあてがわれて、そういうことになってるさ」

トラックは轟音とともに動きだし、納屋のそばの斜面を離れた。アーチボルドは自分で思っていたよりトラックの近くにいたらしく、一歩下がって道をあけなければならなかった。カーヴァーはアーチボルドの前を通り過ぎながら、窓をおろして叫んだ。「あのさ、アーチボルド、もう歌わないの?」

「前ほどはな」

「今度、そのことで話があるんだ」とカーヴァーはエンジンの音に負けないよう声を張りあげ、それから、すばらしい雌馬を乗せたトラックとともにアーチボルドの庭を離れて、曲がりくねった山道を下る旅に出発した。

アーチボルドはしばらくはどうしていいかわからなかった。自分の手には負えない力に裏切られたような気分だった。あの雌馬が次から次へと違う種馬に組み敷かれている様が浮かんだが、何よりも頭にまとわりついて離れないのは、カーヴァーが「捨てられちまう」と言った死んだ子馬の姿だった。アーチボルドは、望まれずに生まれた末に頭を斧で割られて死んだ動物たちが、納屋の裏の堆肥の山に捨てられるのを見たことがあった。子馬たちの姿がそういうイメージと重なった。モントリオールの郊外でほんとうにそんなことが起きているのか。カーヴァーの言うことがほんとうかどうかというより、そんなことが実際に起こっているとは思えない、思いたくなかった。しかし、その事実の真偽を確かめようにも方法がなく、イメージはしつこくつきまとった。アーチボルドは、死について思うときのいつもの癖で、妻のことを思い出した。そして、声も立てず息もしていない息子の、じっと動かない青白い体と、今にも粉々に砕けそうな繊細な頭蓋に地図の道路や川のように複雑にからみついていた青い血管を思い出した。冬の雪のなかで命を奪われ、彼を残して去っていった妻と息子。それを思うと、泣きたい気持ちになった。

ヒューッという鷲の翼の音がして、アーチボルドは顔をあげた。鷲は揺れているような飛び方で山の上に向かっていた。疲れきって家に帰ろうとしている通勤者のようだった。長い冬のあいだじゅう、鷲は遠くへ餌を探しにいき、氷の張っていない海まで飛ばなくてはならなかった。羽根につやがなくなり、鋭い緑の目にも光が薄れているのがわかった。そして今、アーチボルドの目の衰えのせいか見る角度のせいか、まるでよろめいて落下しそうに、雌の翼の先が木の枝をかすめているのが見えた。すると、先を飛んでいた雄がUターンして戻ってきた。翼を大きく広げ、風に乗ってゆったりと飛び、残ったエネルギーをできるだけ節約しようとしていた。窓のすぐ近くを通ったので、その鋭くふてぶてしい目に深い不安の色を見てとることができた、というか見えた気がした。雄は自分のなすべきことに集中しており、アーチボルドには目もくれず、翼の先端と先端が触れあわんばかりに雌のそばを旋回していた。雌は雄を目の前にして力が湧いてきたのだろう、水泳選手が最後のラップで力をふりしぼるように、翼で前にかくようにして飛びながら雄といっしょに山に向かっていった。晩春のじめじめした天候が、生まれてくるひなの発育にさわらねばよいが、とアーチボルドは思った。あの二羽もそう心配しているかもしれない。

彼はいろいろな季節や環境で鷲が飛ぶのを見てきた。ある時、雄ががっしりした鉤爪で枝をつかみ、力強く気迫をみなぎらせて空高く飛んでいるのを見た。雄はその枝を、腕っぷしの強い男が枝を膝で折ってたきつけにするように二つに折り、折れた二本を地面に落として、落下してゆく途中にある一本を回収する。そして旋回し、宙返りしながら、自分の目の前にその枝を投げると、さっとその下に舞い降りて枝をつかみ、また同じことをくりかえす。ゲームに飽きて枝が地上に落ちるにまかせるまで、それを何度も何度もくりかえした。

また交尾前の空中の求愛行動も見てきた。鷲たちは、空にくっきり浮かびあがる山のはるか上で、フェイントをかけたり方向転換したりした。二羽いっしょに鉤爪をがっちり組み、地上まで数百メートルもあろうかと思われる空中を、車輪のようにくるくる回転しながら落ちていくのも見た。運のいい落下傘兵のように、最後の瞬間に二羽は離れ、速度を落とし、一羽ずつ滑るように地上と平行に飛んで、ふたたび上昇を始めた。

民俗学者たちは白頭鷲を見てかならず感動した。

「この鷲、いつからここに棲みついているんですか?」と最初に来たグループが訊いた。

「ずっと昔からだと思いますけど」といつも彼は答えた。

学者たちは調査を終えて戻ってくると、言った。「そう、ケープ・ブレトンは、フロリダ以北の東部海岸で最大の営巣地なんですね。ロッキー山脈以東でも最大なんです。おかしいですね、白頭鷲がここに棲みついているって、ろくに知られていないとは」

「まあ、知ってる人もいますよ」とアーチボルドは笑いながら言った。

「林業で殺虫剤や除草剤が使われていないからなんですね」と学者たちは言った。「使いはじめたら、鷲はいなくなってしまう。ニューブランズウィックやメインには、もうほとんど巣は見つかりません」

「んーむ」と彼は言った。

その後の数日間は、「ハリファックスで歌う」準備に取り組んだ。何回か練習したが、そのほとんどはサルの家でおこなわれた。プロデューサーと話したのはサルだったので彼女が連絡役になっていたし、いちばん乗り気らしいのもサルだったからだ。あまり気の進まない者もいたが、歌の才能にばらつきはあるもののなんとか人数をそろえることができた。一度か二度、アーチボルドの家でも練習をやった。何人集まるかはその日によって異なった。血縁以外の親戚やその友人、ちょうどその晩はほかにすることがないというだけの人間も含めて、三十人も集まった日もあった。練習はすべてアーチボルドが主導権を握って「自分のやり方」でやろうとした。つまり、言葉をはっきり発音し、詩の連の数を端折らず順序どおりに正確に歌うということだ。ときどき、若い連中が集中力をなくし、早々とだらけてきて、二、三人で雑談を始めたり冗談を言ったり、酒を——アーチボルドに言わせると——飲みすぎたりということもあった。春の繁忙期に入り、男たちの多くが森の伐採現場を離れて海や畑や農場で働くようになると、練習の男声がだんだん少なくなっていった。男の少なさや将来のグループ結成について、男たちが冗談を飛ばした。「アーチボルド、ハリファックスじゃ、あんた一人で、ここにいる女たちを全員面倒みられるかね？」と誰かが訊いたが、ほんとうに質問していたわけではない。「だいじょうぶだ、アーチボルドなら」と別の声が答えたものだ。「休養はたっぷりとってる。もう五十年も使ってないんだから——俺の知るかぎりはな」

そしてある日の練習で、サルが興奮気味にハリファックスのプロデューサーと話してきたと報告した。それによると、この地域からほかに二グループが接触してきたので、そのグループにもオーディションを受けさせるという。プロデューサーは十日ぐらいのあいだに来ることになっていた。

みんな啞然としていた。

「ほかのグループって、どこのグループだ？」とアーチボルドが訊いた。

「ひとつは」と言ってから、サルは芝居がかった間をおいて続けた。「カーヴァーがリーダーのグループだって」

「カーヴァー！」と、信じられないと言わんばかりの声がいっせいにあがった。そして、げらげら笑いながら口々に言った。「カーヴァーなんか歌えないよ。ゲール語だってろくにしゃべれないくせに。あの男、どこで人を集めるつもり？」

「知らないわよ」とサルは言った。「ま、いつもいっしょにつるんでぶらぶらしてる連中しかいないと思うけど」

「もうひとつは？」とアーチボルドが訊いた。

「マッケンジー一族よ！」

マッケンジーと聞くと誰も笑わなかった。昔から歌のうまさでは定評のある一族だった。ここから三十キロばかり離れた、孤立した小さな谷間に住んでいたが、この十五年ほどのあいだに家をたたんで谷間を去る者が増え、残ったわずかな年寄りも、向かい風にあうと前かがみになり、なかには風に負けて倒れる者もいることを、アーチボルドは知っていた。

「あそこはもう、人が足りないでしょう」と誰かが言った。

「そうよ」と別の声が言った。「あの一族の歌の上手な連中は、みんなトロントへ行ってしまったからね」

「二人、歌のうまい若いやつがいる」とアーチボルドは、数年前のコンサートを思い出して言った。その二人は背筋をのばし胸を張って、マイクから少し離れた位置に立ち、ぐらついたり発音を間違えたり音程をはずしたりすることはまったくなく、澄んだ声でのびのびと歌っていた。

「あの二人はカルガリーに行っちゃったよ」と三番目の声が言った。「もう一年以上前にね」

「ハリファックスから電話があったあと、あっちのほうから来た人と話したんだけど」とサルが言った。「マッケンジー家のおばあさん、その子たちに帰ってこいって頼むつもりなんだって。あの家族のうまい歌い手全員に、帰ってくるように召集をかけるらしいよ」

アーチボルドは思わず胸が熱くなった。マッケンジー夫人の一生懸命さに打たれたのだ。部屋のなかを見まわして、そこにいる人間のほとんどは、彼とマッケンジー夫人が親戚同士で、したがって彼らも親戚にあたることを知らないということに気がついた。アーチボルドは夫人と親しいわけではなかったし、これまで顔を合わせる機会があっても軽く会釈してふたことみこと交わしたことがあるにすぎないが、今はひどく親近感を覚えていた。どういう関係の親戚なのかもよく知らなかった(結局、あとでわかった)けれど、とにかく、彼女がアーチボルドの一族の親の世代の娘として生まれ、若い頃に「間違った宗教」を信奉するマッケンジー一族の若者と結婚した、という話だけは記憶していた。当時はどちらの一族の怒りもすさまじく、何が「正しい宗教」かを知っている人たちがみんな他界するまで、互いに口もきかなかった。若い娘は二度と両親に会いにくることはなく、両親も娘を訪ねることはなかった。アーチボルドにはそれが寂しく思われて、今、ここで興奮してつまらない口喧嘩をしている肉親たちより、ほとんど知らないマッケンジー夫人のほうに親しみを感じた。

「みんな帰ってこさせるなんて、できない相談よ」と最後の声が言った。「仕事があるし、それぞれいろんな責任があるもの。何もかも投げ捨てて、四、五曲歌うためにこっちに帰ってきたり、一週間ハリファックスに行ったりなんて、できっこないよ」

その意見は正しかったということがあとで証明されたが、その晩からプロデューサーが到着するまでの十日間、アーチボルドはたびたび、電話をかけまくっているマッケンジー夫人や、彼女のメッセージを携えてトロントじゅうに散り、郊外の家や居酒屋を訪ね、答えは訊かなくてもわかっていることを訊かずにはいられない人たちの姿を想像した。結局、帰ってきたのは四人。仕事中に怪我をして、今は補償金で暮らしている若い男が二人と、一週間の休暇をいつもより早くとって駆けつけた中年の娘夫婦だった。ほんとうに歌のうまい例の若者たちは来られなかった。

プロデューサーは、クリップボードを手にした男の助手を二人連れてやってきた。三十代前半の、いつもいらいらしている男だった。縮れた黒い髪をして、ぶあつい眼鏡をかけ、「持ってるものは見せびらかそう」と胸に書かれたTシャツを着ていた。話すときに右の耳たぶを神経質そうにひねりまわす癖があった。

プロデューサーが訪ねた三つのグループで、アーチボルドのグループが最後だった。「いちばんいいのを最後にとっておいたのよ」とサルは笑ったが、あまり説得力はなかった。

プロデューサーは夕方やってきて、手短に説明した。もし選ばれたら、ハリファックスに六日間滞在する。最初の二日間は練習したり周囲に慣れるようにし、次の四日間は毎晩コンサートに出る。州のいたるところから集まった出演者がさまざまな出し物を演じる。テレビやラジオにも出演する。英王室の出席も予定されている。

それから、プロデューサーは言った。「えーと、私はゲール語がわからないんで、ここでは、だいたいどういう感じかを聞かせてもらいます。みなさんには三曲用意していただきたい。たぶん、それを二曲に絞ることになるでしょう。どうなるかはわかりませんが」

アーチボルドたちは、昔の人たちが布を縮絨《しゅくじゅう》するときにやったようにテーブルを囲んで坐り、みんなで歌いはじめた。アーチボルドはテーブルの上座に坐って、大きな声ではっきりと歌い、ほかの声もそれにつられて大きくなった。プロデューサーと助手がメモをとっていた。

「はい、じゃ、このくらいでけっこうです」とプロデューサーは一時間半ほどたったあとで言った。

「三番目のにしよう」とプロデューサーは助手の一人に言った。

「何という曲ですか？」と彼はアーチボルドに訊いた。

「マ・クリー・トロム」とアーチボルドは言った。「わたしの心は重い、という意味です」

「なるほど」とプロデューサー。「もう一度やってみましょう」

　歌が始まった。十二連目までくると、音楽にそんな力があったとは自分でも忘れかけていたというように、アーチボルドは完全に歌の世界にとりこまれていた。彼の声があまりにも力強く、はっきりとよく通って他を圧倒するので、ほかのメンバーの声がとぎれはじめ、やがて静かになった。

’S ann air cul nam beanntan ard,
Tha aite comhnuidh mo ghraidh,
Fear dha ’m bheil an chridhe blath,
Do ’n tug mi ’n gradh a leon mi.

’S ann air cul a’ bhalla chloich,
’S math an aithnichinn lorg do chos,
Och ’us och, mar tha mi ’n nochd

Gur bochd nach d'fhuair mi coir ort.

Tha mo chridhe dhut cho buan,
Ris a' chreag tha 'n grunnd a' chuain,
No comh-ionnan ris an stuaidh
A bhuaileas orr' an comhnuidh.

アーチボルドは一人で歌い終わった。ばつの悪くなるような沈黙が流れた。

「けっこうです」とプロデューサーが間をおいて言った。「別のをやってみてください、六番を。これはほかのとちょっと違う感じですね。何という曲ですか？」

「オラン・ギリャン・アラスター・ヴォール」とアーチボルドは気を静めようとしながら答えた。「『アレグザンダー大王の息子たちへ捧げる歌』。ときには『男たちの溺死』と呼ばれることもあります」

「なるほど。じゃ、お願いします」とプロデューサーが言った。だが、歌の途中までくると、「はい、けっこう。もういいです」と言った。

「まだ終わってない」とアーチボルドは言った。「これはひとつの物語になってるんですよ」

「もう十分です」とプロデューサーは言った。

「そういうふうに、途中で止めてはだめなんです」とアーチボルドは言った。「意味をなさなくなるでしょう」

「あのですね、どうせ私には何のことか全然わからないんです。ゲール語はわからないと言ったでしょ。われわれはただ、聴衆にどんなインパクトを与えるか、見きわめようとしているだけで」

怒るほどのことでもなかったのかもしれないが、アーチボルドはだんだん腹が立ってきた。家族が表情や仕草でメッセージを送ってくるのにも気がついた。「気をつけて」と言っていた。「この人の機嫌をそこねると、旅行にいけなくなるから」

「んーむ」とアーチボルドは椅子から立ちあがり、窓のそばへ行った。夕暮れはすっかり闇に変わり、星が山に触れんばかりに輝いていた。部屋のなかは人でいっぱいだったが、ひどく孤独だった。彼の心は、ほんの少し前に強く揺さぶられた「マ・クリー・トロム」の詩の上を静かに漂っていた。

そびえ立つ山の彼方に
わたしの愛する人の住処があり、
いつも心暖かきその人を、
わたしはこよなく愛していた。

そして石壁の向こうに

あなたの足音を聞いた。
だが、今夜はなんと悲しいことか
あなたがともにいないから。

それでも愛する人よ、海に隠れた岩のように、
あなたは永遠に続く、
その岩に打ち寄せる波が
続くかぎり。

「はい、それじゃ、今夜はこれで」とプロデューサーが言った。「みなさん、どうもありがとうございました。追って連絡します」
翌朝の九時、プロデューサーの車がアーチボルドの庭に入ってきた。二人の助手もいっしょで、そのままハリファックスへ発てるように荷物も積んでいた。助手は車に残り、プロデューサーだけが台所から入ってきた。そして落ち着かなさそうに咳をして、ほかに人がいないか確かめるようにあたりを見まわした。その姿は、これから「厳しい人生の現実」を話そうとして神経質になっている父親を連想させた。
「ほかのグループは、どんな具合でしたか？」とアーチボルドは訊いた。さりげない口調になるように言ったつもりだ。

「若いカーヴァーという男のグループには、とてつもないエネルギーがあります。男声が多くて」とプロデューサーは言った。

「んーむ。何を歌いました?」

「タイトルは覚えてないな。メモを見ればわかりますけど。メモは荷物に入ってるし。どのみち、それはたいした問題じゃないんです。というより、聴衆はこちらのみなさんほどたくさん歌を知ってるわけじゃないのでね」とプロデューサーは結論を下すように言った。

「それはそうだ」とアーチボルドは嫌味のひとつも言いたいのを我慢した。「知ってるとは思えませんな」

「まあ、それもたいした問題じゃないんですけどね、必要なのは二、三曲だから」

「んーむ」

「あのグループの問題は、外見なんです」

「外見?」とアーチボルド。「歌い方じゃなくて?」

「そうなんです」とプロデューサーは言った。「まあ、今度の公演はかなり人目を引くものでしてね。四夜ステージに立つし、いろんなテレビも来ますし。つまり、全体としてビッグ・ショーなんです。一地方のショーとは違う。全国的、全世界的なショーですから。たぶん、スコットランドやオーストラリアにも送られる。ほかの国でだって放映されるかもしれない。だから、出演者にはきちんとした格好をして、見ている人にこの地域やこの州についていい印象を与えてもらいたいんです」

アーチボルドは何も言わなかった。

「やはり」とプロデューサーは続けた。「カメラのクローズアップに耐えられる人がほしいんですよ、どこから見てもそれにふさわしい人がね。喧嘩の傷跡があるような顔のクローズアップは困る。だからこそ、あなたにお願いしたいんです。お歳のわりには、というと失礼かもしれませんが、ほんとうに立派なお姿です。背が高く、背筋がぴんと伸びていて、歯もご自分のでしょう。そのほうが歌うのにいいし、見た目にもいいですよね。あなたには風格がおありだ。ほかのメンバーも、とくに女性はいい声だが、あなたがいなければ、失礼ながらちょっと平凡と言わざるをえない。それに」と彼は、思いついたように付け加えた。「あなたは高く評価されています。民俗学者とか、そういった人たちのあいだでは有名ですから。あなたには信用がある。とても重要なことです」

アーチボルドはサルのトラックが入ってきたのに気がついた。プロデューサーの車が山を登ってくるのを見たのだろう。

「こんにちは」と彼女は言った。「どうですか?」

「まあ、準備はできたんだけど、あとはあなたのおじいさん次第だね」とプロデューサーが言った。

「マッケンジーのところはどうだったんです?」とアーチボルドが訊いた。

「あれはだめです。話にならない。年配のご婦人がテープをかけて、それに合わせて七、八人で歌ったんですが。時間を無駄にしました。雑音の入っているようなテープじゃなく、生の声を聞きたかった」

「んーむ」

「とにかく、おたくが最高です。ただし、いくつか変更を加えたい」

「変更？」

「ええ、まずは、歌をカットしないと。ゆうべ、なんとかそこまでやろうとしたんですが。とにかく、一晩に三、四分しか立てないステージに、二曲は押しこみたいんです。歌が長すぎる。もうひとつの問題は、歌が暗すぎるということ。まったく、タイトルからして、『わたしの心は重い』とか『男たちの溺死』ですからね。考えてみてください」

「しかし」とアーチボルドは、理性的に聞こえるよう気をつけながら言った。「こうした歌はそういうものなんですよ。本来の歌い方で歌うのを聞いてもらわねば」

「あたし、もう行かなきゃ」とサルが言った。「ベビーシッターに会うの。じゃ、また」

サルはいつものように砂利をまき散らしながら出ていった。

「あのですね」とプロデューサーが言った。「私はすばらしいショーにしたいんです。もしかしたら、もうひとつのグループの歌を取り入れてもいいかもしれない」

「もうひとつのグループ？」

「ええ。カーヴァーのグループです。とにかく、考えてみてください。一週間以内に電話しますから、最終的な打ち合わせをやって、細かいところを詰めましょう」。そう言って彼は去っていった。

その後の数日間、アーチボルドはそれこそよく考えた。そんなに考えるとは思わなかったほど真剣に考えた。歌を縮めることは不可能だし、変えることもできないと思った。そういう問題に悩んでいるのはグループのなかでは彼だけのようで、なぜそうなのか不思議だった。ほかのメンバーは、買い物リストをつくったり長いあいだ会っていないハリファックスの親戚や友人の電話番号を集めることには関心があっても、アーチボルドの話した問題点にはほとんど興味がないらしかった。

ある晩、ビンゴへ出かける途中のサルに出会ったカーヴァーが、きわめてそっけなく、ハリファックスへ行くのは自分のグループだと言った。

「いいえ、違います」とサルは言った。「行くのはあたしたちよ」

「まあ、今にわかるさ」とカーヴァーは言った。「あのさ、俺たちにはこの旅行が必要なんだよ。船のエンジンを買わなきゃなんないし、トラックも買いたい。あんたんとこはもう終わりだよ。完敗さ。あのアーチボルドには、こだわるものが多すぎる。しかも、あんたたち、彼に頼りっきりだろ。俺たちは、ほら、柔軟だからね」

「あたしたちだって柔軟よね！」とサルは、待望の電話がかかってくるまでの最後の練習のときに、カーヴァーと出くわした話をしながら笑った。アーチボルドから見れば練習はうまくいってなかったが、誰もそれに気づいていないようだった。

翌日、雑貨屋でばったりカーヴァーと鉢合わせしたアーチボルドは、訊かずにはいられなかった。「プロデューサーの前で、何を歌ったんだ？」

「ブロヘン・ローム」とカーヴァーは肩をすくめて言った。

「ブロヘン・ローム」。アーチボルドは信じられない気持ちだった。「あれは歌ともいえないやつだぞ。意味のない音をつなげただけで」

「そんなこと、どうってことないよ！」とカーヴァーは言った。「どうせ、あいつにはわからないんだし。誰にもわかりゃしないんだから」

「しかし、王室の前だぞ」とアーチボルドは、自分のなかにまだそんな王政主義の名残があったのかと内心驚きながら言った。

「あのさ」とカーヴァーは手の甲で口をぬぐって言った。「王室の連中が俺に何をしてくれたわけ？」

「ほかの人にだってわかるんだ」とアーチボルドは、我慢ならないというような断固とした調子で語気を強めた。「聴衆のなかにはわかってる人もいる。ほかの歌い手にはわかる。民俗学者にもわかる」

「それはそうかもな」。カーヴァーはまた肩をすくめた。「けど、俺には民俗学者の知り合いなんかいないから」

カーヴァーは数秒間アーチボルドをじっと見て、それからタバコを手に取って、店を出ていった。

アーチボルドはその午後、ずっと悩んでいた。身内の者がベビーシッターを手配したり、スーツケースを借りたり、くだらない話をひっきりなしにしゃべっていることは、漠然と気づいていた。そして、カーヴァーとの会話を思い出しながら、もう一方で、妙なことだがマッケンジー夫人のことも考えていた。おそらく、みんなのなかでいちばんうまいのは彼女だろう、ハリファックスから来た男を感動させようと一生懸命手を尽くしたにちがいない、と深い共感を覚えながら彼女のことを思った。マッケンジー一族の住む夕暮れの谷間で、故郷を離れた家族の歌声のテープを、その言語を知らない男に聞かせている彼女の姿が、何度も頭をよぎった。今は、膝に編み針を置いて静かに坐りながら、そこにはいない家族の、姿なき声に耳を傾けているのだろう。

その晩、アーチボルドは夢を見た。妻が亡くなってから長い年月のあいだには、よく彼女の夢を見た。最初の頃は、夕方になると墓に行って、ときにはそこに坐りこんで果たせなかった願望や抱負を語りかけていたから、たぶんそれでよく夢を見たのだろう。そんな「会話」を交わした夜には、彼女がやってきて、二人で話したり触れあったり、たまには歌うこともあった。しかし、この晩、妻は歌っただけだった。彼女の歌の澄みきった美しさに背筋がぞくぞくして、目に涙さえあふれた。すべての音が完璧だった。繊細な木の葉から今にもしたたりそうな水滴のように、あるいは、大きく弧を描いて飛ぶその頂点で空にくっきり浮かびあがった鷲のように、鮮やかで完璧だった。彼女は山頂に夜明けの光が射した朝の四時まで、彼に歌を聞かせた。それから、いなくなった。

アーチボルドはゆったりとしたさわやかな気分で目を覚ました。ずっと昔、妻とともに眠ったとき以来、そんな気分で目を覚ますのはめったにないことだった。彼の心は決まり、考えるのは終わりにした。

九時頃、サルのトラックが入ってきた。「プロデューサーから電話がかかってるよ。伝言があったら伝えると言ったんだけど、直接話したいんだって」

「わかった」とアーチボルドは言った。

サルの台所に入っていくと、電話の受話器がコイル状の黒いコードの先にだらんとぶらさがっていた。

「もしもし、アーチボルドですが」と彼は受話器をしっかりつかんで言った。「いや、三分に縮めたり、スピードをあげたりはできません。いや、そうは思えんです。ええ、よく考えました。ええ、いっしょに歌うほかの家族とも連絡をとっています。いや、カーヴァーについては知りません。直接、彼と話してください。それじゃ」

吸い取り紙にインクを落としたように、失望と不機嫌があっという間に家じゅうに広がるのがわかった。隣の部屋では若い声が言っていた。「古くさい退屈な詩を二、三行削ればいいだけの話でしょ。あたしたちのために、それぐらいしてくれてもいいのにね、あのボケじいさん」

「すまん」と彼はサルに言った。「しかし、どうしても譲れんのだよ」

「トラックで家まで送ろうか？」とサルは訊いた。

「いや、いい。歩いて帰る」

彼は気力と決意にあふれて山道を歩きだした。若い頃の自分に戻った気分だった。遠い昔、将来の花嫁と交際を始めたときや、ほかの連中が山を下りてくるのを尻目に山頂近くに家を建てると決心したときに感じたように、自分は「正しい」と感じていた。そして、激しく燃えるように過ごした短い結婚生活で感じたように感じていた。彼は駆けださんばかりになった。

その後の数日間、アーチボルドは心穏やかに過ごした。ある日、サルがやってきて、カーヴァーがひげを生やしはじめたと言った。

「口のまわりにひげを生やせば唇を隠せるし、頬にひげを生やせばテレビで見ただけじゃ傷跡なんかわからないって、連中に言われたのよ」と言って、サルは鼻を鳴らした。「メーキャップの威力もすごいからね」

それからしばらくたった雨の降る晩、国際ニュースと全国ニュースとローカル・ニュースを見終わったアーチボルドは、窓の外に目をやった。谷間の底には、濡れたハイウェイに沿って車のヘッドライトが連なっているのが見えた。彼が存在することを知らない人々が、もっと大きな世界をめざして走っていた。しばらくして、そのうちの一つに目がとまった。谷間をぐんぐん走り、まだ遠く離れたところにいたけれど、確実にほかとは違う目的をもって進んでいるようだった。ほかのヘッドライトとはあきらかに違う。アーチボルドは、いわゆる「知識と直観の交わった瞬間」に、「あの車はこっちに来る」とひとりごとを言った。「俺のところへやってくる」

はじめはうろたえた。一族のなかには自分の決定に反感を抱いている者もいて、その連れ合いや、彼には理解できないほど複雑に入り組んだ間柄の人々にも、そうした反感が広がっていることは知っていた。男たちが最近の雨のせいで森に入る日も減り、おそらくは彼の話や彼の下した決定を酒のさかなにして、居酒屋で暇をつぶしているらしい。その車は舗装された道路をはずれて、雨のなかの山を縫うようによろよろと登ってきた。

アーチボルドは乱暴な男ではなかったが、自分の生きている場所や生き方に幻想を抱いてはいなかった。「あのアーチボルドは、なかなかどうして抜け目のないやつだ」と世間からは見られていた。今、それを思い出しながら、大きな火掻き棒がぶら下がっているストーブまでの距離を歩幅で測った。その火掻き棒は結婚した頃、森の伐採場の鍛冶屋でつくってもらったものだ。重い鉄でできていて、長年ストーブの熱い石炭を掻きまわしてきたので、先が尖ってぴかぴかに光っていた。手に持って振ってみると、古代の剣のような重みがあった。彼は木のテーブルを軽々と持ちあげ、それがあまり目立たないことを祈りつつ、長いほうをドアに向けて台所のまんなかに置いた。

「やつらがドアから入ってきたら、俺はテーブルのこっち側にいて、五歩で火掻き棒を取れる」とひとりごとを言った。実際に五歩、大股で歩いて確認した。そのあと、椅子に坐り、膝のあいだに左手を置いてすぐに立ちあがれる体勢をとり、サスペンダーが二本きちんと平行になるようになおした。それから、登ってくる車を見るために窓のそばに行った。

最近降った雨で、道のあちこちが削られ、場所によっては雪解け水で増水したり小さな川ができていた。雨はときに土砂も洗い流すので、そういう場所でアクセルを踏むと、あふれる水や泥にはまって出られなくなる。そうではなく、比較的安定した上り坂(そういうところには「地盤」がある)でエンジンをふかし、その勢いのまま小川を突っ切ってしまうのが、運転のコツだった。

アーチボルドは進んでくる車を見守った。ときどき、死角に入るか木に隠れるかしてヘッドライトを見失ったが、それもほんの一瞬だった。ヘッドライトは急に左や右にそれたり、フロントガラスにぶつかっている濡れた枝のシルエットを浮かびあがらせたりして登ってきた。それを見ながら、アーチボルドは、雨で濡れた暗い夜道を心のなかで描きはじめた。そして、運転者の反射的行動も読めるようになってきた。さっと水の流れをよけたかと思うと、次にはその反動で山側の壁に近づいたりしている。誰が来るにしろ、そいつはひどく酔っぱらっているらしいが、こっちにとっては好都合だと思った。

車は速度を落とした様子もなく引き寄せられるように庭に入ってきた。ヘッドライトの光がアーチボルドの家を照らし、窓から部屋へ侵入してきた。アーチボルドはテーブルの後ろに移ると、立ったまま背筋を伸ばし、しっかりと身構えた。車のドアがバタンと閉まる音が消えないうちに、台所のドアが風に押されるように内側に開き、足元のおぼつかないカーヴァーが明るい光に目を瞬かせながら立っていた。雨が背中に吹きつけ、生えはじめたひげから滴が落ちていた。

「うん、よし」とカーヴァーは肩越しに言った。「家にいるぞ。そいつを中へ運べ」

アーチボルドはカーヴァーにじっと目を向けつつ、同時に目の端で火搔き棒を視野に入れながら待った。

男たちがポーチに入ってきた。全部で五人、箱を運んでいた。

「床に置いて」とカーヴァーが入り口のスペースを指して言った。「床を汚さないようにな」

アーチボルドは身の安全を確信し、テーブルから出ていった。

「箱を開けて」とカーヴァーが男たちの一人に言った。箱のなかには四十オンス入りの酒瓶が詰まっていた。まるで結婚式の支度をしているようだった。

「これ、あんたに持ってきた」とカーヴァーが言った。「二時間前にもぐりから買った。俺たち、一日中出かけてたんだ。グレース・ベイに行って、ニューウォーターフォードに行って、ブラドーの居酒屋の駐車場で喧嘩して、仲間が二、三人、しこたま殴られた。ま、あんまり褒められたことじゃないんだけど」

アーチボルドは、ポーチから戸口までずらりと並んでいる男たちを眺めた。言われるまでもなく、彼らがどんな一日を過ごしたか、一目瞭然だった。なかでも背の高い若い男は、今でもふらふら前後に揺れて戸口に立ちながらほとんど眠っているという状態だった。カーヴァーのこめかみに新しい切り傷ができていた。これは口ひげでも頬ひげでも隠せない。アーチボルドは酒瓶を見つめ、その贈り物のあまりの的外れぶりに心を動かされた。山の上に住むきわめて禁欲的な男に、こんなものを持ってくるとは――。なんとなく、そのことがいっそう彼の心を動かした。そして、そのために払ったであろういろいろな代償を思った。

アーチボルドは彼らの結束力や気性の激しさや、そしてプロデューサーの言った「とてつもないエネルギー」が羨ましくもあった。あの混乱と波乱に満ちた過去の時代において、思いつくすべてを無頓着に投げ出したのは、こういう男たちだったのだろうと思った。スコットランド高地人《ハイランダー》独特の大刀を手に、わかってはもらえない言葉で鬨の声をあげながら、昔の王室のために「任務を遂行」したように。しかし、それもはっきりと確信があったわけではない。アーチボルドはにっこりほほえみ、軽くうなずいて彼に応えた。何と言っていいかよくわからなかった。

「あのさ」とカーヴァーは、やることすべてににじみ出る彼一流の確信をもって言った。「あのさ、アーチボルド」と彼は言った。「俺たち、わかってるから。わかってる。みんな、ちゃんとわかってるから」

鳥が太陽を運んでくるように

As Birds Bring Forth the Sun（1985）

昔、海のそばに、スコットランド高地人《ハイランダー》によくある名前をもつ家族が住んでいた。男は一匹の雌犬を飼っていて、たいそう可愛がっていた。それは、もっと前の時代に狩猟用に飼われた大型犬スタッグハウンドのような、大きな灰色の犬だった。男に跳びついて顔をなめるのが好きで、勢いよく肩に両足をかけてくるので、後ろに押し倒されそうになり、二、三歩下がって体勢を立てなおさなければならなかった。といって、男も決して小柄なほうではなく、背は百八十センチ以上、体重はたぶん八十キロ以上あった。

犬は生まれてまもない頃、手づくりの小さな箱に入れられて家の門の前に捨てられていた。誰が捨てたのか、ちゃんとした大きさにまで育つのか、誰にもわからなかった。まだ子犬だったある日、肥料に使うケルプを海から運んでいた荷馬車の鉄の車輪に轢かれた。十月のことで、三週間ずっと雨が降りつづき、地面はやわらかくなっていた。車輪が体の上を通過したとき、犬はやわらかいその土のなかに沈められ、肋骨が何本か折れただけですんだ。男がキャンキャン悲鳴をあげている犬を拾いあげ胸に抱き寄せて、地面を見ると、骨折した小さな犬の輪郭が残っていた。男は血や尿がシャツにしたたるのもかまわず、でっぱった目や、爪で引っかこうとする前足や、必死に何かをなめようとする舌を落ち着かせながら、折れた骨に沿って指を滑らせた。

家族のなかには、以前、車に轢かれた犬を見たことがあり、いっそ男の強い力で首をへし折るか、後ろ足をつかんで頭を岩に叩きつけるかして、悲惨な状態にけりをつけてやったほうが犬のためだと言う者もいた。しかし、男はそうしなかった。

それどころか、小さな箱をつくって、刈り取った羊毛の残りと着古した自分のシャツを敷いた。そして子犬をその箱に入れ、ストーブの後ろに置くと、小さな鍋に牛乳を注ぎ、砂糖を加えて温めた。それから、子犬の小さな震えるあごを左手で開け、細い針のような歯の鋭さも意に介せず、右手に持ったスプーンで牛乳をすくって、口のなかに含ませた。秋が終わり、冬に入る頃まで、子犬は大きな茶色い目でまわりのあらゆるものを観察しながら、箱のなかで過ごした。

犬を飼うことや、箱が匂うことや、世話に時間がかかることに文句を言う者もいたのだが、そんな家族もだんだん犬に慣れてきた。数週間が過ぎた頃、肋骨はどうにかくっつき、若さならではの回復力でめきめきと元気になった。それと同時に、成長したらとてつもなく大きな犬になることも歴然としてきた。箱はすぐに小さくなり、次につくってやった箱にもおさまりきらなくなった。大きな前足の灰色の毛は、羽根のようにふさふさと足を覆いはじめた。春になると、犬はほとんど一日中外で過ごし、男の行くところはどこにでもついていった。その後の数ヵ月間は、あまりにも大きくなったので家のなかではストーブの後ろの箱では間に合わなくなり、そのわきで横になるしかなかった。この犬に名前はつけられなかったが、ゲール語でクーモールグラス（大きな灰色の犬）と呼ばれていた。

最初に発情期を迎えた頃、発情のしるしや匂いに引き寄せられた雄犬が、興奮して荒い息をしながら続々とやってきたが、その頃のクーモールグラスはもうとてつもない大きさになっていたので、雄たちは上に乗って交尾することができなかった。そして、失望して半狂乱になる雄犬たちと欲求不満を訴えつづける灰色の犬の鳴き声に、男は耐えられなくなった。話によると、彼はそこへ行けば大きな犬がいるとわかっている場所へ行き、灰色の犬ほどではないが、それでもとにかく大きな雄犬を家に連れて帰った。そして、しかるべき時間に、クーモールグラスと大きな雄犬を連れて海辺へ行った。そこには引き潮のときだけあらわれる岩の洞穴があった。男は雄犬の足場が安定するように粗麻布《あらそぬの》を持ちこみ、洞穴にクーモールグラスを立たせ、自分はそばにひざまずいて左腕を喉の下にまわし、犬が動かないようにして雄が上に乗るのを助け、充血したペニスを誘導してやった。男は昔、動物の種付けの仕事をしていた。羊や牛や馬の雄をうまく誘導するのが仕事で、大きな優しい手に不快な匂いのする動物の精液がべったりつくこともよくあった。

その年の冬はとりわけ寒さが厳しく、海に氷が張り、沖の島が見えなくなるようなスコールや雪嵐にたびたび見舞われた。人々は暖かい火のそばで過ごす時間が多くなり、着る物や魚網や馬具などを繕いながら季節の変わるのを待っていた。クーモールグラスはますます体重が増え、体格もさらに大きくなって、とうとうストーブのそばやテーブルの下にはいられなくなった。そしてある朝、もうすぐ春が訪れようというとき、姿が見えなくなった。

男はもちろんのこと、その頃には自分で認める以上に犬が好きになっていた家族ですら犬の帰りを待っていたが、犬は帰ってこなかった。春の狂乱状態がおさまるにつれ、人々は畑仕事や漁の仕掛けの準備など、手入れや世話を必要としているさまざまな仕事で忙しかった。それから夏が来て、秋になり、冬が訪れ、ふたたび春がめぐってきて、男の家には十二番目の子供が誕生した。そしてまた夏がやってきた。

その夏、男がまだ十代の息子二人と三キロほど沖合いに出てニシンの網を引き揚げていたとき、陸から風が吹きはじめ、海が荒れてきた。岸まで無事にたどり着けないのではないかと思い、沖に浮かぶ島に避難して、そこで嵐が去るのを待つことにした。舳先が砂利の浜に近づいたとき、上のほうで音がするので顔をあげてみると、小さな島のなかでは最も高い丘の頂上に、クーモールグラスの姿がくっきり浮かびあがって見えた。

「メーダル・クーモールグラス」と男は喜んで叫んだ。「メーダル」というのは「可愛い」とか「愛しい」といった意味だ。男は叫びながら船べりから海へ跳びおりると、腰まで水に浸かって砂利の上に足場を探しつつ、犬のほうへ、海岸のほうへ近づこうと、もたもたした格好で水をかき分けながら懸命に歩いた。同時に、犬も石を蹴散らしながら男のほうへ突進してきた。そして男が水から上がるやいなや、例のごとく、後ろ足で立ち、しきりに舌を突き出しながら前足を男の両肩にかけた。

男は勢いよく跳びついてきた犬を受け止めるために、ゆるやかに傾斜した波打ち際の砂利の上に踏ん張ろうとしたが、安定を失って後ろによろめき、犬の力で押し倒された。話によると、その瞬間、丘の頂上に六匹の大きな灰色の犬があらわれ、砂利の浜辺に向かって一気に駆けおりてきたという。六匹が男を見たのはこのときがはじめてだった。そして自分たちの母親の下に男が倒れているのを見て、軍隊でよくあるように、リーダーの意図を誤解した。

六匹の犬は狂ったように男に襲いかかり、血に飢えていたのか忠誠心を見せようとしたのか、それとも腹をすかせていたのか、われを忘れたように男の顔を引っかき、あごを引きちぎり、喉を切り裂いた。クーモールグラスもまたそれなりの激しさで犬たちを撃退しようと、爪で引っかき、歯をむいてうなり、彼らの誤解に対して逆上している様子だった。そして六匹を血まみれにして、目の前で悲鳴をあげさせ、丘の頂の向こう側へ追いやった。六匹の姿は見えなくなったが、まだ遠くで吠える声が聞こえた。おそらくこれらはすべて、ほんの一分かそこらで起こった出来事だったのだろう。

船のなかに残っていた二人の息子たちは、泣きながら水のなかへ跳びおり、ずたずたに引き裂かれて横たわっている父親のそばへ駆け寄った。だが、できることは、まだ暖かい血だらけの手をしばらく握りしめていることぐらいしかなかった。父親の目はほんの一瞬「生気」を取り戻したが、顔や喉がちぎれていたので、話すことはまったくできなかったし、もちろん手を固く握りあうほかは何もできず、最後にはその手もするりと抜け、目もどんよりしてきて、もはや手を取っても握り返される感触はなくなった。嵐はますます勢いを増し、息子たちは仕方なく父親の遺体のそばで身を寄せあって一夜を過ごした。揺れる船まで遺体を運ぶのは不安だった。父親はとても重かったので、引きずっていったら残っている部分をさらに傷つけることになるのではないかと恐れたのだ。そして、岩の上で縮こまりながら、犬が戻ってくるのではないかとも恐れた。

だが、犬が戻ることはなく、声も聞こえなかった。悲しげな風の音と、岩を洗う波の音しかしなかった。

朝になり、なんとかして父親を連れて帰るべきか、それともいったん村に戻ってもっと知恵のある大人といっしょに引き返すべきか、二人は話しあった。しかし、見守る人間のいないところに遺体を残していくのは心配だったし、岩で覆って遺体を隠すにしても、そんな時間があったら早く村の海岸へたどり着くほうがましだと思われた。しばらくは、一人が船に乗ってもう一人が島に残ることも考えたが、どちらも一人になるのは不安だった。結局、どうにか遺体を引きずり、水に浮かせるようにして上下に揺れる船のほうへ引き寄せた。それから父親をうつ伏せにして船に乗せ、ありったけの衣類で覆うと、まだ波の高い海に乗り出した。海岸で待っていた人々は、船の上に大きな男の姿が見えないのを知って、水のなかへ歩きだしたり小舟を漕いだりして、うねる波越しに涙ながらに叫んでいる少年たちの声を聞きとろうとした。

その後、クーモールグラスと六匹の若い犬を見かけた者はいなかった。あるいは、同じようなかたちでは見かけなかった、と言うべきなのかもしれない。数週間後、男たちの一団が船を連ねて島を一周してみたが、犬がいる気配はなかった。彼らはその後ふたたび島を訪れ、しばらくしてからもう一度行ってみたが、やはり何も見つからなかった。一年後、男たちはもっと大胆になって、船を浜に乗りあげ、注意深く島を歩きまわった。たとえ犬は見つからなくても、白骨でも発見できるかもしれないと、海岸の小さな洞穴や、引き裂かれた木の根の空洞をのぞきこんだりした。が、やはり何も見つからなかった。

それでも、何年間かはあちこちでクーモールグラスの姿を見かけたという話が伝わってきた。早朝や夕暮れなどに、ある地域では丘の上にいるのを見たと言われ、別の地域では尾根の上に黒い影となって浮かびあがったと言われ、谷間や峡谷を駆けていたと言われた。いつもあまりはっきりしない目撃談だった。しばらくのあいだ、ネス湖の怪物やカナダの伝説の猿人サスクワッチの小型版といった存在になった。見かけられはするが、記録はされない。いつもカメラのないときに目撃される。目撃されても捕まえられることはなかった。

あの犬がどこへ行ったかという謎は、どこから来たかという謎とからみあって話されるようになった。捨てられたときに犬が入っていた手製の箱についてさまざまな憶測がなされ、捨てたのはあの人、あるいはあの連中かもしれないと、いろいろな仮説が立てられた。その箱を探しに出かけた者もいたが、見つけることはできなかった。あの犬は「ビュイッドシェッヒヒ」、すなわち、どこかの怪しい敵によって男にかけられた「邪悪な魔法」だったのかもしれないとも思われた。しかし、それ以上先に進むことのできる者はいなかった。犬に注いだ男の愛情がくりかえし語られ、誰もがその皮肉さに胸を痛めた。

周知の事実としてほぼ認められたのは、犬が子供を産むために冬の氷の上を歩いて渡り、そのあと戻ってこられなくなったということだ。犬が泳ぐのを見た覚えのある者はいなかったし、それに、少なくとも最初の数ヵ月は子犬を連れて帰るのは無理だったろう。

よく両手に動物の精液の不快な匂いをさせていた気の優しい大きな男は、私の祖父の曾祖父にあたる人で、動物の種付けがうますぎたのが仇になって死んだ、あるいは動物たちを満足させ幸せにすることに気をつかいすぎた、と言えるのかもしれない。その春に生まれた私の祖父の祖父にあたる末の息子にとっては、父親は顔も知らない存在になったし、クーモールグラスの荒っぽい歓迎によって男が命を落とすところを目撃してしまった年上の二人にとっては、父親はあまりにも記憶に残りすぎる存在になっていたようだ。船に乗っていた年下のほうの息子は、目撃した恐ろしい光景が頭から離れず、苦しんだ。夜にはよく、〈死の大きな灰色の犬〉（クーモールグラス・アーヴァッシュ）を見たと叫んで目を覚ました。その叫び声が家じゅうにあふれ、聞いている者の耳と心にあふれ、自分たちの失ったものの大きさを何度も思い知らせた。そしてシーツが汗でびっしょり濡れるほど鮮やかに〈死の大きな灰色の犬〉を見た翌朝、少年は島が見える高い崖の上に行き、魚用のナイフで喉を掻き切り、海に身を投げた。

兄のほうは四十歳まで生きたが、話によると、ある晩グラスゴーの居酒屋で、たぶん何とか出口を見つけたいと思っていたのだろう、麻酔薬代わりになっていたウイスキーをしこたま飲んで酔っぱらっていた。店の薄暗がりで灰色の髪をした大柄の男が一人で壁に寄りかかっているのを目にとめ、男に向かって何かつぶやいた。彼は〈死の大きな灰色の犬〉を見たのだとも、あるいは、その名をつぶやいたのだとも言われる。そして男のほうもやはり酔っぱらった耳でその言葉を聞いて、自分が犬とか畜生とか呼ばれたと思ったのかもしれない。二人はにらみあって立ちあがり、もみあいながら居酒屋の裏の小石を敷いた通路に出ていった。すると、信じがたいことだが、そこには六人の灰色の髪をした大男が待ちかまえていて、小石の上で彼を殴りつけ、血にまみれた頭を何度も石に叩きつけて、あおむけに倒れたまま死んだ彼を残して消えてしまったという。家族は断片的な話をつなぎあわせて、あの〈死の大きな灰色の犬〉がまたあらわれた、と言った。

このようにして、〈死の大きな灰色の犬〉は私たち一族の人生のなかに入りこんできたのだが、その事件が起こったのは遠い昔だということは疑いようのない事実である。ところが、続く何代にもわたって、その亡霊がなぜか住み着くようになり、私たち一族のものになったと思われていた。古い昔から家族に伝わる内輪の秘密というのではなく、遺伝子に近いものとして——。それぞれの世代において、死のまぎわに灰色の犬を見たといわれる人がいた。そのなかには、出産で死んだ女たち、戦地に赴いたまま帰らなかった兵士たち、激しい対立や危険な情事に身を投げ打った者たち、真夜中の不思議なメッセージに応えた者たち、本物か想像の産物かは知らないが、幹線道路にいた灰色の犬を避けようとしてハンドルを切り、鉄の塊のなかに埋もれてしまった者たち。そして運動選手に特有の縁起かつぎという迷信的習慣だけでなく、もうひとつ別の不安や信念をもっていたプロのスポーツ選手もいた。あの男の子孫の多くは、自分たちの奥深くに恐れているものが潜んでいるのではないかと思い、血友病患者のように慎重に行動した。また、世間には中年になると癌や糖尿病にかかる確率が高くなる家系があるが、自分たちの一族もそんな感じだと笑う者もいた。他人にはほとんどしゃべらなくても、ひとりごとではよく、「自分には起こってない」とつぶやき、そのつど「まだ今のところは」と用心深く付け加える人たちの心情と同じだった。

こんなことを考えている今、トロントの市街には十月の雨が降り、白い制服姿の愛想のいい看護婦が、私の父の病室をしっかりした足取りで出たり入ったりしている。父は白い色に囲まれて、あおむけでもなく上半身を起こす姿勢でもなく、頭と肩を高くする病院独特の姿勢で、静かに横たわっている。枕の上に白い頭をのせ、浅く息をしているけれど、ときどきその息が不規則になる。もっとも、息をしているのかすらよくわからなくなることもあるのだが。

私は灰色の髪をした五人の兄弟と交代で父に付き添い、肉付きのいいその手を握って、握り返してくるのを感じながら、話をしたら疲れるだろうとは思いつつも、父が何か語りかけてくるのを漠然と期待している。そして父が目を開けたら、その目に父の人生と私たちの人生を読みとろうとしている。父は子供たちが中年の域に達してからも長く生きてきた。遠い昔、あの船に乗っていた二人とは違って、私たちは少年時代に目の前で父親を奪われるという体験はしなかった。そして、あの二人のいちばん下の弟で、その後私たちの祖父の祖父となった末っ子のように、父親の顔も知らずに成長して世界に出てゆくこともなかった。私たちは、自分の人生に深くかかわってくれる気の優しい大きな父がいて、幸運だった。

この病院では誰も〈死の大きな灰色の犬〉のことを口にしなかった。それでも、十年前、年頃の娘が親の家を朝早く抜け出したり朝帰りしたりするときのように、そっと静かに息を引き取った母は、亡くなる前に言った。「知っていることを、知らないことにするのはむずかしいのよ」と。

モントリオールから車を走らせてきたいちばん上の兄のようなきわめて疑い深い人間でさえ、神経質な行動に本心があらわれる。「モントリオールでもトロントでも、グレイハウンドのバスターミナルは避けてきたよ」とトロントに着いた兄はにやりと笑い、「万一ということもあるからな」と言った。

父の容態の重さをわかっていなかった兄は、それ以来ほとんど笑っていない。私は兄が指にはめたダイヤの指輪をぐるぐるまわしているのを見守る。知りすぎるほど知っているあのゲール語のせりふを聞かなくてすむようにと、兄が祈っているのがわかる。私には、モントリオールに住んで「もうひとつの」言語がわからないふりをしていられるような贅沢（兄はかつてそう表現した）は許されない。知っていることを、知らないことにすることはできない。

交代でベッドのそばに坐り、私たちに生を与えてくれた男の手を取りながら、私たちは父のことを、そして私たち自身のことを恐れている。父が何かを見るかもしれないと恐れ、その幻が見えるというせりふが父の口から出てくるのではないかと恐れている。それが医者の「生きる意欲」と呼ぶものと混同されるかもしれないこともわかっているし、ある種の信念がほかの人にとっては「ごみ」として退けられることも承知している。地球が平らだと信じている人、鳥が太陽を運んでくると信じている人がいることもわかっている。

私たちは一族の奇妙な死生観に縛られて、生命が終わる前兆となるものを見たくないと思い、ほかの人にもそれを見せたくないと思っている。これまでの息子たちのように、私たちは、父が自分の死の瞬間に叫ぶ声を聞きたくはない。

そんなことをしても無駄だと知りながら、私たちは目をつぶり、耳をふさぐだろう。静かに目を開いて、首筋の灰色の髪を逆立てながら、床を歩く足音やドアを引っかく爪の音が聞こえるのではないか、いつそれが聞こえるだろうか、とおびえている。

幻影

Vision（*1986*）

この話を最初に聞いたのがいつだったかは思い出せないが、それを聞いて最初に記憶にとどめたときのことは覚えている。つまり、聞いた話がはじめて心に深い印象となって刻みこまれ、多少なりとも「自分のもの」になったとき、という意味である。記憶に残るというのはそういうふうに、いわば、こちらのなかにぴたっと入りこむというか、入ったら二度と離れず永遠にとどまると自分でもわかっているようなかたちで入ってくるものだ。ナイフでうっかり手を切って、流れる血を止めようとしているときでさえ、その傷が完全に治ることはなくその手は二度と前と同じには見えないだろうと自覚しているのと似ている。ふさがった傷口が、ほかの皮膚とは色も質感も違う傷痕になることも想像できるのだ。たとえ血を止めて、離れた皮膚の両端を引っぱってくっつけようとしているときでも、それはわかっている。新しく見つかった小さな川の両岸を無理やりくっつけて、その流れをもう一度地下に閉じ込めてしまおうというのと同じだ。まあ、そんな感じだが、もちろん、傷痕は表面にできて長く消えないのに対して、記憶は心のなかに残っていつまでもそこにとどまるものである。

とにかく、この日はロブスター漁の最終日で、私たちは二キロほど沖合いに出ていて、これから港に帰ろうとしていた。岸壁にはわれわれを待っているニューブランズウィックの買付け業者のトラックが見え、天気がよかったから、トラックのクロームメッキの縁やバンパーや屋根が太陽を反射して光っていた。六月の最後の日、午後もまだ早い時間、私は十七歳だった。

父は機嫌がよかった。シーズンが終わり、かなりの水揚げがあり、仕掛けはほぼ無傷で回収できた。そして、急ぐ必要はまったくなかった。

背中のほうからわずかに風が吹いていたが、海にはほとんど波がなかった。これが最後だったからほんとうに急いで埠頭に着く理由はなかったので、エンジンを減速した。私は船尾にいて、さっき海底から引きあげて山積みにしたロブスター・トラップを押さえていた。まだ海水の滴がきらきら光り、トラップの格子《ラス》に海草がリボンのようにからみついていた。私の足元の木箱には、青と緑のまだらのロブスターがガサガサ動きまわり、尻尾でピシッと打つ音や、殻とハサミが重なりあう湿ったような乾いたような奇妙な音を立てながら、互いの体の上を滑っていた。ハンマーのようなハサミは、傷つけあって商品価値が下がらないように、ゴムバンドで留められていた。

「いくつか、うちの分を袋に入れとけ」と父が右肩ごしに後ろをふりかえりながら言った。父は私の前の船べりに立ち、顔を陸のほうに向けながら、小便をしていた。父の尿は海に落ち、ゆっくりと進む船がつくりだす波のうねりのなかへ消えていった。

「後ろのほうに置いとけよ」と父は言った。「餌バケツの後ろがいい。防水服でもかぶせておけ。連中は、取れるものは何でも取りたがるからな、見えなきゃ、腹も立てんだろう。缶詰用だけじゃなく、市場で売るやつも何匹か入れとけ」

私は袋を手に取り、ハサミで指を挟まれないようにしながら、胴体の殻の端か尻尾の先をつまんで、箱のなかのロブスターを袋に移しはじめた。ゴムで留めてあってもまだ危険なのだ。

「いくつ、入れる？」と私は訊いた。

「ああ」と父は笑いながらふりむき、ズボンの前が閉まっているか手で確かめながら言った。

「好きなだけ入れろ。良識を働かせてな」

家で食べるためにロブスターを持ち帰ることはそうしょっちゅうあることではなかった。高価なものだし、私たちにはそれを売れば手に入る現金が必要だった。それに、買付け業者は狂暴なくらいがむしゃらにロブスターをほしがった。ひょっとすると、私が箱にかがみこんでいる今も、埠頭から双眼鏡をのぞいて、隠そうとしているんじゃないかと見張っているかもしれない。父はさりげなく私の前に立ってもう一度陸のほうに顔を向け、私の動きが見えないように盾になった。船は青緑色の海を切って、その水をいっとき白い波に変えながら、定まったコースを進んでいた。

昔、ロブスターがそれほど珍重されない時代があった。たぶん、広い世界に売り出す市場がまだ発見されていなかったか、あっても遠すぎたのだろう。当時はロブスターを食べたいだけ食べ、残れば畑の肥料にすることさえあった。ロブスターを食べても、とくにごちそうだとは思わずに食べていた。時代を物語るエピソードがある。学校では貧しい家の子はすぐわかる、ロブスターのサンドイッチを持ってくるから、というのだ。裕福な家ならボローニャ・ソーセージを買えた。

事情が変わったのはニューイングランドの市場が確立してからだ。陸上の輸送手段や冷蔵技術が発達する前は、海岸沿いにロブスターの缶詰工場が建てられた。五月、六月、そして七月のはじめまで、白い帽子とスモックを着けた若い娘たちが、密閉される前のぴかぴかの缶にロブスターの肉を詰めていった。そして男たちはスマック（小型帆船）にのせた収獲を、桟橋に運んできた。歩くとぐらぐらぐらするその桟橋は、海に向かって突き出した橋脚の上に築かれていた。

私の父方の祖母はそういう娘たちの一人で、ロブスターの尾の身から黒い筋を取り除くのが仕事だった。尾は丸められて缶のなかに入れられた。家では黒い筋も身といっしょに食べたが、工場の監督は見栄えが悪いと言った。男たちは、粋な角度で帽子をかぶってスマックの上に立ち、岸壁の上から見おろしている若い娘たちに気のきいたせりふを言ったり、ゲール語の歌を聞かせたりしたものだが、私の父方の祖父もそういう男の一人だった。もちろん、これは遠い昔のことで、私はここでその光景を再現しようとしているにすぎない。

忘れられない話を聞いたその日、海はほとんど波もなく、私は船尾でロブスターを袋に入れ、それを餌用のバケツの後ろに置いて、上に防水服をかけて隠そうとしていた。袋に入れる前、ロブスターを弱らせないように、私たちは船べりから身をのりだしてバケツで海水を汲みあげ、袋を十分に濡らした。濡れた袋はロブスターの形をして動き、ピシッと音を立てた。それを見て、子猫を袋に入れて溺死させるときのことをぼんやり思い出した。袋のなかで動いているのは見えるが、姿は見えない。

父は最後の一杯を汲みあげると、海水のしたたっているバケツを注意深く私に渡した。それから左手で船べりにつかまりながら腰掛け梁に坐り、顔を北に向けた。私はもう一度ロブスターに海水をかけ、餌バケツの後ろに袋を置きにいった。餌はまだ残っていたが、もう必要なかったので海にまいた。青灰色のサバの断片が宙に舞って水中に見えなくなった。その前々日、まさにそのあたりの海から捕ったサバだった。春には網を使ってサバを捕った。春のサバは目が見えないので、餌をつけた釣り針は役に立たないのだ。しかし秋に戻ってきたサバは目から膜がはがれ、目の前に投げられたものにはほとんど何にでも飛びつく。砕いて塩を混ぜたサバの身にさえ食いつく。サバは風上に向かう習性があり、いつも風に逆らって泳ぐ。風が陸から吹いていれば海岸へ向かって泳ぐから、網を打って待っていればよいが、逆方向の風だと海に向かい、何年も遠くへ行ってしまうので、われわれは完全にそのサバを取り逃がしてしまうことになる。

私は空になった餌バケツをロブスターの入った袋の前に置き、空の木箱を逆さにして、袋が動いているのが目立たないような角度で、その上にかぶせた。それから、防水服をさりげなくかけておいた。

前方に見える陸地の、トラックが待っている埠頭の北側に、一キロ半ほどの砂浜があり、その砂浜のなかほどに川が流れていた。その川が、わが家と隣人マカーレスター一家の漁場を分ける不安定な境界線となっていた。私たちは昔から川の右側で魚を捕り、マカーレスターは左側で捕っていて、長いあいだ入り江のなかのその境界線はだいたい一定していた。ところが、この頃、嵐や潮の干満の影響や土砂の堆積によって、その河口が目印としては頼りにならなくなってきた。変化はとりわけ冬の嵐が暴れたあとに起こり、春になると河口が北や南へ一キロ以上も移動している年もあった。そうなると、わが家とマカーレスター家とのあいだに摩擦が生じた。伝統に従って今までと同じ漁場に出かけてはいったものの、もはや境界線は当てにならなかったので、非難の応酬が始まった。現にある川が自分たちにとって都合がよければそれを利用し、そうでなければ以前には存在していたが今は目に見えない架空の川を引き合いに出して、互いを非難した。

　今、マカーレスター家の船は私たちの前を進んでいた。私はケネス・マカーレスターに手を振った。ケネスとは友だちだったが、両家の摩擦のため、あまり親しくない関係になっていた。私と同い歳のケネスは手を振りかえしてきたが、船に乗っていたほかの二人の男は無視していた。

　ケネス・マカーレスターと友だちになったある春の日、六年生くらいだったと思うが、学校からの帰り道で彼がこんな話をした。彼のおばあさんの先祖に「ダ・シェーリャッヒ」（見えないはずのものが見える能力）を持つスコットランド人がいて、そのスコットランド人は、不思議な白い石にあいた穴をのぞきながら、将来の出来事はもちろん、遠く離れた場所で起こる現在の出来事も予見できたという。その男に見えたことはほとんど現実になった。姓はマンローかマッケンジーかで、名はケネスといい、幻視するために石をのぞく目は、ふつうの人間の視覚という意味ではカム、すなわち盲目だった。彼は自分の仕えていた権力者のお気に入りだったが、彼と権力者の妻はどちらも嫉妬深いたちで、お互いに反感をもっていた。ある日、権力者がパリに行って留守だったとき、屋敷で大々的なパーティが開かれた。一説では、「予言者」が愚かにもその席で、そこにいた何人かの子供たちについてその父親が誰かという話を始めた。また別の話では、権力者の妻がパリにいる夫が「見える」のかと彼をからかった。彼は相手にしなかったが、妻はしつこかった。彼は目に白い石を当て、彼女の夫がパリの女たちと楽しく遊んでいる、彼女のことなどほとんど考えていないと言った。怒り狂った妻は彼をタールの入った樽に入れ、外から釘を打ちつけて火をつけるように命じた。処刑はその場でおこなわれたという説もあるが、数日後に執行されたという説もある。またある説では、権力者は帰館と同時に話を聞き、黒い煙がのぼるのを見た。煙の出ている場所をめがけて全速力で馬を走らせ、大声で叫びながら処刑をやめさせ友人を救おうとしたが、乗っていた馬が力尽きて息絶え、残りの道を走って駆けつけたときにはすでに遅く救うことができなかった。

予言者は死ぬ前に、例の白い石を湖のできるだけ遠くまで投げ、いずれ一族に終わりが来るだろうと権力者の妻に告げた。それは四人の息子に先立たれる聾唖の父親がいるときで、そのときに一族の土地は他人の手に渡るだろうと予言したのだ。数十年後、聾唖の父親があらわれた。彼はあきらかに善良な男だったが、言い伝えられてきた予言の前ではどうすることもできず、次々に愛する四人の息子を失った。彼もまた愛する者を救うことができなかったのである。

私はすさまじい話を聞いたと思った。ケネスは道端から白い石を拾って目に当て、自分にもそんな「予知力」があるかどうか確かめようとした。

「そんなもの、ないほうがいいんだろうけど」と彼は笑いながら言った。「目が見えなくなったら、いやだもん」。そう言ってケネスは石を遠くへ投げた。その頃のケネスは、空軍に入って、太陽に向かって飛び、山の向こうの海の彼方まで見たいと思っていた。

ケネスの家に着いたとき、私たちはまだその話をしていたのだが、彼の母親からそういうことを笑ったりしてはいけないと注意された。そしてサー・ウォルター・スコットの詩を見つけてきて、読んでくれた。そのときにはたいして注意を払わなかったが、この詩が父親と死を運命づけられた四人の息子に触れたくだりは今でも覚えている。

汝の息子たちは光と愛に包まれて
汝のもとに育ちぬ。
父としてそれにまさる願いはなく、
友としてそれにまさる満足はなし。
汝の悲しみを語ることが何の役に立とう?
前途ある若さの真っ盛りに
彼らは斃れたにしても!

さて、さっきも述べたように、マカーレスター家の船はシーズン最後の水揚げをのせ、船尾や波よけ板にロブスター・トラップをうずたかく積みあげて、前を進んでいた。私たちは埠頭でマカーレスター一族とあまり口をききたくなかったし、前にはほかにも船がいた。彼らが先に収獲とトラップの山を降ろすことになるだろう。われわれが船を着ける場所を見つけるまでには時間がかかりそうだった。父はエンジンを切った。急ぐ必要はなかった。
「向こうにカンナが見えるか?」と父は、顔を向けている北のほうを指して言った。「カンナの岬は見えるか?」
「うん。見えるよ。あそこに」

カンナの岬が見えるのはそれほど珍しいことではない。霧の濃い日や雨や雪の日でなければいつも見えた。それは船で三十キロほどの距離にあり、曇った日には、大きな長靴の足の部分のような青い低地が海に張り出して見えた。今日のようによく晴れていると、緑に包まれて遠くに輝いて見えた。古い農場跡の空き地があり、その上のほうに、深緑のトウヒやモミの木が連なっていた。あちらこちらに白い家が建ち、風雨にさらされて灰色になった納屋も見えた。カンナと呼ばれるのは、はじめに移住した人たちのほとんどがヘブリディーズ諸島の「緑の島」カンナ島の出身だったからだ。私の祖母はカンナで生まれ育ち、白いスモックを着けてそこのロブスター工場で働く娘の一人となった。

「あれは、今頃の季節だったなあ」と父が言った。「アンガス叔父さんと俺の二人だけで、カンナの岬に住んでたばあさんのところへ行ったことがあった。俺たちはまだ十一で、そこへ行かせてくれって何週間も頼みこんでたんだが、おやじもおふくろも答えたがらないでな、『考えておく』とか『まあ、そのうち様子を見て』とか言ってた。俺たちは、シーズン最後の仕事をすませるスマックに乗っていきたかったんだ。ロブスターの買付けをやってる男たちのスマックに乗って、カンナの岬の埠頭で降ろしてもらえば、あとはばあさんの家まで一キロ半ぐらい歩けばいい、と思ってたわけだ。それまで自分たちだけで行ったことはなかった。陸伝いだと馬か馬車で行くしかないが、遠回りでな。だから、行ったことはあったけれど、あんまりよく覚えてなかった。いったん奥に入って幹線道路に出て、三十キロばかり行ってから、海岸のほうに引き返してくるんだ。海から行く距離の倍になる。おやじとおふくろは一年に一度出かけてたんだが、だいたい二人だけで行ってたからな。馬車には二人しか乗れんし。俺たちは、今度スマックに乗れなかったら一生行けないんじゃないかと思った。親は『まあ、様子を見て』と言うだけでな」

そんなふうにカンナを遠い土地のように話すのは、なんだか奇妙に聞こえた。その頃にはもう車で四、五十分も走ればカンナに着けるようになっていたからだ。もっとも、道の最後の部分は、雨の多い春と秋にはぬかるんで危険だったし、冬には雪でよく通行止めになった。それでも、行きたいと思えば行けないことはなかったので、屋根裏でカンナから出された古い手紙を見つけたときも、はるか昔の別の時代のことのように奇妙な感じがした。たった三十キロそこそこしか離れていない土地のあいだで、手紙をやりとりしたり、一年に一度しか訪ねないなんて、信じがたかった。しかし当時はそれだけの距離でも行き来するのはむずかしく、まだ電話もない時代だったのだ。

私の父と叔父は双子の兄弟で、父方と母方の祖父の名前をもらって、それぞれアレックスとアンガスと名づけられた。親が最初の子供に自分の親の名前をつけるのはよくあることだったので、そのあたりはアンガスとアレックスだらけだった。二十世紀はじめの頃、シリアやレバノン出身の行商人が重い荷物を担いで泥んこ道を歩いてやってきたものだが、彼らもアンガスとかアレックスという名前で、客となる住民はその名に親しみを覚えた。行商人はほとんど英語をしゃべらず、訪れる家にはゲール語をしゃべる人々が住んでいたから、コミュニケーションの助けになりそうなことは何でも利用された。行商人は客の前に巻いた布を広げ、きらきら輝く縫い針を見せたが、客は感嘆するばかりで買う余裕のないときもあった。すると事情を察した行商人は、品物をそのまま置いていった。その家の人々はあとでお金に余裕ができると、「アンガスとアレックスに借りたお金を砂糖壺に入れておこう。二人が来たら払えるように」と言った。

ときには行商人が、村から村へ、海岸沿いに並ぶ何人ものアンガスやアレックスの家から家へ、手紙を運ぶ役割も果たした。名前はどれも同じようだったが、別々の家族をきちんと見分け、自分たちの読めない手紙を相手に届けた。

父と叔父はあいかわらずカンナに行きたいと親にせがみつづけ、親は「まあ、様子を見てから」と言いつづけていた。そんなある日、二人は近所に住む父方の祖母の家に遊びにいった。祖母のつくった昼食がすんだあと、祖母は二人に、カップの底に残ったお茶の葉で将来を予言する「茶葉占い」をしてやろうと言った。「おまえたちは旅に出るよ」と祖母は両手に持ったカップをまわして底をのぞきながら言った。「海を渡っていくよ。食べ物を持ってね。黒い髪をした不思議な女に会う。その女はおまえたちにとても近い。そして……」と祖母は茶葉のつくる形をもっとよく見ようと、両手に持ったカップをまわした。「それから……ああ……ああ……ああ」

「何?」と二人は催促した。「どうしたの?」

「ああ、今日はこれでおしまい」と祖母は言った。「もう帰ったほうがいいよ。家で心配するから」

二人は走って家に帰り、台所に飛びこんだ。「僕たち、カンナに行くって。おばあちゃんが言ってたよ。お茶の葉で占ったんだよ、僕たちのカップを見て。弁当を持っていくんだって。海を渡るんだって。おばあちゃんは僕たちが旅に出るって言ったんだよ」

出かける日の朝、二人はいちばんいい服を着て、弁当を持ち、スマックが出発するずっと前から埠頭で待っていた。船が埠頭を離れたときには太陽が照っていたが、沿岸を進むにつれて雲行きがあやしくなり、やがて雨が降りだした。雨のなかの船旅は長く感じられた。船の男たちは二人に、船室に入って濡れた体を拭いて、弁当を食べろと言った。旅の出だしは雨のせいで台無しだった。

船がカンナの岬の港に近づく頃には、雨が激しくなっていた。埠頭の人影も見にくく、見えても重いレインコートを着て動きまわっているのでどういう人たちかわからなかった。船上のロブスターの買付け業者も、雨のなかを港でじりじりしながら待っていた男たちも、急いでいた。

「どこに行くかはわかってるんだよな?」と船の男たちは若い二人の乗客に言った。

「はい」と二人は答えたが、あまり自信はなかった。目印となる建物を覚えているつもりだったが、雨でよく見えなかったのだ。

「ほら」と男たちは船室から持ってきた男物のレインコートを二枚渡した。「これを着れば、ちょっとはましだろう。返すのはいつでもいいから」

二人が鉄梯子をのぼっていくと、岸壁の上で忙しそうにしている男たちが手を伸ばして引きあげてくれた。

男たちは忙しかったし、雨だったので、埠頭にいた誰も少年たちにどこへ行くかなどと尋ねなかった。二人のほうも恥ずかしくて、それに自尊心も邪魔して、道を訊けなかった。だから、レインコートの袖口を手首の上までまくりあげると、岸壁から泥んこの道を歩きだした。まだ一張羅の晴れ着を汚すまいとがんばっていたので、足元に気をつけて、比較的濡れていない場所を選んでよそ行きの靴を踏み出し、行く手にある水たまりや、小石を転がしている細い水の流れを避けながら歩いた。レインコートの丈が長すぎて、裾を泥道に引きずるので、水たまりなどをまたぐときには、スカートをひょいと持ちあげる女たちみたいにレインコートの両端を持ちあげた。持ちあげたままでいると、泥だらけの裾がよそ行きのズボンにこすれるので、またレインコートをおろした。すると靴がほとんど見えなくなり、歩いている後ろからレインコートの裾の引きずられる音が聞こえた。二人は長いレインコートのなかでびしょ濡れになり、みじめな姿になった。たとえ長いコートを着たこの小さな人影が道を歩いているのを目にとめた人がいたとしても、それが誰だかわからなかっただろう。

七、八百メートル歩いたところで、老人の乗った馬車に追い越された。老人は馬を止め、乗せてやろうと言った。老人もレインコートを着て、帽子を鼻の近くまで引き下げていた。立ち止まった馬からは湯気が立ちのぼっていた。二人は馬車の上に這いあがり、老人の隣に坐った。老人は二人にゲール語で話しかけ、名前を訊き、どこから来てどこへ行くのかと尋ねた。

「おばあちゃんに会いに」と二人は言った。

「おまえたちのおばあちゃんかい？」

「はい。僕たちのおばあちゃん」

「ほう。おまえたちのおばあちゃんね、それは確かかい？」

「もちろん」と、ちょっとむっとしながら二人は言った。ほんとうは自分たちがそうありたいと思っているほどの自信はなかったのだが、悟られたくなかった。

「ほう。そうかい。ペパーミント・キャンディ、食うか？」と老人は言った。そしてレインコートの下のポケットに手を突っこむと、ペパーミント・キャンディの詰まった茶色い紙袋を取り出した。老人がその袋を二人に渡しているときにも雨が打ちつけ、紙は濡れて黒ずんできた。

「ああ、それは取っておいていいぞ。店に運ぶ分が一山まるまるあるからな。今、船で着いたばかりだ」。老人はそう言って、馬車の後ろの金属容器を示した。

「今日は、おまえたち、おばあちゃんのうちに泊まるのかい？」

「はい」

「ほう」と言いながら、老人は手綱を引いて馬の向きを変え、庭の小道に入っていった。

老人は二人を家のドアの前まで送り、馬車を降りるときに手を貸してくれた。そのあいだ馬は、じれったそうに泥のなかで足踏みをし、雨のなかでひょいと頭を動かしていた。

「いっしょに入ってやろうか？」と老人が尋ねた。

「いや、いいです」と二人は、早く老人に消えてもらいたいと焦りながら言った。

「そうかい」と言うと、老人は落ち着かない様子の馬に声をかけた。馬が小道を走りだすと、馬車の車輪の後ろから泥水がシャーッと音を立てて跳ねあがった。

二人は、雨のなかで立っているなんて馬鹿げていると思いつつ、老人が見えなくなるのを待ってしばらく玄関の前でぐずぐずしていた。しかし、老人は小道の半分ほど行くと、こちらをふりかえった。そして馬車の上で立ちあがると、大声で叫び、家のほうに手を向けて「早く入れ」という身ぶりをした。二人はドアを開いて中へ入った。ばつが悪かったし、老人に間違った家に連れてこられたことを認めたくなかったのだ。

ドアを入ったところはポーチと入り口を兼ねていて、所帯道具やら農具やらが散乱していた。パン焼き用の鍋、広口瓶、塗料、おまる、牛乳を入れる古い桶、熊手、鍬、干草用の熊手、針金の切れ端や長い鎖。光がほとんど入らない薄暗がりで、二人の足元から何かが立ちあがって脚にぶつかり、瓶やバケツに突進して騒々しい音を立てた。それはまだ小さい子羊で、メーメー鳴いて糞を落としながら、家の玄関となっている内側のドアに向かって跳びはねていった。と同時に、物音に反応してそのドアが開き、羊は中に跳びこんだ。

戸口に背の高い老女が立っていた。夏だというのに何枚も重ね着して、金属縁の眼鏡をかけている。両側に黒い犬を連れていた。コリーに似ているが、特徴的な白い毛はなかった。二匹は首筋の毛を逆立て、喉の奥で低くうなり、白い歯をむきださんばかりに上唇をめくれあがらせ、前足の先をそろえて、薄暗がりに目をらんらんと光らせていた。老女はそれぞれの頭に向かって手を下げたが、何も言わなかった。そこにいる全員がじっと前を見すえているようだった。少年たちは逃げだしたかったが、動けば犬が飛びかかってくるだろうから、できるだけ身動きしないでその場にじっとしていた。聞こえるのは犬の緊張したうなり声だけだった。「コアハーン?」と女がゲール語で尋ねてきた。「そこにいるのは誰だい?」

少年たちは何と言っていいかわからなかった。答えはいろいろ考えられたが、どれも複雑すぎるような気がしたのだ。二人はもぞもぞと足を動かした。すると二匹の犬が、まるで何回も練習してきた踊りの振り付けのように、同時に二歩前に踏み出した。「コアハーン?」と女は質問をくりかえした。「そこにいるのは誰だい?」

「僕たち、キンテイルから来ました」と二人はようやく答えた。「アレックスとアンガスです。おばあちゃんの家に行くところです。スマックに乗ってきました」

「ほう」と老女は言った。「おまえたち、いくつだね?」

「十一。二人とも。僕たち双子だから」

「ほう。二人ともかい。キンテイルにはあたしの親戚もいるよ。まあ、お入り」

二人はまだ怖かった。犬はあいかわらず低くうなりながら身構えているし、やわらかそうな唇は白い歯の上までめくれあがっていて、見るからに危険そうだった。

「はい」と二人は答えた。「でも、ちょっとだけ。長くはいられないから」

そのときになってはじめて、女は犬に話しかけた。「もういいよ、テーブルの下でおとなしくしておいで」。犬はたちまち緊張をゆるめ、女の後ろから家のなかへ消えた。

「あの犬も双子だって、わかったかい?」と女が訊いた。

「ううん。わからなかった」

「そうなんだよ、双子なんだよ」

家のなかに入ると、二人は最初に見つけた椅子を、なるべくドアの近くに引き寄せて坐った。その部屋は昔風の台所で、床には物が散乱してポーチとあまり変わらなかったが、散乱しているのがナイフやフォーク、スプーン、割れたカップや受け皿など、ポーチの物より小さかった。台所ともうひとつ、居間か食堂だったと思われる部屋があり、台所とその部屋のあいだに未完成の間仕切りがあった。一定の間隔で間柱が打ちこまれ、両側に間仕切りの壁板が釘で留めつけてあったが、板は天井の高さの半分くらいまでしか張られていなかった。この間仕切りが未完成のまま放置されたのか、それとも少しずつ低くなってきたのか、どちらとも見分けがつかなかった。間柱と間柱のあいだにある隙間は猫でいっぱいだった。猫は足を突っぱって壁板をよじのぼり、訪問者の顔を物珍しそうに眺めてから、また隙間に跳びおりた。未完成の壁の向こうから、生まれたばかりの子猫の鳴き声が聞こえた。猫たちはそこらじゅうにいた。テーブルの上にもいて、そこに出ている皿という皿をなめまわしたり、椅子の背もたれの上や古いソファの下を出たり入ったりしている猫もいた。ときどき、未完成の間仕切りを跳び越えて、隣のスペースに消えていく猫もいた。お互いにうなりあって、足でフェイントをかけて牽制しあっているやつもいた。片隅には大きな雄の虎猫が、小さな灰色の雌猫にのっかってせっせと繁殖に励んでいた。自信のないほかの雄たちは二匹を遠巻きにして、喉の奥で低くうなっていた。虎猫はたまに動きを中断しては、まわりの雄を威嚇してそばに寄せつけないようにした。雌の鼻は床に押しつけられ、耳は頭にぴったりつけられていた。虎猫はときどき、雌の首の後ろを歯でしっかり押さえこんだ。

黒い二匹の犬はテーブルの下に横たわり、猫の動きなど気にもとめないようだった。子羊はストーブの後ろに立って、油断なくあたりをうかがっていた。家のなかの何もかもが絶望的に汚かった。こぼれた牛乳、猫の毛、汚れたままの割れた皿。老女は男物のゴム長靴をはき、何枚ものペチコートやスカートやワンピースを着て、その上からセーターまたセーターと、幾重にも重ね着をしていた。そのすべてが汚れ、こぼしたお茶や食べ物のくずや飛び散った油で染みだらけになっていた。手は茶色く、爪は長く伸び、その一本一本に真っ黒い垢が一センチもたまっていた。老女は手をあげて眼鏡にさわろうとしていたが、二人はレンズの外側も汚れていることに気がついた。そしてはじめて、目が見えないのだと気がつき、眼鏡が用をなしていないこともわかった。

二人はさっきよりもっと不安になり、もっと怖くなった。

「どっちがアレックスだね？」と老女が尋ねたので、アレックスは学校で質問に答えるように手をあげたが、相手には見えないことを思い出した。

「僕です」と答えると、老女はアレックスのほうに顔を向けた。

「その名前を聞くと、昔から、連想することがあるんだよ」と老女は言ったが、少年たちは彼女が「連想」などという言葉を使うことに驚いた。

雨のせいで、日暮れが早いような気がした。汚れた窓の外に薄れてゆく光が見えた。どうして電灯をつけないんだろうと思ったが、部屋には電灯がなかった。彼女にとってはあってもなくても同じなのだ。

「おまえたちにお昼をつくってやろう。そこにいるんだよ」

彼女は未完成の間仕切りのところへ行くと、力強い茶色の手で、いちばん上の板をひきはがし、それを間仕切りに立てかけて、上からゴム長靴の足でドンと踏みつけた。板が割れると、同じことをくりかえし、床を手で探って細く割れた板を集めた。それを持ってストーブのそばへ行き、蓋を取って板をくべはじめた。

それから、食器棚を手探りして、手に群がってくるしつこい猫を追い払いながら、食べ物を探しはじめた。缶のなかにスコーンを二個見つけ、それを皿にのせて、猫に取られないよう食器棚のなかに入れた。それから紅茶の缶に手を突っこみ、茶葉をひとつかみ取り出すと、ポットのなかに入れて熱いお湯を注いだ。汚れたピッチャーのなかに牛乳が残っていることを確かめ、カップを手でさわりながら、それぞれに牛乳を注いだ。

そのあと、ポットを持ちあげてカップに注ぎはじめた。二人には背中を向けていたのだが、紅茶を注ぎながら、爪に垢のたまった長い茶色の指をすばやくカップに突っこんでいるのが見えた。どこまで注いだかわからないから指を入れて確かめているのだろうが、二人は胃がひっくりかえりそうになり、吐くんじゃないかと心配になった。

彼女は紅茶の入ったカップを運んできて、食器棚からスコーンを取り出し、二人に皿を渡した。二人は差し出されたものを膝の上に置き、老女は二人と向かいあった。目が見えないことはわかっていたが、それでも見張られているような気がした。二人は紅茶をのぞきこみ、猫の毛のついたスコーンを見て、どうしていいかわからなかった。しばらくして、二人は唇ですする音をまねて飲んでいるふりをした。

「あの、僕たち、もう行かなきゃ」。二人はそっと腰をかがめて、一口も減っていないカップを椅子の下に置き、スコーンをポケットに入れた。

「道は知ってるのかい？」と老女が訊いた。

「はい」と二人はきっぱりと言った。

くした。

「暗くてもわかるかい？」

「はい」ともう一度きっぱり言った。

「また会えるんだろうね？」と彼女は質問しているということをはっきりさせるように声を大きくした。

「はい」

「いいかい、世の中には、信義を守る人間もいれば、そうでない人間もいる。覚えておきなさい」と彼女は言った。

盲目の女の家から見たときには暗くなったように見えた空が、外に出るとそれほど暗くないことに驚きながら、二人は急いで小道を通り抜けた。そして本道に出ると、港と反対方向に向かって歩きだした。しばらくすれば最初にめざした建物が見えてくるだろうと思ったのだ。

その建物の小道に入っていったとき、まだ雨が降っていて、あたりはすっかり暗くなっていた。小道は納屋のドアの前で終わっていた。母屋はさらに数メートル離れたところにあった。納屋のドアが開いていたので、二人はちょっと中へ入って気分を静めようとした。動物たちは夏の牧草地に出ていて、納屋は静まりかえっていた。二人は家畜を入れる最初の仕切りでうろうろしていたが、そのとき、隣の脱穀場から規則正しい物音が聞こえるのに気がついた。小さな通り口のドアを開けて、脱穀場のなかに足を踏み入れ、暗がりに目が慣れるのを待った。すると、脱穀場の奥の隅の釘に、明るさを絞ったランプがかかっているのが目にとまった。そしてその向こうに、男の影が見えた。背が高く、ゴム長靴と胸当てつきの作業ズボンをはき、ツイードの帽子を目深にかぶっていた。納屋の南側の壁を向いていたが、二人の位置から見ると斜めの姿勢をとっていて、横顔が見えた。かかとから爪先へ規則正しいリズムで体を揺らしながら、腰を前後に突き出し、うめき声をあげ、ゲール語でひとりごとをつぶやいていた。しかし、どうやらそれはひとりごとではなく、そこにはいない異性に向かってしゃべっているようだった。ズボンの前が開いており、男は自分のものを右手でつかんで、揺れる体のリズムに合わせて動かしていた。

少年たちはどうしていいかわからなかった。男が誰なのかもわからなかった。こちらをふりむかれたら見つかるんじゃないかと怖かった。立ち去ろうとすれば音がして見つかるかもしれない。家では二人の寝室は二階にあり、両親は階下の別室に寝ていた（「火の用心のために」と両親は言った）。二人ともセックスには興味をもちはじめていたが、よく知っているわけではなかった。老女の家の猫のような、動物の交尾は見たことがあっても、さっきのように大人の男があんなに興奮しているのを見るのははじめてだった。もっとも、男がうなっていた言葉のいくつかや、架空の相手のことは聞き覚えがあった。そのとき突然、男はうめき声とともに前のめりになり、灰色の液体が納屋の南側の壁に飛び、埃にまみれた干草の上に落ちた。男は壁に左手をつき、ひたいをもたせかけた。二人は小さなドアからそっと退き、納屋の外に出て、あわててはいたが忍び足で、雨のなかを母屋のほうへ歩いていった。

二人がポーチに入り、網戸が後ろでバタンと閉まると、台所のなかから声が聞こえてきた。怒ったようなしゃがれた声で、何かをののしっているようだった。それから、ドアが勢いよく開き、二人は祖母と向かいあっていた。祖母は最初、長いレインコートを着た二人が誰だかわからなかったらしく警戒するような怒った顔をしていたが、しばらくすると表情が変わり、前に出てきて二人を抱きしめた。

「アンガスとアレックスだね。まあ、驚いた！」と言うと、二人の肩越しにあたりを見まわした。「おまえたちだけかい？　二人だけで来たの？」と訊き、それから「なんで、来るって知らせてくれなかったのよ？　出迎えにいったのに」と言った。

二人は自分たちの到着がそんなに驚かれるとは考えてもいなかった。ずっとこの旅のことを一生懸命に考えつづけてきたので、この日にいろいろな思いがけないことが起きたにもかかわらず、なぜかまだ、自分たちが来ることはみんなが知っているという気がしていたのだ。

「よく来たね！　まあ、お入り。入って、その濡れた服をお脱ぎ。どうやって来たんだって？　今、着いたばかりなの？」

二人は、スマックに乗ってきたこと、歩いていたらペパーミント・キャンディを持った男が馬車に乗せてくれたこと、盲目の女を訪ねたことを話したが、納屋にいた男のことは話さなかった。祖母は台所を動きまわり、コートをかけたりストーブの上にポットを置いたりしながら、熱心に聞いていた。そしてペパーミント・キャンディの男の特徴を尋ねたので、店をやっていると言っていたと話すと、次に、目の見えない女はどうしていたかと尋ねた。二人は、お茶を出してもらったけど口をつけなかったと言うと、祖母は「かわいそうな人！」と言った。

そのとき、また網戸のドアがバタンと音を立てて閉まり、ポーチを通る重々しい足音が聞こえ、納屋にいた男が台所のドアを入ってきた。

っ「孫が会いにきてるわよ」と祖母は冷たさの混じる声で言った。「キンテイルからスマックに乗ってきたのよ」

男は明るい光のなかで体をふらつかせながら、目を瞬かせて、二人に焦点を合わせようとしていた。そのとき少年たちは、男がかなり酔っていて状況をよくつかめないでいるとわかった。目が充血して、まわりの縁も赤くなっていた。ごま塩のひげには何日もかみそりを当てていないらしい。後ろに前にゆらゆら揺れながら、二人が誰なのか知ろうとするようにじっと見つめた。少年たちの目はいやでも作業ズボンの前に吸い寄せられ、精液がついているかどうか確かめようとした。しかし、雨のなかにいたのだから当然、着ているもの全体が濡れていた。

「ああ」と男は目から薄皮がはがれたように言った。「ああ。いい子だ、いい子だ」。そして前に出て一人ずつ抱きしめ、頬にキスをした。息が臭く、無精ひげがやすりのようにざらざらしていた。

「じゃあ」と彼は急に向きを変えて言った。「二階でしばらく休んでくる。納屋の仕事で忙しかったんでな。だけど、あとでおりてくるからな」。それから、台所の椅子につかまりながら長靴を脱ぎ捨て、ふらふらと階段をあがっていった。

二人の少年は、あれが自分たちの祖父だと気づかなかったことにショックを受けていた。祖父が少年たちの家を訪ねてくるのは年に一度くらいのものだったが、そのときの祖父はいつも立派で格好よかった。青いサージのスーツを着て、広い胸を覆うヴェストに時計の金鎖を垂らし、ポケットにはペパーミント・キャンディを詰めこんでいた。そして二人が以前両親に連れられてここを訪ねたときには、祖父は愛想がよく、頭が切れ、きちんとした身なりをしていた。

祖父の足音が消えると、祖母がまた二人に話しかけ、ストーブの火を見たりテーブルの用意をしたりと立ち働きながら、両親のことや学校の勉強のことなどを訊きはじめた。

しばらくして、祖父がおりてきたので、みんなでテーブルを囲んで坐った。祖父は着替えをして、ひげを剃ろうとしたらしく、顔じゅう小さな切り傷だらけだった。食事中にも水の入ったグラスを倒したり食べ物を膝にこぼしたりして、落ち着かない雰囲気の夕食になった。少年たちは祖父と同じくらい疲れたが、祖母だけは平然としているように見えた。祖父は食事が終わるとすぐに、「あしたはもっとましになるよ」と言って、二階へあがっていった。そのあとまもなく、祖母が二人に、もう休みなさい、と言った。

「みんな疲れてるんだよ」と祖母は言った。「おじいちゃんも、あしたになればしゃんとなるからね。おまえたちが来てくれたんで、ひげを剃ろうとしたんだよ。私からも話しておくからね。おじいちゃんもおばあちゃんも、おまえたちが来てくれて、ほんとにうれしいよ」

祖父母の寝室の隣の部屋で、キルトを山ほどかけて二人はいっしょに眠った。寝入る前に、祖父母がゲール語で話しているのが聞こえたが、次に気がついたのは、朝、目が覚めたときだった。ベッドのそばに祖父と祖母が立ち、窓から日が射していた。祖父と祖母はそれぞれ、穀物の粥と砂糖と牛乳と紅茶とバターをのせたお盆を持っていた。どちらもかなりあらたまった服装をして、少年たちの知っているおじいちゃんとおばあちゃんになっていた。酔っぱらって納屋でうめいていた男は、できれば見ないですませたかった夢みたいなものだった。

起きあがって着替えをしたとき、ポケットにまだ盲目の女からもらったスコーンが入っているのを発見し、外に出たときに納屋の裏にそれを捨てた。

二人はカンナに一週間滞在したが、そのあいだずっと好天に恵まれ、すばらしい毎日だった。祖父は二人を馬車に乗せ、いろいろなところを訪ねた。家々に女たちを訪ね、納屋で男たちと立ち話をした。ある日、三人は店を訪ねたが、少年たちはカウンターの後ろにいる男が自分たちを馬車に乗せてペパーミント・キャンディをくれた男だとわかるまでにしばらくかかった。向こうも二人に気づいて驚いたらしく、祖父に「すまんなあ、俺は勘違いしてたよ」と言った。

カンナにいるあいだに、二人は物事のやり方にちょっとした違いがあることに気がついた。カンナの人たちは馬に頭絡をつけるかわりに首にロープをまわして結わえる。庭には花壇ではなく畝をつくり、最初の根から遠く離れたところに実をつける特殊な種類のイチゴを栽培していた。井戸から水を汲むときには、一杯目は捨てた。水そのものの味も少し違った。カンナでは夜寝る前に朝食のテーブルを用意した。新月に向かっておじぎをし、聖コルンバ教会では女と男が通路を挟んで別れて坐ることもわかった。

聖コルンバ教会は、祖父の話によると、昔、スコットランドのカンナ島に建てられた礼拝堂にちなんで名づけられた。「コラム・キレ（教会の鳩）」とも呼ばれる聖コルンバは、アイルランド出身の献身的な伝道師で、ダ・シェーリャッヒ、すなわち見えないものが見える能力の持ち主でもあり、石を使ってその幻影を見た。聖コルンバはまた美の愛好家でもあり、意志強固な人でもあった。あるとき、彼は許可を得ずに宗教書の写本をつくったが、その写本は当然自分のものだと信じていた。論争になり、裁きを求められたアイルランドの王は、「子牛が牛のものであるように、写本は本のものである」として、コラム・キレに不利な判決を下した。それからしばらくして王は、コラム・キレの保護の下に避難していた若者を処刑した。こうしたことを不当かつ間違った判断だとして激怒したコラム・キレは、一族郎党を引き連れて王に戦いを挑むことになった。戦いの前日、コラム・キレたちが祈りを捧げ、断食をしていると、大天使ミカエルがあらわれてこう告げた。主がコラム・キレの祈りを叶え、戦いは勝利する、しかし主はそのような世俗的な願いを祈る彼に満足しない、彼はアイルランドから去り、二度とその地もその民も目にしてはならず、その食べ物や飲み物も外へ出る旅の途上を除いては口にしてはならない、と。コラム・キレ軍は戦いに勝利し、三千人が犠牲になった。このとき彼は、アイルランドの王になろうと思えばなれたのかもしれないが、自分の見た幻影の言いつけに従った。彼が国を出たのは、三千人の命を犠牲にした罪を贖うためでもあったと言う者もいた。従者としてわずかな数の親族を連れて小舟に乗り、コラム・キレはスコットランドの小さな島に渡って、世を去るまでの三十四年間、修道院や礼拝堂を建て、人々のあいだをまわった。伝道師として布教し、予言をおこない、幻影を見ながら、その地方を根底から変えた。そのコラム・キレがアイルランドを離れるときに、こう言ったのだそうだ。

アイルランドをふりかえる
灰色の目あり、

その目はふたたび見ることはなし、
彼の地の男や、彼の地の女を。

明けても暮れても我が嘆きやまず、
ああ、我は旅にあり。
ひそかにささやかれる我が異名は、
「アイルランドに背を向けし者」

「その人、二度と戻らなかったの？」と二人は訊いた。

「一度だけ戻った」と祖父は言った。「アイルランドの詩人たちが活動を禁止されそうになって、その弁護のためにスコットランドから海を渡っていった。しかし、そのときには、祖国もその人たちも見えないように、目隠しをして行ったんだよ」

「おじいちゃん、その人、知ってるの？　会ったことある？」

「これは大昔の話だ」と祖父は笑った。「千三百年以上も前のな。しかし、うん、そうだな、その人を知ってるような気分になることがある。会ったことがあるような気がしてな。さっきも言ったように、ここの教会は、コラム・キレがカンナ島に建てた礼拝堂にちなんで名前がつけられた。カンナ島の礼拝堂は、もうとっくに壊れてしまったし、そこに住んでいた人たちもいなくなった。礼拝堂のそばの井戸は石でふさがれたし、墓地のケルト十字架は破壊されて、道路をつくるのに使われてな。しかし、わしは今でもときどき、その頃の様子が見えるような気がするんだ」と祖父は海の彼方に「緑の島」と住人が見えるというように、海のほうに目をやった。「みんなで儀式をやってるのが見える。聖ミカエル祭で馬に乗ったり、死んだ人を太陽のほうへ運んでいるのがな。それから、男と女が交際したり結婚したりしているのもな。カンナ島の住人はほとんど二十歳前に結婚した。独りでいるのは、男でも女でも不幸だと思われていて、独り者はほとんどいなかった。待ちきれんということもあっただろうがな」と祖父は笑いながら言った。「だから、人口がどんどん増えていったのさ。だがとにかく、みんな、いなくなった」

「みんな死んだっていう意味?」

「まあ、そういう人間もいる。だけど、わしの言う意味は、島から出て、世界中に散らばっていったということさ。しかし、わしらのようにここにいる者もいる。ここがカンナと呼ばれるのは、そういうわけだ。わしらの心のなかには、やっぱりあるんだな。心のなかに自分たちの知らないもの、よくわからないものがあるんだが、見えないものを消してしまうというのは、なかなか骨の折れるものなんだ。おまえたちがしばらくここにいるのは、いいことだよ」

その週の終わり頃、海岸沿いの灯台を点検してまわっている政府の船があることがわかった。船はカンナの岬にも寄り、そのあと、南へ下ってキンテイルにも行くだろう。二人が家に帰るには絶好のチャンスであり、それに乗ることになった。出発の前夜、祖父母は白いテーブル掛けとろうそくを持ち出して、豪華な夕食をごちそうしてくれた。

翌朝、出かける支度をしていると、雨が降ってきた。祖母は二人に、母親に渡すようにと言って、いくつかの包みと手紙を持たせ、昼食用にロブスターのサンドイッチをつくってくれた。そして別れぎわに二人を抱きしめ、キスをした。「ほんとに、よく来てくれたね。ありがとう。おじいちゃんとおばあちゃんも、自分たちのことでむしゃくしゃしていたのが、おまえたちのおかげで、ずいぶん気が晴れたよ」。そう言って祖母は夫を見つめ、祖父はうなずいた。

二人は雨の降るなか、祖父の馬車に乗りこみ、注意深く荷物を座席の下に入れた。港に行く途中、あの盲目の女の家に続いている道を通った。女は二匹の黒い犬と道端にいた。男物のゴム長靴をはき、大きなスカーフをかぶり、重そうなゴム引きのレインコートを着ていた。馬車の音を聞くと、大きな声で呼んだ。「コアハーン？　コアハーン？　そこにいるのは誰だい？　そこにいるのは誰？」

しかし、祖父は答えなかった。

「そこにいるのは誰？」と彼女はくりかえした。「そこにいるのは誰？　誰がいるんだい？」

雨は、何の役にも立っていない眼鏡の汚れたレンズの上に降り、顔を濡らし、レインコートや、力強く突き出された両手と垢のたまった爪を伝ってしたたり落ちた。

「何も言うんじゃない」と祖父は声をひそめた。「おまえたちがここにいることを、知られたくないんだよ」

馬は近づき、女は叫びつづけていたが、誰も何も言わなかった。降りしきる雨のなかで、規則正しいひづめの音に負けないようにいちだんと張りあげている声を、聞こえないふりをしようというのだから、三人のなかに緊張が走った。

「コアハーン？」と女は叫んだ。「そこにいるのは誰？」

女の目は見えないのに、三人は頭を低くした。だが、馬車が女の真ん前に来たとき、祖父はとうとう耐えられなくなり、突然、手綱を引いて馬を止めた。

「コアハーン？　そこにいるのは誰だい？」

「シェ・ミフィーン」と祖父は静かに答えた。「わしだよ！」

女はゲール語で祖父をののしりはじめ、祖父は困ったような顔をしていた。

「何を言ってるか、わかるか？」と祖父は二人に訊いた。

少年たちは自信がなかった。「少し」と言った。

「ほら、馬を引き止めておけ」と言って、祖父は手綱を二人に渡した。そして馬車を降りながら、わきに差しこんであった鞭を手に取った。はじめはその鞭をどうするのかと思ったが、やがて、うなりながら近づいてくる犬から身を守るためとわかった。祖父は盲目の女にゲール語で話しはじめ、女といっしょに馬車から離れて家のほうへ続く小道を歩きだしたので、話し声も聞こえなくなった。犬は濡れた道に横たわり、用心深くあたりを見張り、耳をそばだてていた。

小さな客たちには祖父と老女の会話はよく聞きとれなかったが、降りつづける雨を通して、二つの声が高くなったり低くなったりするのがわかった。戻ってきた祖父は腹を立てているように見え、少年から手綱を取りあげると、すぐさま馬に声をかけた。

「神よ、お助けください」と祖父はそっと、ひとりごとのように言った。「だが、わしには、あいつを見て見ぬふりをすることはできんのじゃ」

顔にしずくが垂れるのを見て、少年たちは祖父が泣いているのかと思ったが、一週間前に作業ズボンに精液がついていないか確かめようとしたときのように、今度もまた雨のせいでどちらとも見分けられなかった。

馬車が立ち去るとき、盲目の女は小道に立ってこちらのほうに顔を向けていた。こういう場合には無意識に手を振りたくなるものだから、二人は手をあげかけたが、彼女には見えないことを思い出し、手を振っても仕方がないと気がついた。彼女はほんとうは見えているのだというようにたたずんでいたが、しばらくするとひづめや車輪の音が聞こえなくなったのか、二匹の黒い犬と家のほうへ歩きだした。

「おじいちゃん、あの人のこと、よく知ってるの？」と二人は尋ねた。

「ああ」と祖父は遠い昔から呼び戻されたように言った。「うん、よく知ってるよ、ずっと昔からな」

祖父は少年たちといっしょに政府の船が着くのを埠頭で待っていたが、船はなかなかやってこなかった。そしてようやく到着すると、すぐに灯台を点検してくるから船のなかで待っているようにと言われた。そこで祖父は孫たちに別れを告げ、濡れていらついている馬を方向転換して帰っていった。

長くは待たないはずだったが、思ったより長く待たされ、船が安全な港を離れて海に乗り出したのは午後になってからだった。雨はまだ降りやまず、風も出てきて、海が波立ってきた。風は陸から吹いてくるので、二人は風と雨をよけるためカンナに背を向けて立っていた。外海に出て、陸の全体が見渡せるところまで来たとき、船に乗っていた男の一人が「向こうで火の手があがってるみたいだな」と言った。二人がふりかえってみると、雨のなかだというのに皮肉なことだが、遠くにもうもうと煙が立ちのぼっているのが見えた。煙は風に流され、煙だけでなく激しく降る雨のせいもあって、火元を見きわめるのはむずかしかった。それに、海から見るのと陸の上で見るのとでは距離感が違って見えるものだ。政府の職員たちにはカンナに知り合いはいなかったし、すでにかなり遠くまで来ていて予定より遅れてもいたので、引き返す気はまるでなかった。風が出てきたことも多少心配らしく、天候が悪化しないうちにできるだけ先へ進みたがった。

船がキンテイルの埠頭に着いたのは、午後が夕方と溶けあう頃だった。最後の数キロは、海が荒れて船は揺れに揺れ、二人の少年は船酔いで真っ青になり、昼食に食べたロブスター・サンドイッチも海へ吐いてしまった。カンナがひどく遠くに思われ、すばらしかった黄金の一週間は、揺れる船と叩きつける雨の前にはかなく消え去ったような気がした。船が埠頭に着くと、二人は大急ぎで走って家に帰った。そして、母親が用意してくれた衣類に着替え、スープを飲んで、早々と床に就いた。

翌日は、遅くまで寝ていた。目を覚まして階下へおりてみると、まだ雨が降り、風が吹いていた。しばらくして、シリア人の行商人のアンガスとアレックスがドアを叩いた。そして雨で濡れて重くなった革のリュックサックを台所の床におろすと、少年たちの母親に、カンナで死者が出たと話した。カンナの人たちもいずれ伝言を送ってくるらしいが、二人のシリア人はすでにその日早く、カンナのほうから来た別の行商人からそのニュースを聞き、伝言を届けてくれと頼まれたのだそうだ。行商人と両親はしばらく話しこみ、少年たちは雨が降っているにもかかわらず、「外で遊んでなさい」と言われた。二人は納屋へ行った。

両親はすぐさま旅の支度を始めた。この頃には海が大荒れになっていて船を出すのは無理だったし、ロブスター漁のシーズンが終わったとき、船はすでに陸に引き揚げられていた。両親は馬車を用意し、午後遅く出かけていった。それから五日間留守にして、帰ってきたときには、やつれた顔をして疲れきっていた。

少年たちは会話の端々をつなぎあわせて、火事になったのはあの盲目の女の家で、彼女は家のなかにいたことを知った。

しばらくして、いつだったかは覚えていないが、二人はもっと詳しい情報を手に入れた。彼女はストーブの前にいて、衣服に火がついたらしい。動物たちもいっしょに焼け死んだ。骨の大部分はドアの前で見つかった。逃げ道を探して殺到したのだろうが、彼女は動物のためにも自分のためにも、そのドアを開けることができなかった。

数週間もすると、そうした細かい情報は二人の体験と混じりあって一体となった。二人は彼女の力強い手が、あの中途半端に張られた壁板をひきはがして、火にくべているのを思い浮かべた。ある意味で彼女は自分の家を内側から燃やしていたのであり、その家がのちには彼女の命を燃やし尽くすことになったわけだ。少年たちには幾重にも重なった汚い服に火が燃え移るのが見えた。彼女自身には見えない汚れを焼き尽くすのが見えた。彼女の服の前に燃えあがり、肩から髪へ燃え移るオレンジの炎が、ちらちら揺れながら顔を包み、こちらを見つめているような眼鏡のレンズに映し出されるのが見えた。

二人は動物たちのことも想像した。あの獰猛で忠実な双子の犬たちは、毛を燃えあがらせて戸口に向かってうなっている。あの精力絶倫の猫はこんなときでも部屋の隅で、火の熱に巻かれながら自分の熱にも浮かされて、うなり声をあげながら交尾にいそしんでいる。あの子羊は火のついた毛皮を着てメーメー鳴いている。そして壁の隙間には、生まれたばかりの目の見えない子猫がニャーニャー鳴きながら、目を閉じたまま死にかけている。

そして女のことも想像した。ポーチにいる女、家にいる女、雨のなかで道端に立っている女。コアハーン？　コアハーン？　そこにいるのは誰だい？　そこにいるのは誰？　そしてある晩、二人は自分が答えている夢を見た。シェ・ミフィーン、と声をひとつにして答えていた。僕です。

私の父とその双子の弟である叔父は、その後カンナの緑の丘でふたたび一週間を過ごすことはなかった。おそらく、二人の人生はあまりにもあわただしく過ぎていったのだろう。あるいは状況が変わったか、彼らにはよくわからない理由があったのかもしれない。

さて、六年後のある日曜日、二人は教会で、なぜ第一次大戦に参加すべきかと若者を鼓舞する説教を聞いた。二人はその話に感動し、まだ少し若すぎるけれども軍隊に入るためにハリファックスへ行くと両親に告げた。両親は動転し、牧師のところへ行って、あんな説教をしたのは間違いだったと認めさせようとした。牧師は両親の友人だったので、彼らの家へ赴き、あれは一般的な説教なのだと二人に話した。「きみたちのことじゃないのだよ」と牧師は言ったが、最初の説教のほうがあとの説得よりずっと効き目があった。

二人は翌日、最寄の駅から汽車に乗ってハリファックスに向かった。汽車に乗るのははじめてで、ハリファックスに着いたときには、街の大きさに圧倒された。募兵センターでは、年齢はあっさり見逃されたものの、健康診断はそれほど簡単ではなかった。若くて頑健な二人ではあったが、規定の検査はどうにも勝手がわからず、緊張してしまった。言われたとおりに瓶のなかに放尿することができなくて、しばらく待ってもう一度やってみるように言われた。しかし、ただ椅子に坐っていても仕方がない。がぶがぶ水を飲んで、しばらく待ってから試してみたが、それでもまだ出てこなかった。最後に試みたとき、二人はトイレの狭い仕切りのなかに立って、脚を開いてズボンの前を開けたまま、どうしようかとゲール語で話しあっていた。すると思いがけず、隣の仕切りからゲール語で答える声が聞こえた。

声の主はカンナから来た若者だった。やはり入隊を志願してやってきたこの若者には、二人が直面しているような悩みはなかった。「それ、ちょっと俺たちに貸してくれないか?」と、尿がなみなみと入った瓶を見ながら二人は頼んだ。

「いいよ、もちろん。でも、返す必要はないよ」と言って、彼はそれぞれの瓶に少しずつ尿を分けてくれた。そして三人とも検査に「合格」した。しばらくして募兵センターの裏通りで立小便をしながら、二人はカンナから来た若者と話を始めた。若者の祖父はカンナで店をやっており、孫の入隊には反対だった。

「アレックスって人、知ってる?」と二人は祖父の名を出して訊いた。

若者はちょっと考えこみ、すぐに顔を輝かせた。「ああ、マク・アン・アヴァルイスのことか、うん、みんな知ってるよ。俺のじいさんの友だちだし」

それから、三人はゲール語で話しだした。自分たちとしては認めたくなかっただろうが、おそらく、家から遠く離れて、心細くておびえていたからかもしれない。まずマク・アン・アヴァルイスの話題から始め、若者は知っていることをすべて二人に話した。話しながら、自分が意外によく知っていることや、そんなに熱心な聞き手がいることに驚いているようだった。マク・アン・アヴァルイスとは直訳すれば「不確かな息子」となり、その男が私生児であり、父親が誰だかわからないという意味だった。彼は非常に才能に恵まれた賢い子供だと思われていたが、いつも変化を求めて落ち着きがなく、カンナのほかの若者たちと漁に出ることもいやがった。漁に出るかわり、金をためて種付け用の馬を買い、種付け業をやりながら田舎を旅してまわった。彼はその馬に乗っていたが、馬の首には誘導するためのロープがゆるく巻きつけてあるだけだった。

彼はまた評判の美男子で、「強い生命力」あるいは「ありあまる活力」の持ち主だとも思われていた。つまり、性欲が強いという意味だった。「種馬とおんなじぐらい種をまき散らしてたとも言われてるよ。だから、どこの誰が彼の子かわかったもんじゃない。わかったら面白いんだけど、なあ?」とカンナから来た若者は笑った。

その後、男はカンナの女と親密な関係になった。女は激しやすく精神的に不安定になりやすいたちで、人前で彼に向かって金切り声でわめきちらしたりするので、「変人」と思われていた。彼は種馬を連れた旅から本を持ち帰ったり、ときには密造酒を仕入れてくることもあった。二人は静かに本を読んだり語りあうこともあれば、ののしりあい怒鳴りあって、暴力をふるうこともあった。

しばらくして、彼はダ・シェーリャッヒ、すなわち見えないものが見える能力をもつようになった。自分から求めて得たのではなかったらしく、本を読みすぎたからだとか、たぶん顔も知らない父親から受け継いだのだろうと言う者もいた。あるとき、彼は夕方に嵐が来る幻影を見たが、海は鏡のように穏やかだったので誰も信じなかった。夕方になってほんとうに嵐が来たとき、船は港に戻れず、乗っていた者は全員溺れ死んだ。また、種馬と旅に出ていたとき、母親の家が焼け落ちるのを見たのだが、帰ってみると、まさにその晩、家が火事になり、母親が焼け死んだことを知った。

この予知力は重荷だったが、自分ではどうしようもなく、起ころうとしていることを阻むこともできなかった。ある日、彼と女は酒を飲んで酔っぱらったあと、なじみの牧師を訪ねていった。彼は牧師に、もう幻影を見るのはやめにしたいのだが、自分の力ではどうすることもできないのだと言った。二人は椅子を並べて坐っていた。牧師は聖書を取りにいき、聖書を前にして祈った。それから、二人のところへやってきて、目の前で聖書のページをひらひら振った。そして、幻影は見なくなるだろうが、村で悪い評判が立っているから二人の関係は終わりにしなければならないと言った。女は怒りだし、牧師に跳びかかって長い爪で目を引っかこうとした。そして、マク・アン・アヴァルイスに、あんたはあたしをだましたのか、幻を見ないために二人の深い関係を捨てるつもりなのか、と詰め寄った。女は彼の顔に唾を吐き、ののしりの言葉を投げつけ、ドアから飛び出していった。マク・アン・アヴァルイスは立ちあがってあとを追おうとしたが、牧師に押さえられ、床にねじふせられた。あまりにも酔っぱらっていたので、牧師の力に屈してしまったのだ。

　二人がいっしょにいることはなくなり、マク・アン・アヴァルイスは種馬と旅をするのをやめて船を買った。そして女の妹を訪ねはじめた。妹は我慢強く優しかった。女は両親の家を出て、海に近い古い家に移った。マク・アン・アヴァルイスが妹を訪ねてくるのに耐えられなくなったからだと言う者もいれば、いや、そうではなく、彼が夜に人目を忍んで訪ねてこられるようにしたのだと言う者もいた。

　二ヵ月後、マク・アン・アヴァルイスと女の妹は結婚した。結婚式の日、女がやってきて牧師をののしったので、牧師は女に警告し、教会から出ていくように言った。女は妹にも悪態をつき、「あたしが彼にあげられるものは、あんたには絶対にあげられないわ」と言った。そしてドアを出ながら、マク・アン・アヴァルイスに言った。「あんたのことはゆるさない」と言ったのか、「あんたのことはわすれない」と言ったのか、とにかくどちらかではあったが、女が背中を向けていたため、思いのたけをこめて吐いたのが呪いの言葉だったのか嘆きの言葉だったのか、居合わせた人たちにはわからなかった。

　女は長いあいだ誰にも近寄らなかったので、人々は遠くから姿を見かけるだけだった。家のまわりや荒れた納屋を歩きまわって、父親からもらったわずかな家畜の世話をしていたが、その姿は秋から冬になるにつれてたくさんの衣類に包まれていった。人々は夜になると明かりを探してその家の窓を見た。明かりがつくかどうかは日によりけりだった。

そしてある日、女の父親が、マク・アン・アヴァルイスと妹の家にやってきて、もう三日も家の明かりを見ていないので心配だと話した。三人が女の家に行ってみると、家のなかは冷えきっていた。ストーブには火の気がなく、窓ガラスは霜で覆われていた。家には誰もいなかった。

納屋へ行ってみて、ぐったりと横たわっている女を発見した。上半身の大部分はまだ何枚もの衣類に覆われていたが、下半身は何も着けていなかった。意識を失っているか、寒さで昏睡状態に陥っているらしく、目が炎症を起こして、目尻から膿がしずくのように垂れていた。女は双子の女の子を出産していた。一人はすでに死んでいたが、もう一人は女の胸の上で衣類の山に包まれてまだ生きていた。父親とマク・アン・アヴァルイスと妹は生きている赤ん坊を家に運び、ストーブに火を燃やし、数キロ先にあるいちばん近い診療所に医者を迎えにやった。そのあと、三人は死んだ赤ん坊も運んできて、ロブスターの木箱のなかに入れた。そんなものしか見当たらなかったのだ。駆けつけた医者は、赤ん坊が生まれた正確な時間はわからないが、命をとりとめるだろう、と言った。また、母親のほうは大量に出血しており、出産時に長い爪で傷つけられた目が、おそらくは不潔な納屋のせいで炎症を起こしているので、命が助かるかどうかはわからないが、助かっても目は見えなくなる、ということだった。

女が意識を失っていた数日間、マク・アン・アヴァルイスとその妻は赤ん坊の世話をした。赤ん坊はすくすくと育った。女は病状がもちなおし、はじめて赤ん坊の泣き声を聞いたときには本能的に声のするほうに手を伸ばしたが、闇のなかでは見つからなかった。物音から、まわりに人がいることを察すると、だんだん彼らをののしりはじめ、自分にわからないようなときにこっそり性交していると非難した。体力がついてくるにつれて、彼らがいることにもっと腹を立てるようになり、ついに出ていけと言うようになった。そして、ベッドから起きられるようになると、両手を前に差し出して手探りしながら昼となく夜となく歩きまわった。昼も夜も彼女にとってはたいして変わりはなかったのだ。あるとき、女はナイフを手にしていた。それを見て怖くなったのだろう、彼らは言われるままに女の家を出た。そして、そうするしかないと考えて、赤ん坊もいっしょに連れていった。

彼らは女のところへ毎日食べ物を運び、ポーチのドアの前に置いてきた。女は彼らをののしることもあったが、おとなしくしているときもあった。ある日、女は話をしながら、長い爪の生えた手をマク・アン・アヴァルイスの顔に伸ばした。そして、指のふくらみと掌を使って髪から目へ、鼻、唇、あごとなでてゆき、その手をシャツのボタンにかけ、さらにベルトの下から股間へと滑らせていった。そしてつかのま手を軽く閉じ、かつて握ったことのある、だがもう二度と目にすることはないものを、しっかりとつかんだ。

マク・アン・アヴァルイスと妻のあいだには子供ができなかった。そのため、妻はひどく悲しみ苦しんだようだ。世間の人が言うように、たしかにそれは「断じて彼のせいでない」のはあきらかだったからだ。彼が胸のうちを他人に明かすことはなかったものの、夫婦のあいだで子供のないことでは彼も苦しんだようで、ときどき酒に溺れるようになった。ふだんは助けあい支えあって暮らしている夫婦が、夜のベッドでふたりきりになったときどんなことを語りあっているのかは誰にもわからなかった。

これは、まだ若かった頃の私の父と叔父が、戦争に行くまぎわにカンナの若者から聞いたという話を、私がふたたび語りなおしているものである。カンナから来た若者が二人に話した情報はすべて、ちょっとつつけばいつでも出てくる状態でたまっていたからこそ自然にあふれ出てきたのであり、若者は真剣に耳を傾けている聞き手に対して自分で意識する以上に多くの情報を漏らしていた。話はゲール語で語られた。そしてそれは、ゲール語を使う人々が言うように、「英語で語られるのと同じではない」。もっとも、浮かびあがるイメージはどちらも本物なのだが。

戦争が終わってみると、おおらかだったカンナの若者は戦死し、叔父のアンガスは片脚を失っていた。

私の父はキンテイルに帰り、また船と漁網とロブスター・トラップの生活に戻った。すべてが季節の移り変わりのなかにあった。結婚したのは第二次大戦が始まる前だが、またもや出征を求められた父は、そのときには知らなかったのだろうが身ごもった妻を残して、ケープ・ブレトンのほかの高地人《ハイランダー》たちと戦場に出かけていった。

ノルマンディーでは、ロケット弾や砲弾が炸裂するさなか、兵士たちは深さ三メートルの海に放り出された。それから泥の上にうつ伏せになり、泥土の表面に一瞬だけ顔の形を残しながらじりじり這って前進した。そして号令とともに、海岸に迫る波のように立ちあがった。そのとたん、すべてが一気に起こったようだった。父の目の前にオレンジの炎の壁が立ちはだかり、黒い煙がもうもうとあがった。そのとき、頑丈な手がむんずと父の左肩をつかんだ。あまりに強い力だったので、指の跡があざとなって残るのがわかった。父は火傷を負った目でふりむき、あおむけに倒れながら、自分たちの言葉で「コアハーン?」と言った。「コアハーン? そこにいるのは誰だ?」と。そして目が見えなくなる寸前、長くとがった垢だらけの爪の茶色い指が肩に置かれているのを見た。「シェ・ミフィーン」と女は静かに言った。「あたしだよ」

父の前にいた兵士は全員戦死し、父の立っていたあたりには大きな穴があいていたが、父はもはや自分の目で見ることはできなくなっていたので、そういう話はあとで聞かされた。

その後に聞いた話では、父の目が見えなくなったその日、マク・アン・アヴァルイスと呼ばれた祖父が死んだ。マク・アン・アヴァルイスはこのとき百歳を越えており、目は白内障におかされていた。目も耳も悪くなっていたので、まわりに人がいても気がつかず、若い頃のセックスのことや首にゆるくロープを巻きつけた若い種馬のことをよく話した。また実際には見たことのない「緑の島」カンナ島のことや、聖ミカエル祭に馬に乗って死者を太陽のほうへ運んでいる人々のこともよく話した。そして、愛する故郷と「アイルランド」に背を向け」て、修道僧になる決心をした意志堅固な聖コルンバのことも。そして、炎の壁ともうもうとあがる煙のことも。

私は、この話を始めたときには、ずっと昔、ロブスター漁の最後の日に、カンナの緑の丘のほうに顔を向けながら父が語ってくれた話を、もう一度ここに再現するつもりだった。しかし、考えてみると、さっきも述べたとおり、すべてがあの日に父から聞いた話というわけではないのだ。父が納屋で祖父を見たくだりや、カンナから来た若者の話の多くは、一連の出来事のほとんどを父とともに体験した叔父のアンガスから聞いた話だった。たぶん片脚を失ったからだと思うが、叔父は在郷軍人会館でぶらぶら時間を過ごす第一次大戦の退役軍人の一人となった。私に話をするとき、ある種の話題になると、父は時折困惑の色を見せるのだが、叔父にはまったくそんなところがなかった。もしかしたら、父は、いずれ時が来ればあきらかになることを一度に全部打ち明けなかった自分の両親のやり方を、受け継いでいただけなのかもしれない。

だが、この話が私の心にしっかり刻みこまれたのは、この日に起こった別の事件のせいだった。父が話し終えたあと、私たちは船のエンジンを始動させ、埠頭に入っていった。船が着いたときにはすでにマカーレスター一家の姿はなく、ほかの男たちもほとんどいなくなっていた。私は父といっしょにロブスターを荷揚げ場に降ろし、そのあと秤にかけられたロブスターの重さを確認した。

買付け業者は、木箱の後ろに隠してあるロブスターに気づいたのかどうか、いずれにしろ何も言わなかった。私たちはロブスター・トラップを埠頭に降ろすと、鉄梯子をのぼって岸壁の上に出て、業者となにげない言葉を交わして金を受け取った。木箱の後ろのロブスターはあとで取りにくるつもりだった。

まだ残っている漁師もいて、ほとんどの男たちが父と同じように、シーズンが終わって最後の稼ぎを手にしたうれしさで上機嫌だった。そのうちの一人がトラックで在郷軍人会館まで送ってくれるというので、私たちはそれに便乗した。

在郷軍人会館は男たちであふれていたが、その大部分は漁師で、ホールのなかは物音と話し声で騒々しかった。奥のほうに、ケネス・マカーレスターが親戚の男たちといっしょにいるのが見えた。私もケネスも未成年だったが、それはたいして問題にならなかった。大人のような顔をしていれば誰も何も訊かなかった。叔父と親戚の数人がまんなかのテーブルに坐っていて、手を振ってきた。私は父の先に立ってそちらへ歩きだした。父はときどき私のベルトにさわりながら、後ろからついてきた。私たちが近づくと、ほとんどの男は父がつまずかないように足をひっこめた。叔父の失った脚の代わりになる松葉杖が椅子に立てかけてあり、近づいていった私たちを見て、叔父は父がその椅子に坐れるように松葉杖をどけてテーブルにもたせかけた。私たちが腰を落ち着けると、叔父は私に金を渡し、バーに行ってビールを買ってこい、と言った。バーから戻るとき、マカーレスター一族が陣取っている別のテーブルのそばを通った。彼らはマカーレスター家の親戚で、顔に見覚えはあったものの、私のあまりよく知らない連中だった。通りすぎようとしたら、一人が何か言った。が、何を言ったのか聞きとれなかったし、ここは立ち止まらないのがいちばんだと思った。その日の午後はどんどん荒れていって、瓶やガラスがセメントの床に落ちて割れはじめた。しばらくして、私たちの頭上に雨のような水滴が降ってきた。

「何だ、これは？」と父が言った。

私がそばを通ったテーブルのマカーレスター一族の男二人が、ホールの奥のほうにいる親戚に向かって、一クォート入りのビールの容器を投げていた。二人はクォーターバックのように立ち、蓋のない容器をてのひらで回転をかけながら投げ、クォーターバックからロングパスを受けるワイドレシーヴァーのようにケネスがそれをキャッチした。容器はだいたい垂直の状態を保っていたが、回転がかかっているので、泡立つ中身がこぼれて飛び散り、その下に坐っている人々をびしょ濡れにした。

「ろくでなしめ」と叔父が言った。

二人の男は私たちのテーブルに近寄ってきた。三十歳ぐらいの、腕っぷしの強そうな筋骨たくましい男たちだった。

「何だと？　誰に向かってものを言ってるんだ？」と一人が言った。

「いいから、あっちへ行って、坐ってろ」と叔父が言った。

「こっちは訊いてんだぞ」と男は言った。そして私のほうをふりかえって、また言った。「さっき、おまえにも訊いたよな。どうなってんだ？　おまえら、耳も聞こえねえのかよ？　へぇ、俺はまた、おまえらには、目の見えねえやつがいるだけかと思ってたよ」

沈黙がおり、その沈黙がまわりのテーブルにも広がりはじめ、会話がのろくなり、男たちは持っていた瓶やグラスをテーブルに置いた。

「おまえには歳を訊いたんだよな」と彼はまだ私をにらみつけながら言った。「おまえはいちばん上か、いちばん下か？」

「こいつは一人っ子だ」ともう一人の男が言った。「戦争で、おやじは目が見えなくなってよ、女房のあそこにたどり着くこともままならねえから、あとは子づくりも無理だったってわけよ」

叔父が松葉杖の下のほうに手を伸ばし、それを野球のバットのように振りまわしたのを覚えている。そして、振りまわしているときにも片脚をしっかりと床につけていたのも覚えている。そして、松葉杖がその男の鼻と口を直撃し、私たちの上に血が飛び散り、そのあとテーブルや椅子がひっくり返ってグラスが粉々に砕けたのも覚えている。そして、隣のマカーレスター一家の二人が、あっという間に私たちのテーブルにやってきたのも覚えている。二人は父の椅子の両側に立ち、父を椅子ごと持ちあげた。そして、生卵か大事な聖像でも運ぶように、そっと父を運んだ。拳で顔を殴りあっていた男たちは、父が運ばれてくるのを見ると道をあけた。二人は優しくていねいに父を扱った。遠い壁ぎわの安全なところまで父を運び、二人同時に膝を曲げて椅子を床におろした。それから、父の両側に立ち、おびえる子供を安心させるときのように父の肩に手を置いた。そのあと、そのうちの一人が、近くにあった椅子を持ちあげると、私のいとこの頭上に放り投げた。いとこは彼の兄弟の喉を押さえつけていた。

私は誰かに腕をがしっと捕まえられ振りまわされたが、その目を見ると、そいつのねらいはホールの反対側にいる人間にあり、私はその邪魔になっていただけだとわかった。そのとき、半ば予想していたことだが、ケネスがやってくるのが見えた。これはアイスホッケーの試合で選手が全員参加する乱闘シーンのようなもので、そういうときには最も相通じる相手、ゴールキーパーなら相手チームのゴールキーパーを探しあうものだ。

ケネスがこちらを見すえながら近づいてくるのを見て、彼のことはよく知っていたから、きっと大股であと三歩くらいのところから飛びかかってくる、私は彼の勢いに押されて後ろに下がり、セメントの床に頭を打つだろうと予想できた。すべては一秒の数分の一のことだった。彼は跳びあがり、私は向かってゆくかわきへそらすかどちらにも対応できるように腰をかがめて、斜め前に動いた。私の肩が彼の腰をかすめた。両手をまっすぐ前に伸ばしたケネスは床と平行に跳び、テーブルをひっくり返し、その上にのっかり、つんのめってセメントの床に叩きつけられた。

彼がうつ伏せに倒れたままじっと動かなかったので、意識を失ったのかと思ったとき、顔の下から血が流れだし、さまざまな色のガラスの破片を赤く染めていくのが見えた。

「だいじょうぶか?」と私は肩に手をかけて言った。

「だいじょうぶ」とケネスは言った。「目をやられただけだ」

ケネスは顔を両手で覆いながら立ちあがった。指のあいだから血が流れていた。いつのまにか、私たちの横にゴム長靴の足が立っていた。それから、男の声が言った。「やめろ」と怒号の飛び交うホールに声が響いた。「たいへんだ、やめ、やめ。怪我人が出たぞ」

今考えてみると、というか、そのときでさえ変なことを言うという気がした。血だらけの男たちを見れば、程度の差はあれ、ほとんどがどこかしら怪我をしているようなものだったからだ。しかし、そのときの状況から見れば、男が言ったことはまさに適切だったのだ。全員がただちに殴りあいをやめ、握りしめた拳を開き、相手の喉から手を離した。

医者だ、病院だという騒ぎのなかで、誰もが最初の計画を狂わされた。シーズンの終わりのごちそうとして隠しておいたロブスターのことも、すっかり忘れられていた。だから、数日後にそれを見つけたときには、不意をつかれたような気がした。ロブスターはすでに死んでおり、海へ捨てるしかなかった。ひょっとしたら、目を薄い膜で覆われた春のサバの栄養源になったかもしれない。

その夜、マカーレスター家の車が二台、わが家にやってきた。ケネスは目を失ったという話だった。私の父と同年代のマカーレスター氏は泣きだした。ビールの容器を投げていた若い二人の男は脱いだ帽子を握りしめていた。その手の関節は皮膚がすりむけ、まだ血がにじんでいた。二人は父に謝った。「俺たち、あんなにメチャメチャなことになるって、思わなかったもんで」と一人が言った。別の部屋から叔父が出てきて、自分も松葉杖を振りまわしたりしなければよかったんだと言った。

マカーレスター氏は、もし私の父が賛成してくれるなら、当てにならない川の流れを漁場の境界線にするのはやめて、砂浜の両側にある崖を目印にしようと提案した。つまり、一年ずつ交代で漁場を使わないかというわけだ。父は賛成した。「どうせ、俺には境界線なんか見えないんだから」と父はほほえんだ。結果論だが、考えてみればひどく簡単なことだったのだ。

さて、これまで語ってきたのは又聞きの話だが、話というのが大方そうであるように、この話は別のさまざまな話を生み出したり、またさまざまなほかの話をよりどころとしてきた。おそらく、どんな話もまったくそれだけで成り立っていることはないのだろう。この話は、昔、祖父母を訪ねた二人の子供の話として始まった。子供たちは祖父母を訪ねたのだが、いろいろな状況のせいで、祖父母を見たときにはそれが祖父母だとは気づかなかった。そして祖父母のほうも子供たちの姿がすぐにはわからなかった。そしてこの話は、そうした人たちの子孫である男によって語られている。その男とは、息子の顔を見たことがない父親の息子である。父は音を通して、あるいは自分の顔をなぞる指の動きを通してしか息子を知らなかった。

私がこれを書いていたら、幼稚園から娘が帰ってきた。娘は毎日私をなぞなぞ責めにし、私にはその答えがわからないと思っている。今日は「目はあるけど、見えないもの、なあに?」という質問だ。これまでの事情が事情だけに、その質問がひどく深いものに思われる。「さあ、わからないなあ」と私は言うが、本気でそう思っている。

「ジャガイモ」と娘は叫び、自分の賢さと父親の頭の悪さに有頂天になるほど感動しながら、私の腕のなかに飛びこんでくる。

この娘は、炎に包まれて死んだ盲目の女とマク・アン・アヴァルイスと呼ばれた男とのあいだにできた娘のひ孫、すなわち彼らの孫である父の、そのまた孫にあたる。そして私たちは二人とも、年齢も理解力も違うけれど、まさに「不確かな子供たち」なのだ。

この話に登場する主な人物たちは、マク・アン・アヴァルイスと呼ばれた男がかつてカンナ島の人たちの話をしたときに言ったように、文字どおりの意味で「みんな、いなくなった」。残っているのはケネス・マカーレスターだけだ。ケネスはトロントで石鹼会社の用務員として働いている。空軍に入り、太陽に向かって飛び、山の向こう側を見て、海を渡るんだと言っていたことも、ずっと昔の午後に起こった事件のせいで、叶わぬ夢となった。今では義眼をつけているが、彼も言うとおり、「違いがわかるやつは、ほとんどいない」。

まだ少年だった頃、私たちはよく、ぬるぬるした春のサバを手で捕まえて、自分の姿が映っていないかと、その見えない目をのぞきこんだものだ。そして、ロブスター・トラップの濡れたロープが海から引きあげられると、ロープの撚り糸を一本だけつまんで、つまんだ箇所から一メートルくらい離れた別の箇所で、それと同じ撚り糸を探し当てるという遊びをやった。別々の撚り糸が何本かねじり合わされて一本のロープになっているのだから、それを探し当てるのはむずかしかった。自分の判断に確信をもつことや、物事をよく見て理解することは、常にむずかしい。だから、ロープのねじれた撚り糸を見て理解するのもむずかしい。そして、ねじれて、もつれてしまった愛の撚り糸を、よく見て理解するのは、いつの時代でもむずかしい。

島

Island（*1988*）

島は一日中雨だった。彼女は待っていた。ときどき、雨がピシッという音とともに横殴りに窓を叩いた。もうすぐ霰《あられ》になるというしるしだ。しばらくすると、それはほんの一瞬、窓ガラスの上に小さな球となってあらわれ、次の瞬間にはガラスの上を静かに転がり、一粒一粒の水滴から流れる繊細な川となって落ちていった。窓にほとんど触れずにまっすぐ降ることもあったが、それでも、ガラスの向こうに、部屋の出入り口にかける繊細なビーズのカーテンのように降っているのが見えた。

彼女はストーブをかきまわし、火が平均にまわるように半分焼けた薪をひっくり返した。薪に使っている木には、古い柵から引っこ抜いてきたものや、海岸から引きずってきた材木をストーブに合わせて切ったものも混じっていた。なかには、折れ曲がった古釘が木の芯にまで食い込んでいるのもあった。火が燃えさかって温度が上がると、釘は真っ赤に輝き、鍛冶屋の仕事場を思わせた。この釘も最初はこうやって鋳造されたのだろう。まわりの木が焼き尽くされるまで、釘はすさまじい高熱のなかで輝きつづける。朝になれば灰とともに受け皿に振り落とされるが、それでもまだ、ねじ曲がった黒い姿ではあっても灰色の受け皿のなかにしぶとく残っていた。木が湿っていたり通気が悪かったりしてそれほど景気よく燃えない日には、湿った木はパチパチ跳ね、気が進まないようにシュッと音を立てながら、棺に閉じ込められていた釘を、錆びついた茶色い姿のまま解放する。今日はそんな日だった。

彼女はもう一度窓のそばに立って外をのぞいた。テーブルの下には三匹の黒と白の犬がいて、目で彼女を追ったが、その場を動こうとはしなかった。三匹の犬はこの日何回も外に出ていったので、毛皮の湿り気が、濡れたウールのコートを乾かしているような匂いを発散させていた。犬たちは家のなかに入ってくると、ストーブのそばで勢いよく体を震わせ水滴が熱い鉄に降りかかり、パチパチ、シュー一ッという音がいっそう激しくなった。

窓の外には、ビーズのカーテンのような雨の向こうに、三キロ以上も先にある灰色のティル・モール（本島）の姿が見えた。目が衰えているうえにこの天気だから、ほんとうにそれが見えているという自信はない。でも、あらゆる天候のなかで何十年もそれを見つづけてきたので、そのイメージがくっきりと頭に刻みつけられ、実際にそれを見ているのか記憶を呼び起こしているのかは、今ではどちらでも違いはないような気がした。

本島そのものもひとつの大きな島にすぎなかったが、ほとんどの人はそうは考えなかった。よく言われるように、それはカナダの一州をなすプリンス・エドワード島より、またヨーロッパにある小国よりも大きく、島内には舗装道路や車はもちろん、今ではショッピング・センターもあり、人口もかなり多かった。

今日のように雨や霧の夕方には、いつも本島は見えにくく、様子もわかりにくいのだが、天気のよいときには、白い家や赤や灰色の納屋、家のまわりの緑の芝生や野原、その背後に立つ深緑のトウヒで覆われた起伏のゆるやかな山々まで、はっきりと島の様子が見てとれた。夜になると、一軒一軒の家やそうした家がつくっている集落が、明かりのせいで大きくなったように見えた。昼間、ある場所に焦点を合わせると、一軒の家と納屋ぐらいしか見えないが、夜には、その家の別々の窓からそれぞれ明かりが漏れ、納屋の前の明かりや、庭やドライブウェイや道路沿いに立つ電柱の明かりも見えた。それに、走る車のヘッドライトが明かりの流れをつくりだしていた。夜には余計なものが見えないせいか、本島はいっそう魅力的に見え、逆に昼間に見ると、ちょっとがっかりさせられた。

彼女はこの島で生まれたが、あまり昔のことなので、それを覚えている人たちはみな他界していた。彼女の誕生という出来事はもう、誰かの記憶のなかにも、正確に記録された文書としても残っていなかった。彼女が生まれたのは予定より一ヵ月早い、氷が割れはじめる早春のことで、すでに島から本島へは渡れなくなっていた。

ほかの子供のときには、母親は産気づく前に本島に渡るようにしていた。夏を除けば、天候や海はまったく当てにならなかったので、出産予定日の一ヵ月近く前に海峡を渡ることさえあった。彼女の場合もそうするつもりだったのだが、冬の数ヵ月間、海峡を覆っていた氷が、いつもより早く解けだしたのだ。そうなると、氷は馬やそりはもちろん、人間の歩く重みにさえ耐えられそうもなかった。氷の割れ目にできた水路が、壊れかけた白と灰色の氷の風景を横切って、せっかちな川のように走っているのが見えた。徒歩で渡るには遅すぎ、船で渡るには早すぎた。氷はまだ船が通れるほど解けていなかった。しかも、彼女は予定より一ヵ月早く生まれた。もちろん、こういう話はすべて、彼女があとになって聞いたことである。冬に入ったときには、両親とも妊娠に気がつかなかったとも聞いた。父親は六十歳、母親は五十歳に近く、すでに孫もいた。もう五年間子供ができなかったのでそういう時期は過ぎたものと思い、いつもの徴候もなかったこともあり、とにかくその冬も半ばを過ぎるまで気がつかなかったというのだ。だから、父親が言ったように、彼女の誕生はいろいろな意味で「予期せぬ」出来事だったのだ。

世間の知るかぎり、彼女は島で生まれた最初の子供だった。

しばらくして、彼女は洗礼を受けるために本島へ連れていかれた。それからまたしばらくして、牧師は自分の手がけた洗礼の記録を州都に送ったが、彼女の書類を本島で生まれた子供たちの書類といっしょくたにして送った。そして、たぶんそのほうが簡単だったからだろうか、彼女の出生地をほかの子供たちや彼女の兄や姉の出生地と同じ場所にした。あるいは、簡略化するつもりはなく、単に忘れてしまったのかもしれない。しかも生年月日も間違っていた。両親に訊き忘れたか、訊いたけれども忘れてしまい、書類を送ろうとしたときにはすでに一家が島に帰ってしまって連絡が取れなかったのだろう。そこで牧師は洗礼の日から逆算して勝手に日付をでっち上げたらしい。ミドル・ネームも間違っていた。両親は彼女をアグネスと呼んでいたが、どういうわけか牧師はアンガスと書き間違えた。これも、牧師が名前を忘れたか、うわの空で書いたのだろう。震える筆跡が示すとおり、牧師はかなりの高齢だった。それに、牧師自身のミドル・ネームがアンガスということもあった。彼女がそうした事実を知ったのは、それから何年もたって、結婚の準備のために出生証明書を取り寄せたときだった。たった一枚の書類にそれほど多くの間違った記載があることにみんな驚いたが、その頃にはもう老牧師も亡くなっていた。

島で生まれた子供は彼女しかいなかったとしても、島で死んだ人間は何人かいた。そのうちの一人が彼女の祖父で、ある年の十一月、春まで出番のない船を冬にそなえて陸に引き揚げたあと、「わき腹の痛み」で急死した。そのとき祖父はまだ四十歳で、亡くなったのは誕生日の二週間後だった。残された祖母と子供たちはどうしていいかわからなかった。無線通信の装置もなかったし、引き揚げたばかりの船をまた海に戻すほどの力もなかった。一家は暗い灰色の海が凪いでくれるのを願いながら、台所のテーブルの上に遺体を広げて白いシーツで覆い、腐乱を早めないために台所ではあまり火を使わないようにして、二日間待った。

三日目、小舟を水に浮かべ、本島まで漕いで渡ろうとした。最後まで漕いでゆく自信がなかったので、島の沼地から大量の蒲や葦をかき集めてきて、洗濯用の金だらいに入れ、上から灯台のランプに用いる油をかけた。そのたらいを舳先に置き、入り組んだ島の海岸線から広い海に出たところで、たらいに火をつけ、それが合図か信号の役を果たしてくれることを祈った。本島からは、濃い灰色の煙がじょうご形に上がって下に炎がぱっと光るのが見え、それから、ふらふら動いている小舟が見えた。女と子供たちが必死になって漕いでいた。本島の船も大部分が冬にそなえて陸に引き揚げられていたが、一艘の船が海に乗り出し、燃えているように見えた小舟に近づいて、一本のロープを投げた。そして、女と子供たちを救い出して話を聞いたあと、小舟を本島の埠頭に曳航してきた。しばらくして、本島の男たちが島に渡り、遺体を運んで戻ってきた。だから、祖父は島で死んだのだが、島には埋葬されなかった。それからまたしばらくたったその日の夕方、夜の海を航行する船がいるかもしれないというので、本島から一人の男が灯台のランプをともしに島に渡った。夫の死という悲しみに直面しているにもかかわらず、祖母は（そして親戚も）、灯台守が死んだことを政府に知られたら、仕事を失うかもしれないと心配した。すでに越冬用品も買ってあったし、そんな時節にほかに行くところもなかった。だから、春までは何も言わないと決め、葬式の終わったあと、祖母の兄に伴われて一家は島に帰った。

もともとこの家族が島に渡ったのは、死者のため、というよりむしろ、死者の数を減らすためだった。灯台は十九世紀につくられた。暗い夜や天候の変わりやすい海を航行する船にとって島が危険な存在となっていたからだ。灯台の明かりは、海を航行する船に島にぶつからないように注意を促すだろうし、あるいは逆に、すでに荒海にもまれてなんとか島にたどり着きたいという船には希望を与えるだろうと考えられた。灯台ができる前、船の遭難事故が数件あった。灯台があれば事故が避けられたのかどうかはわからない。とにかく、はっきりわかったことは、生存者は島にたどり着いているにもかかわらず、誰にも知られることなく、過酷な天候と空腹のために命を落としてしまったという事実だった。白骨化した遺体は、春になって漁師が偶然発見した。木の下で、あるいは岩の上で、息を引き取ったときのまま、うずくまるような姿勢で見つかった。お互いの体に巻きつけた腕がまだ残っているものもあった。また、もう肉がなく骨だけになってはいるが、まだ、ぼろぼろになった服を風にはためかせて着ている遺体もあった。

この一家がはじめて島に渡ったときには、灯台を管理し、海岸に打ちあげられた人間は誰であれ救済の手を差し伸べることが仕事だと言われた。政府は一家のために、本島の親戚たちの家より立派な家を建て、家畜や最初の必需品の購入を援助してくれた。政府の仕事とはいい職にありついたものだと思う人もいた。孤島の暮らしは寂しくないかという疑問もあったが、それにも慣れるだろうと自分たちに言い聞かせた。すでに慣れているのだとも思った。遠いスコットランドの北からやってきた祖先は、海にも、風やみぞれにも、ヨーロッパの端のむきだしの岩にも、何世代にもわたって慣れていた一族なのだから。誰もしゃべらない長い夜にも、島の孤独な生活にも慣れていた。ハドソンズ・ベイ・カンパニーやノースウエスト・カンパニーに働きに出かける男たちを見送り、何年も帰りを期待しないで待つことにも慣れていた。海のように広いモンタナやワイオミングの平原に羊飼いとして働きに出かける男たちを見送るのにも慣れていた。羊飼いの出稼ぎは何ヵ月も、ときに何年にもおよぶこともあったが、男たちは、話し相手は犬だけ、あるいは自分だけ、あるいは幽霊と一体となった想像上の人間だけという生活を送った。家畜を集める農場や店や交易所などをふいに訪れたとき、自分の声に応える声があるのにびっくりした。羊飼いとしては売り手市場だった。彼らは孤独をいとわないと思われていたし、そう言われてきたからだ。「そりゃ、幽霊とだって話をしたさ」と家に帰ってきたある男は言ったそうだ。「話しかける相手がほかにいなかったら、おまえだってそうするだろ？」

島で暮らしはじめた頃には、適当な無線手段もなかったので、何か困ったことが起きても海峡を渡れないときには、本島から見えるようにと願いながら海岸で火を焚いた。遭難者の救出を仕事の一つとして島に渡ってきた彼らが、そういうときには自分たちが救出されることを願った。

第一次大戦が勃発したときには、何週間もそのことを知らず、本島に着いてからはじめて親戚にニュースを知らされた。本島はたえず変化している世界だった。

歳月が過ぎるにつれ、一家の姓も一人一人の名前も、島と組み合わされるようになった。だから、島には海図や地図にものっている正式な名前があったにもかかわらず、世間には「マクフェドランの島」として知られるようになり、島の一家はマクフェドランよりは「島の」誰それとして知られるようになった。たとえば「島のジョン」とか「島のジェームズ」、「島のメアリー」、「島のテレサ」といった具合だ。まるで自分たちの名前を島に差し出せば、その代わりとしてこの独特の寂しい称号がもらえるというように。

こうしたこともすべて、彼女が生まれる頃には過去の話になっており、彼女にはまったく選択の余地はなかった。島で生まれたのも（もっとも書類上は島で生まれたことにはなっていないが）自分で選んだことではなく、すでに孫のいる身で子供ができたことに驚いているような人たちを親にもったことも、自分で選んだことではなかった。生まれた頃にはもう、家族と島とのからみあった歴史はかなり先まで進んでいたからだ。そして、わき腹の痛みで死んだ男の話を聞いたときには、自分の母親の言いつけに従って凍える小さな手で必死に小舟を漕いだ父親にとってはともかく、彼女にとっては遠い昔の出来事のように思われた。物心つく頃には、島には本島のどこよりも立派な埠頭があった。埠頭は灯台の業務に使うものとして政府が建設したのだが、抜群の設備のよさにひかれて本島の漁師も集まってきた。とくにロブスター漁期の五月と六月には、海岸沿いに小屋を建て、そこで暮らすようになった。朝の四時に小屋を出て午後早くに戻り、大きな船で遠くからやってくる買付け業者にその日の獲物を売った。そして土曜日には本島へ帰り、日曜日の午後遅くか夕方には、パンなどの食料や生活必需品を詰めた麻袋を船底に積んで島に戻ってきた。船底には、生まれて一年たった若い牛が、足を縛られ恐怖に目をぎょろつかせながら乗っていることもあった。若い牛は夏のあいだ島で放し飼いにされ、どんよりした曇り空が続く寒い秋になると、半野生化して本島に戻された。夏の終わり頃には、同じようにして精力絶倫の雄羊が連れてこられ、猛烈な繁殖シーズンへ突入する秋に本島へ戻されるまでのあいだ、欲求不満でいらいらしながら雄ばかりの禁欲生活を送った。

彼は、彼女が十七歳の夏、雄羊や若い牛や買付け業者の船が押しかける前にやってきた。四月末、まだ海には白い氷の塊が浮いていて、ふつうなら、犬たちは、船や男たちにもその物音や声や匂いにもまだ慣れていないから、埠頭に駆けおりて、近づいてくる船に向かって激しく吠え、降りてきた男たちに歯をむいてうなる頃だった。でも、船が埠頭に入ってきても、犬たちはいつものようには吠え立てず、彼が何か言うとすぐに吠えるのをやめておとなしくなった。彼女は台所の窓からすべて見ていた。そのとき彼女は母親を手伝って食器を拭いていた。湿った布巾を包帯のように手に巻きつけ、しばらくしてすばやくその布巾をほどいた。彼が船のロープを埠頭につなごうとかがむのが見え、そのとたん帽子が脱げて赤い髪が見えた。突然訪れた一風変わった春のエネルギーのように、赤い髪が四月の太陽にきらめいていた。彼女の家族はだいたい髪が黒く、目も黒っぽかった。

彼は本島からいつも決まった時期に来る男といっしょにロブスター漁に出るためにやってきた

のだとわかった。彼はその男の妻の甥で、本島の山の向こうにある村の出身だった。四十キロほど離れた村だったが、当時はそれでも十分遠かった。一足早く島に来たのは、シーズンにそなえるためだ。小屋を修理したり、冬のあいだに傷んだ道具をなおしたり、叔父のロブスター・トラップを修繕したり、新しいトラップをつくったりする。彼はこうしたことを、夕方、ランプの油を借りに灯台へ来たときに話した。共通の知り合いは多くはなかったが、本島のいろいろなニュースも話した。彼はゲール語も英語もできたが、発音は彼女の家族とは少し違った。年齢は二十歳くらいに見え、青く澄んだ目をしていた。

彼と彼女は何度も目を合わせた。その部屋のなかではいちばん若い二人だった。

ロブスター・シーズンのはじめは息もつけぬほど忙しいので、二人は毎日顔を合わせてはいたものの言葉は交わさなかった。男たちはたいてい朝の三時には起きだし、揺れるランプの光のそばでお茶をいれた。薄暗がりのなかで動きまわる大きな影が、小屋の壁に不気味に躍った。夜には八時前に寝てしまうこともあった。ときには、椅子に坐ったまま、頭をがくっと前に垂らしたり後ろにそらしたりしながら、口をあけて眠っていた。彼女は母親を手伝って、庭に若木を植え、ジャガイモの植付けをした。夕方になると、ときどき小屋のほうに散歩に出かけたが、しょっちゅう行くわけではなかった。両親があからさまに反対するからではなく、男たちがたむろしているところを歩くのは気詰まりだったからだ。みんな彼女の名前も素性も知っていたし、なかには彼女の遠い親戚もいたから、ときには軽くうなずいたりほほえむこともあった。しかし、そうでないときには、小屋の戸口に立ったり手製の椅子や逆さにしたロブスターの箱に坐った男たちが、自分たちだけの噂話や思いついた言葉をふたことみことやりとりしている声しか聞こえなかったので、落ち着かない気分になった。そういう会話はお互いに機知や男らしさをひけらかすためのものらしい。ほとんどは中年の男だったが、まるで小学生か中学生だ。そんな男たちを見て、夏の終わり頃やってくる遊び好きで人なつこい雄羊を思い出すことがあった。羊たちはだいたい、〈アハッピ・ナン・クーラッピ（羊の野原）〉で草を食んで満足しているのだが、自分の縄張りに侵入してくる者には無意識のうちに激しい怒りをあらわにする。ときには、鬱積した怒りを仲間同士で爆発させることもあった。そんなとき、羊たちは後ろ足で立って頭をぶつけあい、頭蓋の衝突する大きな音を、春の氷山の立てる轟音のようにあたりに鳴り響かせた。そして、閉じ込められていた精液を噴流のようにほとばしらせると、茫然となって膝をがくがく震わせた。

この島で、女は彼女と母親だけだった。

ある晩、彼女は島の反対側へ出かけ、本島ではなく外洋に面している海岸へ下りていった。そこには〈バーナロング・ヴリシェッピ（難破船の湾）〉と呼ばれる小さな入り江があった。そう呼ばれたのは、昔、灯台のできる前にそこで木材が見つかったからだ。彼女は、テーブルの形をしているので〈クラガヴォールト（テーブル岩）〉と呼ばれる岩に腰をおろし、まるで無限に広がっているように見える海を見渡した。すると突然、彼がわきに立っていた。彼は音も立てずに近づき、彼女の連れていた犬も、彼が近づいてきたのに何の反応も示さなかったのだ。

「ああ」と彼女は、思いがけず近くにいる彼に気づいて言った。そして、すばやく立ちあがった。

「ここには、よく来るの？」と彼は言った。

「いいえ」と彼女は答えた。「ああ、まあ、そうね。ときどき」

二人の前に大きな海がどこまでも穏やかに広がっていた。

「あんた、ここの生まれか？」

「ええ」と彼女は言った。「そうみたい」

「ずうっとここに住んでるのか？　冬も？」

「そう」と彼女は答えた。「だいたいね」

彼女の家族はほとんどそうだが、彼女も島の話になると身構えた。住んでいる場所とそこでの生き方のせいで、ちょっと変わっていると世間から見られていることを知っていたからだ。島の生活の寂しさについて訊かれるのはいつものことだった。

「どこに住んでても、寂しい人間は寂しいもんだよな」と彼は彼女の心を読んだように言った。

「ああ」と彼女は言った。今までそんなことを言う人間に会ったことがなかった。

「ほかの土地に住みたいと思わないか？」と彼が訊いた。

「さあ、どうかな」と彼女は答えた。「それもいいかもしれない」

「さて。もう行かなきゃ」と彼は言った。「またあとで会おう。戻ってくるから」

そう言って、彼はいなくなった。来たときと同じように突然だった。〈テーブル岩〉と水際の後ろに消えたように見えた。彼女は気を静めるために岩の上に坐りなおし、しばらく待ってから、島の高台を灯台のほうへ登っていった。あとで、台所の窓から漁師小屋を見おろすと、彼が壊れたロブスター・トラップに木片を打ちつけたり、翌朝の餌バケツを用意しているのが見えた。帽子を後ろに傾けてかぶっていたので、つややかな髪に夕日が当たって、金色の筋ができていた。一度、彼が顔をあげた。彼女は布巾を持っていた手をぎゅっと握りしめた。母親がお茶を飲まないかと声をかけてきた。

彼女がふたたび小屋のそばまで歩いていったのは、翌週に入ってからだった。彼はロブスターの木箱の上に坐って、ロープの端を結びあわせていた。そばを通ったとき、彼が「エーチェ・ナ・クルーイニャヒャッグ」と言ったような気がした。彼女は頬がほてるのを感じながら足を速めた。彼は〈待ち合わせの場所〉と言ったのだと思ったが、気のせいだったかもしれない。彼女はすぐにそこへ向かい、難破船の湾に下りて、〈テーブル岩〉の上で待った。もし彼が来ないというのが運命なら、来ないのを見なくてもいいように、海のほうに顔を向けていた。足元には犬が坐っていた。彼が来てそばに立ったとき、犬も彼女も動かなかった。

「戻ってくるって言ったろ」と彼が言った。

「ああ」と彼女は言った。「ええ、そうね。言ったわね」

次の数週間、たびたび待ち合わせの場所で彼と会った。しばらく〈テーブル岩〉に立って、そのあとそこに坐り、広い海のかなたを眺めた。話をしたり、笑ったりして、今思えば、結婚してくれと言われたのがいつだったかは思い出せないが、自分が「ええ、いいわよ」と言ったときに、わっと泣きだし、沈んでゆく太陽の熱が残る平らな〈テーブル岩〉の上で彼と手を取り合ったことは覚えている。「ええ、いいわよ」と彼女は言った。「ええ、もちろん、いいわ」

彼はロブスター漁が終わったら製材所で働こうと思っていると言った。そのあと、秋か冬のはじめ、雪が降って地面が凍る前に、メインの森へ働きに出かける。来年の春に、今年いっしょに来た男と漁に戻ってくるから、夏には結婚しよう。そのあと、「ほかの土地に住む」ことにしよう、と彼は言った。

「ええ、いいわ」と彼女は言った。「ええ、そうね、そうしましょう」

そして秋の終わり、横殴りの冷たい雨が降った日の夜、ベッドの上に何枚も重ねてあった毛布を犬に引っぱられて、彼女は目を覚ました。起きあがって、震えながら毛布を肩のあたりまで引き寄せ、暗闇に目を慣らそうとした。雨がもうすぐ霰《あられ》になる前兆のピシッという音を立てて窓を叩き、暗くても窓ガラスの上に白っぽい小さな球が一瞬あらわれて消えてゆくのがわかった。犬の目が暗闇に光っているように見え、ベッドの端から手を伸ばすと、冷たく濡れた鼻面が触れた。毛も濡れている匂いがした。頭から首にかけてなでたてのひらにうっすらと水がついた。彼女は立ちあがり、暗闇のなかで、とりあえず手に触れた服を急いで身に着け、カチカチという犬の爪の音に従って廊下を進み、両親の寝室の前を通った。ときに規則正しく、ときにとぎれがちないびきが聞こえた。彼女は台所に下り、小さな水たまりを通りすぎた。開いていたドアから雨が吹きこんでいたのだ。外は濡れていて風が吹いていたが、強風というほどでもなかった。彼女は犬の後ろから暗い小道を歩いていった。ほんの一瞬、白い光のなかに、埠頭で小刻みに上下している黒い船と、小屋の角にまっすぐに立っているずぶ濡れの彼の姿が見えた。

夏の漁師小屋の建て付けの悪いドアは、扱い慣れた彼の肩の一押しで簡単に開いた。小屋のなかは、たえず隙間風が入っているにもかかわらず少しかび臭かった。暗がりに目が慣れると、実用一点張りの家具がわずかながら残っているのがわかった。ネズミと海の湿気から守ってくれそうな粗末なマットレスは、どこかにしまいこまれていた。二人は急き立てられるように抱きあい、邪魔になる相手の服をもどかしげに探りあいながら床に横たわった。彼の服は濡れて重かったが、そのなかにある長身の体は軽く感じられた。

「ああ」と彼女は濡れた彼の首筋に指を食いこませながら言った。「私たち、結婚したら、いつもこうやっていられるのね」

絶頂に達したその瞬間、二人の呼吸はまるで叫び声のようなあえぎとなってひとつに結ばれた。そのあと彼女は、両親の寝室の前を通りながらこのことを思い出していた。自分と彼の呼吸がひとつになったのに比べると、ドアの向こうの両親のいびきは、なんとばらばらで不規則なのだろう。両親にも若いときがあったなんて想像できなかった。

同じような不思議な思いは、翌朝、父親が下着姿のまま火をおこす準備をしたり、あとで灯台のランプのぶあついガラスを磨きにいくのを見ているときにも湧いてきた。母親が食器を洗ったあと、編み針といつもそばにある毛糸の玉に手を伸ばすのを、彼女はじっと見守った。

それから、外に出て、漁師小屋のほうへ歩いていった。ドアが固く、開けるのに苦労した。中へ入ってみると、違う小屋のように見えた。昼間の光で見るせいだろうと思った。床に二人の体の輪郭が残っているかもしれない、あるいは濡れた跡だけでも、と思って灰色の床板を見たが、何もなかった。小屋を出て、黒い船が係留されていた埠頭まで行ってみたが、そこにも何の痕跡も見当たらなかった。彼はいつもいっしょに来る男から船を「借りて」きたので、夜明けまでにそれを返さなくてはならないと言っていた。

風が出てきて、気温が下がってきた。霰のような雨から肌を刺す雪に変わり、地面が凍りはじめていた。あれは夢だったのか。彼女は確かめようとして自分の体にさわってみた。

冬に入ると、もうすぐ結婚するのだという思いで胸がふくらんだ。理由を明かさずに出生証明書を取り寄せ、母親の編み物を手伝った。冬が進むにつれてカレンダーに目をやる回数が増えていった。

春先、氷が解けて割れはじめると、今度は頻繁に窓の外を見るようになった。父親はいつもと変わったところはないと言うが、いつもより春が遅いような気がした。ある日海峡の氷が解けてなくなったかと思うと、次の日にはまた氷が張っていた。風向きも一定しなかった。本島では、漁のシーズンにそなえて男たちが装備を整えるために動きまわっている姿が見えた、というか見えるように思われた。氷の状態が不安定なので、まだ海に船を出すのをためらっていた。彼らの姿はとても小さく、とても遠いように見えた。

ようやく最初の船がやってくると、犬たちは吠えたりうなったりしながら埠頭に駆けおり、彼女の父親も大声で犬を制しながら男たちのところへ行き、歓迎の言葉をかけ、犬を怖がらないように言った。彼女は窓から見ていたが、船にも埠頭にも彼の姿はなく、見慣れた小屋のそばをぶらぶらしている姿も見られなかった。それにしても、彼といっしょに来ていた男もその男の船も見当たらなかった。

父親は本島のニュースをどっさり仕入れ、新鮮な補給品や新聞の束や郵便の袋を持って家に入ってきた。

何もかもが新しいので、父親が本島のあの漁師の名前を出すまでにだいぶ時間がかかった。そして、あとから思いついたように付け加えた。「そういえば、去年、いっしょに来てたあの若い男な、この冬、森で死んだそうだよ。メインへ行ったんだが、材木の積み台で死んだんだと。今、代わりを探しているらしい」

話をしながら父親はすでに船のカタログを見ていたので、眼鏡をかけていた。カタログをおろして、眼鏡の縁の上から目をあげ、妻と娘のほうを見た。「覚えてるだろ」と彼はさらりと言った。「赤い髪をした若いやつ」

「まあ、かわいそうに」と母親が言った。「あの子の魂に神のお慈悲がありますように」

「ああ」。彼女にはそれしか言えなかった。手が白くなるほど金属製の編み針を握りしめたので、針の先が親指の付け根に突き刺さった。

「手から血が出ているじゃないの」と母親が言った。「どうしたの？　もっと気をつけないと、せっかくの編み物が汚れて、台無しになるわよ。どうしたっていうの？」ともう一度母親は尋ねた。「もっと気をつけないと」

「何でもないの」と彼女はすばやく立ちあがり、ドアへ向かった。「何でもないの。そうね、もっと気をつけるわ」

外に出て、小屋のほうを見おろした。新しく到着した男たちが、忙しそうに春の漁期の準備をしていた。冗談を飛ばす男たちの声が風に乗って聞こえてきた。言葉がはっきり聞こえることもあったが、だいたいは聞き取れず、何を言っているのかわからなかった。彼女はあまりにも重大な変化があまりにも突然やってきたことが信じられなかった。こんな衝撃的なニュースがあんなにさりげなく伝えられ、それもまわりの人たちにとってはほとんど意味をもたないなんて。

彼女は血だらけの手を見おろした。「なぜ手紙をくれなかったのかしら?」と思い、家に戻って郵便袋の中身をもう一度確かめようと考えた。だが、すぐに、二人とも文字の世界とは無縁のところにいて、彼が死んだ瞬間、それはもう手遅れになったのだ、と思った。彼が読み書きをできるかどうかも知らなかった。訊いてみようとも思わなかった。あのときは、それが重要なことだとは思わなかった。てのひらや指のあいだについた血が黒ずんできて乾きはじめた。突然、まだ終わったばかりの冬が、遠い昔のことのように思われた。彼女は腹に手を当て、本島と海から顔をそむけた。

彼女が妊娠しているということが見た目にもはっきりしてきたとき、周囲はどうしてそんなことになったかと驚き怪しんだ。彼女にしてみれば、むしろ自分たちがいっしょにいるところを誰にも見られなかったというほうが驚きだった。たしかに、彼女がいつも島を突っ切るように〈テーブル岩〉に向かって歩いていたのに対して、彼は島のまわりをぶらぶら歩いていて、突然、待ち合わせ場所の〈テーブル岩〉付近の海辺からふっとあらわれるようにやってきた。それでも狭い島のことだから、とくに漁のシーズンには人目につかずにいられることはほとんどない。ともかく、自分たちは思った以上にうまくやっていたのかもしれない、と彼女は思った。彼という人間が、まるで彼女にだけ見えてほかの人には見えない存在のようだった。そんな思いに動かされて、彼女は暗闇の雨のなかの最後の逢瀬を何度も思い起こそうとした。はっきりと目に見える姿として呼び戻すことができたのは、たった一度、灯台の光に瞬間的に浮かびあがった彼の黒いシルエットだけだった。あとはすべて暗闇のなかで肌で触れた感覚ばかり。黒々と濡れた服のなかの体の軽さを思い出したが、それは視覚ではなく触覚の思い出だった。彼女は、服を脱いだ彼を見ていなかった。ベッドでいっしょに寝たことがなかった。現実にあったことを確認できる写真もなかった。彼は彼女の未来から消えただけでなく、彼女の過去からも消えてしまった。まるで彼が幽霊だったような気がしてきて、妊娠の月数が進むにつれて、それもなんだか面白いと思うようになっていた。

「いいえ」と彼女は厳しく問い詰められるたびに言った。

「よく知らないの。言えないの。どんな外見の人だったかは言えないの」

迷ったのは二度だけだった。最初は、出産の一週間前だ。その頃には、誰の目にも受胎の時期がだいたいわかるようになっていた。一家はそろって本島に渡った。深く澄んだ水の上に、八月下旬の熱気が層をなしてゆらゆら揺れていた。海峡の向こうに、灰色と青と緑の島の形がぼんやりと浮かんで見えた。島を出ることを願っていた彼女は、今は島に戻りたいと思っていた。一家は彼女の伯母の家に身を寄せたが、彼女は赤ん坊が生まれるまでそこに残ることになっていた。伯母とはあまりうまが合わなかったので、伯母の世話になるのは気の重いことだった。両親は島に帰る前、伯母にともなわれて彼女の部屋に入ってきた。伯母が父親をふりかえって言った。

「さあ、どうぞ。世間が何と言ってるか、話してやって」

彼女は、困惑しきって苦しそうな表情を浮かべている父親を見て、びっくりした。父親は布の帽子をねじりまわしながら、窓の外の島のほうを見ていた。

「われわれがああいう生き方をしているというだけで」と父親は言った。「いるんだよ、ほかに男はいなかったと言う連中が」

彼女は両親の寝室から不規則ないびきが聞こえてきたことを、そして両親にも若いときがあったなんて想像できないと思ったことを思い出した。

「ああ」と彼女は言った。「ごめんなさい」

「おまえの言うべき弁解の言葉は、たったそれだけ?」と伯母が言った。

彼女はちょっと迷った。「ええ。それだけです。言うべきことはそれだけです」

真っ黒な髪の女の子が生まれたあと、牧師がやってきた。年配の牧師だったが、その昔、出生証明書を間違って書いた牧師ほど老齢ではないようだった。

その時代の牧師は、子供の両親を確認できなければ洗礼を施すことを拒否する権限をもっていた。彼女のような場合、父親が誰であるか、秘密にしておくこともできた。

牧師は言った。「さあ、父親が誰なのか、話してくれないかね?」

「いいえ。話せません」

牧師は、その答えは前にも聞いたことがあるというように彼女を見つめた。この仕事のそういう面があまり好きではないのだというように。そして赤ん坊を見つめ、視線を彼女に戻した。

「ほかの人間の頑なさゆえに、罪のない人間が地獄に堕ちて業火に焼かれるというのは忍びないのだよ」

彼女はぎょっとして、突然怖くなり、窓のほうに目を向けた。

「さあ、話してごらん」と牧師は静かに言った。「おまえの父親がそうなのかね？」

彼女は一瞬、自分自身が予期せぬ子供として生まれたこと、そして事情はまったく異なるにしても、今度もまた父親を驚かせてしまったことを思った。

「違います」と彼女はきっぱりと言った。「父ではありません」

牧師はおおいに安堵したようだった。「よかった。あの男がそんなことをするはずはないと思っていた。世間の噂をやめさせることにしよう」

牧師はその答えだけですべてが答えられたというようにドアのほうへ行ったが、ドアの把手に手をかけて立ち止まった。「それじゃ、もうひとつ教えてくれないか。それは私の知っている男かね？　この辺の男なのか？」

「いいえ」と彼女は、牧師の手がドアの把手にかかっているのを見て、自信を取り戻して言った。「この辺の人ではありません」

彼女はその秋の終わりまで本島にいた。生まれてきた娘はしょっちゅう病気になり、島へ帰る計画を立てるたびに、まるで出発を邪魔するように別の病気になった。島では、両親が急に老けこんだようだった。あるいは、両親を別の視点から眺めるようになったせいでそう思うのかもしれなかった。もちろん、彼女にとっては両親はいつも年老いて見えたし、親というより祖父母のように思われたものだ。しかし、このときはじめて、二人は島を恐れ、冬の到来に不安を抱いているようだった。結婚した最初の年から、彼らは子供なしで島にいたことはなかった。父親が灯台のランプへのぼる梯子から落ちたとき、転落も腕の骨折もまさに起こるべくして起こったことのように思われた。

彼女の祖父が「わき腹の痛み」で死んで以来、役所はある程度この一家の好きなようにやらせてきた。まるで、残された妻が夫の死を報告するのを渋っていることや、夫を亡くしたうえに唯一の収入源まで奪われるのではないかと心配していることを、職員が扱いかねて戸惑っていたといった感じだった。職員たちは、「マクフェドランの誰か」がその名前のついた島に常駐しているのはわかっているのだから、それ以上余計な質問はしない、と了解しているようなところがあった。いずれにしろ、小切手はいつも送られてきたし、灯台の明かりはいつもともっていた。

しかし、父親が倒れると、もっと深刻な事態がもちあがった。父親は灯台にのぼることも、海峡を航行する船を誘導することも、家などの建物や動物たちの面倒をみることもできなくなった。なんとかして一家そろって本島で冬を越すのがいちばんいいと思われた。

秋が終わる頃、仕方なく彼女の兄がハリファックスから戻ってきて、灯台の管理をすることになった。建設現場で働いていた独身の兄は、ときどき大酒を飲み、ひどい鬱状態に陥る傾向があった。島を熟知していたし、「船に乗ったら一流」と言われた兄だったが、島の生活には不安を抱いていた。冬のはじめ、兄は本島へ去る船の上に立った父親に言った。「ここにいたくない。ここでは暮らしたくないよ」

「まあ」と父親は言った。「すぐに慣れるさ」。それは、この家族がいつも交わしてきた言葉だった。

しかし、兄はついに慣れることはなかったらしい。激しい雪嵐の吹く二月のある日、島で飼われている犬の一匹が、氷の上を歩いて本島に渡ってきて、見覚えのある家のドアにたどり着いた。厳しい寒さと猛烈な地吹雪とで、三日間は身動きがとれなかった。風のなかでまっすぐ立っていることもできなければ、「目の前の自分の手が見えない」くらい荒れた天候だった。嵐が静まると、四人の男が広い雪原を島に向かって歩きだした。顔の出ている部分が凍りそうなのがわかった。吐く息は眉毛の上で凍り、まつげから氷が垂れさがった。島に近づくと、埠頭が大きな浮氷に埋もれそうになっていた。浮氷は海岸にひしめき、夏の漁師小屋のドアに寄りかからんばかりに押しあげられていた。家の煙突から煙はあがっていなかった。犬たちがうなりながら近づき、男たちのまわりを囲んだが、本島から戻った犬を見るとおとなしくなった。家のドアは開いたままで、ストーブは冷たかった。陶製のポットは中の水が凍り、もろくも二つに割れていた。どの部屋にも人の姿はなく、男たちの呼びかけにも返事がなかった。外では、開け放しの納屋のドアが風に揺れていた。動物たちは仕切りにつながれたまま死んでいた。凍った肉を犬にかじられているものもあった。

コートと帽子と冬用の手袋がなくなっているようだが、それだけだった。弾を込めたライフルとショットガンがポーチの壁にかかっていた。男たちはストーブに火をおこし、越冬用食料品の蓄えで腹ごしらえをした。それから、手分けして島の方々を歩き、まわりを一周した。結局、見つかったのは自分たちの足跡だけだった。何かヒントになることはないかと犬たちをじっくり観察した。話しかけ、質問したりもしたが、何の返事も得られなかった。冬の雪の下に消えた足跡のように、彼も消えてしまった。

男たちはその晩は島で過ごし、翌日、本島に戻った。そして見つかったものと見つからなかったものを報告した。太陽が出てきて、まだ二月の弱々しい太陽ではあったが陽射しは一週間前より強くなっていた。窓ガラスの氷が解けだし、誰かが言ったように着実に日は長くなり、冬はそろそろ終わろうとしていた。

こうした事情から、彼女は赤ん坊を本島にあずけて両親と島へ帰ることにした。

「こうなったからには、なおさら戻ったほうがよさそうだ」と父親は、解けはじめた窓の氷を通して外を見ながら言った。折れた腕は治ってはいたが、前と同じように使えないことはよくわかっていた。

当時の彼女は、意識的によく考えたうえで島へ帰る決心をしたわけではないが、その後たびたび、自分はなぜ島に戻ったのだろうと考えることになった。息子に島を任せることには異存のなかった両親も、他人に任せる気はなかった。島にいると時折魅力的に思われた本島の生活も、そんなものではないと思い知った。それに、行方不明の息子と強情な娘のことでは、身を切られるような複雑な罪の意識にさいなまれてもいた。島に戻ったところで罪の意識が消えるわけではないが、少なくともそれを強調したりわざと話題にする連中はいなかった。彼女自身は突然、自分は両親が歳をとってから生まれた子供なのだから、自分のこともう老人だと考えよう、自分だってこれから老いてゆくのだから、過去に寄り添って生きていってもかまわないじゃないかという気持ちになったようだった。

苦痛と喜びが相半ばしながら、彼女は島に戻った。あら探しばかりする伯母と本島の親戚から離れられるのはうれしかったが、病気がちな娘をあずけてくるのは心配だった。とはいえ、冬の島は病気の赤ん坊が暮らすところではないという親戚の意見はもっともで、自分がついていかなければ両親だけではどうしようもないということもわかっていた。

「誰が灯台にのぼるんだ?」と父親の質問は単純明快だった。両親は彼女の若さが当面の問題を解決してくれると考え、彼女も人の親であるということには考えが及ばず、自分たちの子供としてしか見なかった。

赤い髪の男に結婚を申し込まれ、どこか魅惑的な「ほかの土地」でいっしょに暮らそうと言われてから、長い年月がたったような気がした。赤ん坊の父親の正体を明かすことを断固として拒むあまり彼を心の奥へ押しやっていたためか、前よりもっと彼が幽霊のように思われてきた。ときどき、暗闇のなかの彼の体と、海のそばの黒いシルエットを思い浮かべた。そして、ふと彼の年齢の不思議さを思った。彼に年齢があったとしても、それは突然「止まって」しまい、時間を超越した存在になったのだ。父親が目に見えて衰えていくのとは対照的だった。

まだ寒さの厳しい二月、三人はそれぞれの思いからある種の安堵感とともに島へ戻った。若い彼女が仕事の大部分を引き受け、厚ぼったくて不格好な父親の仕事着を着て、子供の頃から生活の一部となっていた日常の雑務を苦もなくこなしていった。しばらくするうち、両親はストーブのそばで過ごすことが多くなり、二人でゲール語で話したり、トランプをしたり、ただ火を見つめたり、霜に覆われた窓の外を見たりしていた。

うなるように吹きすさぶ雪嵐とともに三月が訪れたときには、二月に顔を出した気まぐれな太陽に裏切られたような気がした。意志の強い父親の体が老いてゆくのも同じような裏切りに思われた。父親は八十歳に近く、毎日ひとつずつ体のどこかが働かなくなるようだった。まるで、体が急にくたびれて、体そのものが物忘れの真っ最中といわんばかりに。

嵐が小やみになったある日、数人の親戚が馬ぞりで氷の上を渡ってきた。彼らは父親の状態と外見に驚いていた。毎日いっしょに暮らしている者にはゆるやかに見えた変化も、数週間会わない人たちには「急激な」変化と映ったらしい。彼らは天候がよくて氷がまだ硬いうちに本島に戻ってくるべきだと強く説得した。父親は母親もいっしょに行くならと、しぶしぶ説得に応じた。長い生涯を孤島で送ってきたのだから、父親はやはりこの引っ越しには釈然としないものを感じていた。

「ときに、人生はこんなものなんだな」と毛布にくるまってそりに乗った父親は、出発のまぎわに娘に言った。「ずっと、いつもおんなじように続いていたのに、いきなり何もかも変わってしまう年が来る」

そのとき、二人のあいだを突風が吹き抜け、細かい雪の粒が二人の顔を鋭く叩いた。彼女はその瞬間、父親とはこれが最後だと思った。彼女は父親にすべてを話し、感謝したかった。二人の時間が消えようとしているのなら、打ち明けておきたかったのかもしれない。ふいに自分しか知らない秘密を背負う寂しさに襲われ、毛布にくるまった父親のほうへ顔を寄せた。父親の顔は目だけ残してマフラーで覆われていたが、その目には涙があふれ、涙は氷に変わりかけていた。

「あれはね」と彼女は言った。「赤い髪をした男なの」

「ああ、そうか」と父親は言ったが、どのくらい理解してそう言ったのか、わからなかった。そのあと、そりは冬の雪を軋ませながら去っていった。

父親の死は覚悟していたが、その十日後に母親まで失うことになるとは予想もしていなかった。母親の死について健康の面から説明できるような原因はなく、番《つがい》の一方を失うと新しい環境に順応できずにやつれ果てる動物に似ていなくもなかった。たとえば野鳥が捕らえられたり、あるいはかごで飼われていた鳥が急に自由になって、それまであった境界線がなくなったりすると、ショックで死ぬことがある。

春先の解氷のせいで、彼女はどちらの葬式にも出席できず、それぞれの日、海峡に横たわる灰色の高波と醜い氷山の向こうに目を凝らして見送った。島の端から、葬列が馬に引かれた棺のあとに続いて、本島の教会のわきにある墓地まで泥道を進んでゆくのが見えた。彼女は顔に向かい風を受けながら、灯台へと登っていった。

その年の春と夏、彼女は灯台守の仕事を続けたが、本島から来る漁師とはほとんど付き合わず、小屋のほうへ散歩に出かけることもなかった。政府の支給品を請求する書類には「A・マクフェドラン」と署名した。自分のイニシャルが父親のと同じだったからだ。しばらくすると、「A・マクフェドラン」の名義で小切手が届き、何の問題もなくそれを現金にすることができた。だって、出生証明書には名前が「アンガス」となっているんだから、と彼女は思った。

秋が来た頃には、冬も島に残ろうと心に決めていた。親戚の意見は分かれたが、賛成する人々は「マクフェドランの誰か」が島に残るのはいいことだし、彼女は若いうえに「慣れている」という理由をあげた。人々は「伝統を守る」ことに対して、この伝統特有の一面を守るのが自分でないかぎり、関心をもっていた。一方、彼女が島に残ることに反対する者もいて、そういう人たちに対しては、口には出さなかったものの、なんとしてでも残ってやるという気持ちになった。伯母の家族はすっかり彼女の娘が気に入り、「この子がいることに慣れて」しまって、自分たちの子供のように思うようになっていた。自分たちが別の部屋で忙しくしているうちに彼女が子供をさらって逃げるのではないかと恐れているらしく、訪ねてゆく彼女に対してひどく冷たい態度をとった。

それでも、みずから進んでやるか、いやいやながらやるかはともかく、親戚のほとんどが彼女の島の暮らしを助けることに同意し、食料や日用品の補給以外にも、ふだんよりきつい秋の仕事を手伝ったり、時折様子を見にきてくれさえした。彼女は依怙地ともいえる固い決意をもって島の生活にじっくり腰をすえたが、それでもまだ何かが起こって変化がもたらされるかもしれないという思いも捨てきれないでいた。

それから二年後の、ある暑い夏の日の午後、彼女が灯台のなかにいたとき、船が近づいてくるのが見えた。この日は一日中落ち着かない気分で、島を縦横に二度も歩きまわってきた。檻の囲いの限界を探る落ち着きのない動物ではないが、自分の境界線を確かめるように島のいちばん端へも行ってきた。冷たい海水のなかに足を踏み出し、だんだん中に入って、今では彼女のユニフォームとなった父親のつなぎの作業着の脚まで水に浸かった。そのまま進んでもっと上まで水に浸かり、足の裏で石がひっくり返るのを感じた。下を見ると、夏の太陽に射抜かれて、作業着の脚が緑の水のなかでゆがんでいた。それは自分の脚ではなく、体から切り離されてねじれてしまった脚、自分から離れて浮かんでいる脚のように見えた。目を閉じると脚の存在を強く感じるのに、目を開けてそれを見れば感じたようには見えなかった。犬たちは波打ち際の近くの浜辺に寝そべって、彼女を見守っていた。夏の暑さに息を切らし、長く伸ばした赤い舌から涎が落ちていた。

水をしたたらせながら浜辺に戻ったあとは、漁師小屋のあたりを歩きまわった。ロブスター漁の男たちはシーズンが終わるとほとんど何も残さずに去っていった。彼女は捨てられたわずかな物を手でさわったり爪先でひっくり返したりしながら、人気のない小屋のあいだを歩きまわった。すり切れた毛糸の靴下の片方、撚り糸をほどいて結びあわせたロープ、刃の欠けた錆だらけのナイフ、文字が色あせたタバコの箱、穴のあいたゴム長靴。まるで、見捨てられ消えてしまった文明の、男の遺物のなかを歩いているようだった。彼女は家に帰って、乾いた作業着に着替え、濡れた作業着を外に干した。灯台へ登りながら肩越しにふりかえったとき、洗濯綱に吊るされた作業着が立っているように見えて、ぎくりとした。二本の脚が優しくこすれ、ウエストのところまで濡れて色が変わっていた。作業着の水滴が夏草の上にしたたり落ち、その夏草も自分の揺れ動く影によってゆがんで見えた。

近づいてくる船には男が四人乗っていた。どうやらサバ漁に来たらしいが、この島をめざしてやってきたのではなさそうだった。船は穏やかな青緑色の海を前後しながらジグザグに進み、たびたび停止しては男たちが重りをつけた釣り糸を海へ投げた。そして擬似餌の動きに誘われて魚が寄ってくるように、釣り糸をテンポよく上下に動かした。ときどき、グルー（乾燥させたカテージ・チーズ）の入ったバケツや桶に手を突っこみ、白いチーズのひとつかみを水面にばらまいて、姿の見えない魚が出てくるのを待った。彼女は首をまわして島の反対側を見た。見晴らしのいい高台の灯台から、〈待ち合わせの場所〉の〈テーブル岩〉の向こう、〈難破船の湾〉の沖に、サバの群れが水面から飛びあがっているのが見えた。あるいは見えたと思っただけかもしれない。穏やかに澄みきった水面が、そこだけ熱湯のように沸き立って、まるで動く浮島のようだった。

彼女は急いで灯台を下り、船の男たちに向かって手ぶりを交えて大声で叫んだ。まだ沖のほうにいた船からは、彼女の姿は見えても、何を言っているのかは聞こえないようだった。舳先が島のほうに向いた。船が近づいてきたので、彼女は島の反対側へまわれというつもりで振っていた自分の手の動きが、こっちへ来いという手招きに見えたことに気がついた。彼らもそう理解したらしい。

声の届く範囲に船が来たとき、彼女は叫んだ。「サバよ。島の反対側にいるの。裏のほうにまわって」

男たちは船を停めて、彼女の言っていることを聞き取ろうと身を前にのりだした。若い一人が、たぶん耳がいいのだろう、最初に彼女の言葉を理解してほかの男たちに伝えた。

「島の反対側？」といちばん年配の男が、両手を口に当てて叫んだ。

「そうよ」と彼女も叫び返した。「〈難破船の湾〉のそば」

彼女は「〈待ち合わせの場所〉のそば」と付け加えそうになって、そう言っても男たちにはわからないと気がついた。

「ありがとう」と年配の男が叫んだ。彼は帽子を取って彼女に挨拶した。白い髪が見えた。「ありがとう」と彼はくりかえした。「反対側にまわるよ」

船は針路を変えて、島の反対側へまわりはじめた。

彼女は家まで走って帰り、作業着を脱いでクローゼットの奥にあった夏のワンピースに着替えた。そして、犬を連れて島を横切り、〈待ち合わせの場所〉に下り、〈テーブル岩〉に坐って待った。太陽で熱くなった岩が、腿《もも》や脚の裏を焼いた。興奮状態のサバの浮島が湾の入り口の向こうに見えた。サバは産卵の真っ最中で、彼女は、船の男たちが着いたときもまだサバがいてくれればいいけど、と思った。

「ずいぶん時間がかかってるようね」と彼女は誰にともなく言った。そのとき、船の舳先が島の端をまわりこんでくるのが見えた。

彼女は立ちあがって、沸騰し泡立っているサバの群れを指さしたが、男たちはすでに見つけていて、彼女のほうに手を振りながらも、ありったけの釣り糸を用意するのに余念がなかった。船は滑るように静かに魚群に近づき、最初の一匹がかかる頃には完全に停止していた。まるでサバが船を取り囲んでいるように見えた。密集しているため水面が黒く変わっていた。ぱくっと食いつくその口は、投げられたものには何でも飛びつき、釣り糸を引きあげると、一本の針に二匹も三匹もかかっていることもあった。ときには船に飛びこまんばかりの勢いで水の上に跳ねたり、また密集しすぎて針がサバの腹や目や背や尾にひっかかり、かぎ裂き状態になることもあった。水のなかに広がるサバの血の匂いが、さらに興奮をかきたて、傷ついた仲間に襲いかかり、まだ動いている骨から肉を嚙みちぎった。男たちはサバに合わせるように熱狂的に動きまわった。針が指を傷つけ、ビュンビュンうなる釣り糸が手のたこを鋭くこすった。魚は船底をいっぱいに満たし、パタパタ、ピシッと跳ねながら巨大な青緑の塊となって男たちの膝まで埋めた。そして、突然いなくなった。釣り針には、透明な水滴や海草の切れ端のほかは何もかからなくなった。水面の上にも水面の下にも、サバの兆しはまったくなかった。サバの重みで船が前より深く水のなかに浸っていることを除けば、まるでサバなどいなかったようだ。男たちが腫れあがった手でひたいの汗をぬぐうと、幾筋もの跡が残った。そこには魚と自分の血も混じっていた。

男たちが海岸のほうを見ると、彼女が〈テーブル岩〉から立ちあがって、水際まで近づいてくるのが目に入った。船はガラスのようになめらかな湾のなかを進んで、砂利の多い浜にどしんと舳先を着けた。そして彼女にもやい綱を投げ、彼女はそれを両手で受け止めた。

その午後ずっと、彼らは〈テーブル岩〉の上に横たわっていた。最初は、すでに目の前で起こっていながら自分にはまだ起こっていない狂乱に刺激されたようだ。暑さ、孤独、待つこと、そしてこの日をもたらすために重なりあったさまざまな出来事に、駆り立てられたのかもしれない。男たちの服には、固まって黒くなった血とサバの雌の黄金色の卵と雄のミルクのような白い精液がちりばめられていた。彼女は男がそれほど興奮しているところを見たことがなかった。知っているのはただ一人、たった一回だけ、それもじめじめした暗闇で、見たのではなく触れた体験だった。

彼女にとっていちばん年上の白髪の男は生涯忘れられない存在になった。彼は帽子を取り、次に厚手の濃紺のジャージーのシャツを頭から脱ぐと、きちんとたたんで、岩の上の彼女のそばに置いた。顔と首、そして血のにじむ腫れあがった手が赤茶色に日焼けしているのとは対照的に、胸や腕が真っ白だったことも、生涯忘れられなかった。上半身は何も着けていないのに、まだ、二つの異なる素材でつくられた服を着ているようだった。肌の白さと髪の白さは同じ色だったが、同時にまったく違ってもいた。彼はシャツをたたんだあと、その上に帽子をきちんとのせた。それがいつもの習慣で、妻と寝る用意をしている、といった感じだった。彼女はあやうく彼が歯を磨くのを待ちそうになった。

最初の熱狂のあと、男たちはおとなしくなり、太陽の下で大の字に寝そべった。ときどき、若い男の一人が起きあがり、平たい石を海に投げて水切りをした。犬たちは波打ち際のすぐ近くに坐り、荒い息を吐きながらすべてを見守っていた。彼女はあとになって、自分も何度となく興奮した犬たちの交尾を見守ってきたことを思い出した。そして、増えすぎた子犬を麻袋に入れて石の重りをつけ、船から海に投げこんだことも。

太陽が傾き、潮が引きはじめ、重い船の下から徐々に水が後退していった。もうすぐ船が浜に乗りあげたまま動かなくなる。男たちは立ちあがって、身なりを整えた。小用のためにその場を離れる者もいた。彼らが戻ってくると、四人の男たちは肩を舳先に押しつけ、船を海に戻す体勢をとった。

「一、二、三、よいしょ！」と、最後のひとことに全員が集中して動きを合わせた。船を押す男たちの体はほとんど水平に伸び、ゴム長靴の爪先が滑って砂利をかき混ぜた。船は出るのを渋るように最初はなかなか前に進まなかったが、しばらくすると水で少しずつ軽くなり、だんだん速く動きだした。男たちは腰まで水に浸かりながらすばやく舳先や船べりをよじのぼった。そしてめいめいオールをつかむと、さらに岸から離れた水のなかへと船を押しだし、十分な深さになったところで方向転換して帰路についた。

彼女は海岸に立って彼らを見送った。船が動きだしたとき、〈テーブル岩〉の端にしわくちゃになって脱ぎ捨てられている自分の下着が目にとまった。船はさらに遠くなり、男たちが手を振っていた。彼女も気がつくと手をあげていた。白髪の男が帽子をちょっと持ちあげた。彼女はいつもの直観で、彼らが誰にも何も言わないこと、自分たちのあいだでさえこの日の出来事を話題にすることはほとんどないことを、一瞬にして悟った。そして彼らは二度と戻ってこないということもわかった。船が島の端をまわりこんで視界から消えると、彼女は下着を丸めて海のなかへ放りこんだ。それから、灯台に向かって歩きはじめた。彼女は自分の体に触れてみた。血と魚卵と人間の精液でべとべとしていた。「これならきっとできるはずよ」と彼女は思った。「だって、あんなにたくさんあったんだし、あんなに長く続いたんだから」。この午後の出来事を、暗闇のなかのたった一回の短い出会いと比べて、彼女はそう考えた。

灯台に着いたとき、ごみを漁るカモメの鳴き声が聞こえた。声のするほうに目をやると、船が穏やかな水面をV字に切って本島をめざしているのが見えた。男たちは体を折り曲げ、魚の積み降ろしに使う魚かぎを使って、死んだサバを海に戻していた。カモメがさっと舞いおり、けたたましい白い大群となった。

二年後、彼女は注文した補給品を島に持ち帰るために、本島の店にいた。いつもは親戚の若い男に頼んで、店から海岸まで品物を運んでもらい、そこから船で島まで届けてもらうのだが、ちょうどこの日はその若い男が見つからなかったのだ。品物の一つは小麦粉だった。彼女が店で金を払いながら、なんとなく落ち着かない気分でドアの外を見ると、濃紺のジャージーを着た白髪の男がちらっと目に入った。

「これは、あんたには重すぎるよ。手伝わせてくれ」と彼は腰をかがめ、五十キロ近い小麦粉の袋をつかむと、ひょいと肩にかつぎあげた。袋が肩にのったとき、ふわっと小麦粉が飛び散り、濃紺のシャツと帽子と髪に、白い粉が降りかかった。彼女は濃紺のシャツの下に隠れた肉体の白さと、真夏の太陽の下でくりひろげられた狂乱の午後を思い出した。二人で店を出ようとしたところで、親戚の若い男と出会った。

「ああ、もういいです、俺が持ちますから」と若い親戚は男から小麦粉の袋を受け取った。

「どうもありがとうございました」と彼女は男に言った。

「どういたしまして」と男は、彼女に向かって帽子をちょっと持ちあげた。帽子に降りかかった小麦粉が、二人のあいだの床に落ちた。

「あの人、よさそうな人だね」と若い親戚は海岸へ向かって歩きながら言った。「でもさ、やっぱり、俺たち身内みたいによく知ってる人間じゃないから」

「そうね」と彼女は言った。「そりゃ、そうよ」。彼女は海峡をへだてて静かに浮かんでいる島を見つめた。彼女が待っていた子供はやってこなかった。

次の十年間は、同じことのくりかえしの単調な日々のなかでぼんやりと過ぎていった。彼女は自分が身なりにかまわなくなってきたことや、そうした無頓着さがまたひとつ奇行の証拠とみなされることに気がついていた。本島を訪ねる回数もだんだん減り、世の中の情勢はラジオを通して知ろうとするようになった。伯母の家族は彼女の娘を引き取ったことに疑問を抱きはじめ、ある日、彼女が訪ねていったとき、「ほんとうのお母さん」と島でいっしょに暮らしたらどうかとほのめかした。少女は笑って別の部屋へ行ってしまった。

次の数年間にいろいろな変化が起こったが、その変化は静かにじわじわとやってきたので、ふりかえってみると、どの年に何が起こったか、頭のなかでうまくつながらなかった。変化はだいたい本島と関係があった。政府は本島に立派な新しい埠頭を建設し、漁師は春になってもこの島にやってきて漁師小屋に住むことはなくなった。そうなると小屋はだんだん荒廃し、ドアは風に揺れてバタンバタン音を立て、屋根からこけら板が飛んだ。彼女はときどき小屋に行って、そこにはいない男たちが壁に彫った頭文字を見たが、これから先も彼の頭文字がそこに加わることは決してないとわかっていた。

集落ごとの放牧地が整備されて常雇いの家畜番を置くようになり、足を縛られた若い牛や精力旺盛な雄羊が夏の放牧のために島に連れてこられることもなくなった。海岸沿いを走るヘッドライトの流れが島から見える本島の夜景の定番となり、孤独な灯台の光線に応えていた。ある晩、彼女の娘は伯母の家族と喧嘩したあげく、そうした車の一台に乗って村を去り、トロントのどこかへ消えていった。彼女がそれを知ったのは、数週間後、補給品を買いに本島を訪ねたときだった。

島の埠頭は荒れるままに打ち捨てられ、訪れる者もわずかになった。彼女が親戚に手伝いを頼むときには、いつのまにか新しい世代とかけあうことが多くなった。若い世代はたいていむっつりして愛想がなく、島の伝統を守ることにも興味がなく、親にせっつかれて仕方なく協力するだけだった。

それでも、灯台の明かりはまだともっていたし、宛て先や差出人が「A・マクフェドラン」と書かれたさまざまな公文書もあいかわらず郵便でやりとりされていた。徐々にではあるが、こうした公文書の性格も変わってきた。彼女の先祖が最初に島に渡ってきた頃は、ほとんど帆船の時代で、そこでは船長も風のなすがままに船を進めるしかなかった。彼女の時代にはもっと大きな船が出現し、技術もどんどん進化していった。彼女が住み着いてから島に遭難船が打ち上げられたことはないし、浮氷に取り残されて島にたどり着いた猟師が深夜に家のドアを叩いたこともない。「緊急用品収納箱」もその中身も、点検のとき以外には開けられたことがなかった。

ある夏、子供を産める時期が終わったことに気がつき、人生のそうした一面もすでに過ぎてしまったのだとわかって、ショックを受けた。

本島の船は「島めぐり遊覧の船旅」を企画し、観光客を連れてくるようになった。時間が限られているため観光客が島に上陸することはめったになく、ただ島のまわりを一周したり、ちょっと海辺に寄ったりするだけだった。船が近づいてくると犬が吠えるので、彼女は家の前に立つか、ときには海岸に出てみることもあった。はじめは、双眼鏡やカメラを持った観光客の目に自分の姿がどう映るか、彼女はわかっていなかった。船の操縦士が自分のことを何と説明しているのかも知らなかった。よれよれになった男物の服を着て、歯をむきだしてうなる犬たちに囲まれて海岸に立つうちに、自分は伝説に変わっていたのだと、あとになって気がついた。知らぬ間に、「島の狂女」になっていたのだ。

それから数年後のある暑い夏の日、犬が吠える声に窓の外をのぞくと、大きな船が近づいてくるのが見えた。乗っている男たちは黄褐色の制服を着け、マストにはカナダ国旗が翻っていた。男たちは廃墟のような埠頭に船をつけて、彼女の家のほうへ歩いてきた。彼女は犬を呼んでおとなしくさせた。男たちは台所の椅子に腰をおろしながら、静かな口調で、灯台の閉鎖が正式に決まったと切りだした。灯台が海を照らす作業は続けられるが、これからは「現代の技術」で管理される。灯火は自動装置で操作され、一年に数回定期的に補給船が来て(緊急の場合にはヘリコプターを使って)必要な業務をおこなう。しかし、あと一年半ほどは現在のまま維持される。そのあとは、「どこかほかの土地」に移ってください、と彼らは言った。そして席を立ち、長いあいだの労をねぎらう言葉を述べて出ていった。

船が去ったあと、彼女は島を縦横に歩きまわった。島の地名はゲール語でつけられたものが多かった。その名前をくりかえし口に出しながら、場所は残っても名前は消えると思うと不思議な気持ちになった。この場所がかつて〈アハッヒ・ナン・クーラッヒ〉と呼ばれていたことを、あるいはあの場所が〈クラガヴォールト〉と呼ばれていることを、「誰が知るだろう?」と思った。そして、ちくりと刺すように心をとらえるものを感じながら、〈エーチェ・ナ・クルーイニャヒャッグ〉や、あそこで起こったことを、誰が知るだろうか、と思った。場所の名前をくりかえしながら、まるで名前も知られずに捨てられようとしている子供を見る思いで、島の風景を見渡した。場所が自分の名前を忘れないように、その名前をささやいてやりたかった。

何世代も「島の」人間として生きてきたのに法的には島の土地を所有したことがなかったという事実に気がついて、彼女はちょっとした衝撃を受けた。島のなかで正式に一家の所有物だというものは何ひとつない、というのが厳しい現実だった。

その年の秋と冬は、いつもやることをやっても意味がないような気がした。先が短いのだから日用品も多くはいらなかったし、冬の仕事はいちいちこれが最後だと思いながら取り組んだ。複雑な感情から、春が待ち遠しかった。島を出たいと思い、島に戻りたいと思い、島にずっと住みつづけたいと思った彼女だったから、感情が交錯して、親しい仲間たちを置きざりにするような胸の痛みを覚えていた。ひょっとしたらそれは、ひどい場所や苦しい状況やつらい結婚から去ってゆく者の心情に似ていたかもしれない。最後にもう一度肩越しにふりかえって、「ああ、私は人生の大半をここにささげてきたんだ、たいした人生ではなかったけれど、それを生きたのはたしかに私だった。これからどこへ行こうと、もう前と同じ私ではない」と静かに自分に言い聞かせる人々の心情に。

そして、春の解氷もこれが見納めという四月、彼女は食器を拭きながら窓の外を眺めていた。視力が衰えてきたせいか、荒れ果てた埠頭に入ってくるまで船が近づいてくるのに気づかなかった。犬たちもいつものように吠えなかった。男が船のロープを埠頭につなぐためにかがむのが見え、そのとたん帽子が脱げて赤い髪が見えた。それは突然訪れた一風変わった春のエネルギーのように、四月の太陽にきらめいていた。彼女は湿った布巾を包帯のように手に巻きつけ、それからすばやく布巾をほどいた。

彼は小道を彼女の家のほうへ歩きだし、犬たちがうれしそうに走り寄った。彼女は不安な気持ちで戸口に立った。近づいてくるにつれ、彼がかすかに耳慣れないアクセントで犬に話しかけているのがわかった。青く澄んだ目の、二十歳ぐらいの若者だった。片方の耳にイアリングをしていた。

「こんにちは」と彼は手を伸ばして言った。「僕のこと、わかるかなあ」

あまりにも長い年月がたち、あまりにもいろいろなことがありすぎて、何と言っていいかわからなかった。彼女はまだ手に持っていた布巾をきつく握りしめた。そして若者を家のなかへ通すために一歩わきへ退き、彼が椅子に坐るのを見守った。

「ずうっと、ここに住んでるの?」と彼は台所を見まわしながら言った。「冬も?」

「そうよ」と彼女は答えた。「だいたいね」

「ここで生まれたの?」

「ええ」と彼女は言った。「そうみたい」

「寂しいだろうなあ。でも、どこに住んでも、寂しい人は寂しいんだよね」

彼女は亡霊でも見るように彼を見つめた。

「ほかの土地に住みたいって思わない？」と彼が訊いた。

「さあ、どうかな」と彼女は答えた。「それもいいかもしれない」

彼は手をあげて、まだそこにあるのを確かめるようにイアリングにさわった。ときどき台所のなかをちらっと見まわした。見慣れた物のひとつひとつに軽く触れるような視線だった。考えてみれば、遠い昔のあの四月から、台所はほとんど変わっていなかった。彼女は何と言っていいのか、言葉を思いつかなかった。

「お茶、飲む？」と気詰まりな沈黙のあとで訊いた。

「いや、ありがたいけど、今はいいよ」と彼は言った。「急いでるんだ。でも、たぶん、またあとでいっしょにお茶を飲めるよ」

彼女はうなずいたが、その言葉の意味をはかりかねていた。犬たちはテーブルの下に横たわり、ときどき尻尾で床を叩いていた。窓の外に、まだ白い氷の塊が点々と浮いている海の上を、白いカモメが舞っているのが見えた。

彼は記憶にとどめようとするように彼女を注意深く見つめ、にっこり笑った。二人とも何と言っていいかわからないようだった。

「さて」と彼は突然立ちあがって言った。「もう、行かなくちゃ。またあとでね。戻ってくるから」

「ちょっと待って」と彼女は急いで腰をあげた。「行かないで」と言ってから、「また行ってしまうなんて」と付け足しそうになった。

「僕は戻ってくるよ」と彼は言った。「秋にね。そうしたら、僕といっしょに行こう。僕たち、どこかほかの土地に行って、いっしょに住もう」

「ええ」と彼女は言った。そして思いついたように訊いた。「いままでどこにいたの？」

「トロント。僕、そこで生まれたんだよ。本島の人たちから、ここに僕のおばあちゃんがいるって聞いたんだ」

彼女は遺伝子の奇跡でも見るように若者を見つめた。彼はまさに遺伝子の奇跡そのものだった。

「ああ」と彼女は言った。

「もう行かなきゃ」と彼はくりかえした。「でも、またあとでね。僕、戻ってくるから」

「ええ、そうね」と彼女は言った。「ええ、そうよね、またね」

そして、彼はいなくなった。彼女は動こうともせずに、茫然として坐っていた。走っていって彼を呼び戻すべきだという思いが半分、さっき見たのが何なのか確かめようとしてはいけないという不安が半分だった。ようやく、彼女は窓のそばへ行った。本島へ向かう船の上に男が一人乗っていたが、顔を見分けることはできなかった。彼女は彼が来たことを誰にも話さなかった。そんな話をどうやって切りだせばよいのか？　長いあいだ秘密にしてきたので、今頃になって赤い髪の男のことをもちだすのは危険なように思われた。今度も、誰も彼を見ていないのではないか？　「島の狂女」という評判をまたもや裏付けるようなことはしたくなかった。彼女は親戚に会うとその顔をじっと観察したが、何も見つけられなかった。ひょっとしたら、彼はすでに本島の親戚を訪ねていて、島に行くなと言われたのかもしれない。彼らは、頭が混乱している者をさらに混乱させないようにするのが自分たちの務め、と考えたのかもしれない。

十月の雨の降る日、彼女は木切れをもう一本火にくべた。もはや冬の燃料はいらないので、薪の蓄えが減っても気にならなかった。雨がだんだん霰《あられ》に変わってきた。彼女にはそれが目だけでなく音でもわかった。今は、その昔〈テーブル岩〉で最初に待ったときのように、ドアから目をそらしていた。彼が来ないというのが運命なら、来ないのを見なくてもいいように、彼が来そうな方向をわざと見ないようにしていた。規則正しい雨の音に耳を傾けて待ちながら、自分は眠ろうとしているのだろうかと思った。突然、風でドアが開き、霰のような雨が床をかすめて飛んできた。濡れた犬たちがテーブルの下から出てきた。彼女はそれを目で見るというより耳で聞いた。濡れた床をモップで拭いたほうがいいかと思ったが、どうせこの家は取り壊されるのだから、きれいにしても仕方がないと思いなおした。風に吹かれて、さざなみのように、水が床の上に広がった。一匹の犬が肉付きのいい足で水を跳ね散らしながら、床に爪の音を響かせて入ってきた。そして彼女のところへ来ると、膝に頭をのせた。あえて信じないようにしながら、彼女は立ちあがった。外はじめじめして風が吹いていた。彼女は犬のあとから暗くなった小道を歩いていった。すると、高台の灯台の明かりが一巡したほんの一瞬の白い光のなかで、埠頭で小刻みに上下している黒い船と、小屋の角にまっすぐ立っているずぶ濡れの彼の姿が見えた。

二人は互いに歩み寄った。

「ああ」と彼女は、彼の濡れた首筋に指の爪を食いこませながら言った。

「戻ってくるって言ったよね」と彼が言った。

「ああ」と彼女は言った。「ええ、そうね。言ったわね」

彼女は暗闇のなかで彼の顔に指を滑らせ、もう一度灯台の明かりが一巡して戻ってきたとき、彼の目の青さと、濡れて黒ずんだ赤い髪を見た。イアリングはなかった。

「歳はいくつなの？」と彼女は訊いた。少女みたいにくだらない質問をして恥ずかしいと思ったが、ずっと気になっていたことだった。

「二十一だよ」と彼は言った。「もう言ったと思ってたけど」

彼は彼女の両手を取ると、彼女を見つめたまま後ろ向きに歩きだし、暗闇のなかで上下に揺れている船とうねる海のほうへ連れていった。

「さあ」と彼は言った。「いっしょに行こう。どこかほかの土地に行って、いっしょに暮らそう」

「ああ、そうね」と彼女は言った。「ええ、いっしょにね」

彼女は、泡に包まれた岩の上を彼に導かれながら、彼の手のなかに指の爪を食いこませた。

「この船は」と彼が言った。「夜明け前に返さなくては」

風が強くなってきて、気温が下がってきた。霰のような雨は肌を刺す雪に変わって、二人の去った地面は凍りはじめていた。

犬が一回吠えた。そして灯台の明かりが戻ってきたとき、その孤独な光に照らしだされたマクフェドラン家の人間は、島にも海にもいなかった。

クリアランス

Clearances（*1999*）

朝早く、いちばん上にかけていたコンドンのウールの毛布を犬に引っぱられて、彼は目を覚ました。今ではこの毛布もすっかり黄ばんだベージュ色に変わっているが、もとはたしか白かったはずだ、と思った。昔、妻と二人で飼っていた羊の毛からつくった毛布で、もう五十年以上も使っている。春に羊の毛を刈るとき、いちばん上等な毛をいくらか取り分けておき、それをシャーロットタウンの「コンドンズ毛織工場」へ送った。すると数ヵ月後、まるで奇跡のように毛布の箱が届けられた。毛布の隅には「ウィリアム・コンドン・アンド・サンズ　プリンス・エドワード・アイランド州シャーロットタウン」、そしてコンドンのラテン語のモットー「Clementia in Potentia」(慈悲ある力)と書かれたラベルが縫いつけてあった。

それからかなり歳をとってからのことだが、あるとき、息子のジョンと嫁が二人をプリンス・エドワード島に連れていってくれた。それは七月のことで、ケープ・ブレトンを金曜日に発ち、日曜日の午後に帰ってきた。まだ『赤毛のアン』ブームが起こる前の時代だったし、観光客がプリンス・エドワード島の何を見にゆくのか、よく知らなかった。そこで四人は土曜日の朝、コンドンズ毛織工場を見物にいった。それがいちばんなじみのある名前だったからだ。そして、たしかにその工場が建っていた。あのときは、なぜかみんなでよそ行きの服を着て出かけ、帽子のリボンや眉に汗がたまるので帽子を膝の上に置いていたことを覚えている。四人とも車から出ることなく、もやもやした七月の熱気の向こうに、毛織工場を見つめただけだった。コンドン氏かその息子たちの一人が忙しそうに羊毛を毛布に加工しているところを見られるかもしれないと期待していたのかもしれないが、何も見られなかった。のちに彼の妻は友人に、「プリンス・エドワード島で、コンドンズ毛織工場を見物してきたのよ」と、有名な宗教的聖地か歴史的記念物でも見てきたように言ったが、自分たちにとっては、たぶんそのとおりなのだと彼は思った。

情熱的に愛しあった若い頃、二人はよく毛布を、彼の肩越しにベッドの足のほうに投げ出した。毛布はベッドのわきの床に落ちることもあった。しばらくして激情がおさまると、彼は毛布を拾ってていねいに広げ、妻と自分の肩にかけた。妻はいつもベッドの壁に近いほうに寝て、彼は妻を守るように外側に寝た。家のなかで、最後に寝るのも、最初に起きるのもいつも彼だった。それは彼の両親と祖父母の代から続いている習慣だった。

妻が死んだときも、この毛布が二人の上にかかっていた。妻は声もあげず身震いもせずに息を引き取った。まだ夜の明けない闇のなかで、彼はしばらく妻に話しかけていた。彼は厚手のウールの下着を、妻は冬用の寝巻きを着ていて、ベッドのなかは二人の体温で暖かかった。最初は、妻がふざけてわざと返事をしないでいるか、まだ眠っているのだと思ったが、すっかり目が覚めたとたん、規則正しい息づかいが聞こえないことに気づき、冬の暗がりのなかで黙りこくっている彼女の顔に手を触れた。冷たい空気にさらされた顔はひんやりしていたが、毛布のなかの手を握ってみるとまだ暖かく、今にも彼の手を包みこみそうな気がした。彼は起きあがり、取り乱さないように気持ちをひきしめながら、結婚して近くに住んでいる子供たちに電話をした。朝早く起こされて頭がぼうっとしている子供たちは、はじめは疑わしそうに、ほんとうに「確か」なのかと尋ねた。いつもより深く眠っているだけじゃないの？　受話器を握りしめている手の関節が白くなっていた。彼は受話器だけでなく、この恐ろしい事態をしっかりつかもうともしていた。抑えた声で落ち着きを失わずに、伝える側も伝えたくない、受け取る側も受け取りたくないというメッセージを伝えようとした。ようやく子供たちも納得したようだったが、そうなると、彼が抑えた声で話そうと努力しているのも知らずに、子供たちは急におろおろした声になった。彼はいつのまにか、若い父親だった頃の鋭い声を取り戻し、所帯持ちの中年の子供たちに向かって、三十年か四十年前に彼らがとんでもないことをしでかしたときのような言い方で話していた。ビデオデッキや電子レンジ、コンピューター、デジタル録音などが登場してから、彼も妻も自分たちがだんだん子供になってゆくように感じていた。ときどき、子供たちの声に、自分の若い頃のような、もどかしそうな大人の語調が混じるのも感じた。ときには、ほとんど恩着せがましいような口のきき方に聞こえることすらあった。だが、今はまた、突然その役割が逆転した。「できるだけのことをしてやらないとな」と彼はしゃべっていた。「救急車と医者と牧師には、こっちから電話をしておくから。朝早いし、世間はまだほとんど寝ている。長距離電話をかける前に、役所関係に連絡することにしよう。いや、すぐこっちへ来ることはない。しばらくはだいじょうぶだ」

彼はベッドに戻って、コンドンのウールの毛布を妻の顔に引きあげようとしたが、その前に、今は脈打つのを止めてしまった心臓のあるあたりに頬を当てた。

その前年の夏、医者からさまざまな色の薬をもらった妻は、それを飲むとめまいと眠気に襲われ、吹き出物ができた。「気分が悪くなるんじゃなくて、よくなりたかったのに」と妻は言った。そして夏のある日、網戸のドアを開けて、錠剤をすべて庭に投げ捨てた。食卓のパン屑などにすぐ反応する鶏の群れが、気前のいいプレゼントをばらまかれて走り寄った。しばらくして、いちばん攻撃的だった鶏が死んでいるのが見つかった。「あの薬で鶏がこんなになるんだったら、私なんかどうなっていたかしら？」と妻は言った。彼はあまり気が進まなかったものの、このことは自分たちだけの秘密にすると妻に約束させられた。「子供たちに何でもかんでも言うことはないのよ。いいわね」

もう十年も前の話で、もちろん、犬に毛布を引っぱられたときにこうしたことが全部いっぺんに頭に浮かんだわけではない。それでも、妻が死んで以来毎日思い出していることだから、いずれにせよあとですべて思い浮かぶことだった。

彼は今でも祖父が建てた家に住んでいた。それは当時のほかの家をモデルにしてつくった大きな木造の家だった。外から見るとすばらしく立派に見えたが、中に入ると、とくに二階は、長いあいだ未完成のままだった。結婚生活数十年にわたって「それを完成させる」ことが、彼と妻の一大事業であった。二階はだだっ広いスペースになっていたのだが、二人はそこを分割して子供たちの個室をつくろうと計画した。そして、ある部屋は板張りのままにし、余裕があるときには壁紙を張った部屋にした。二階の個室が完成する頃には、当の子供たちはすでに家から離れはじめていた。まず年上の娘たちが、彼女たちの伯母たちのようにボストンやトロントへ去っていった。今ではこの家には彼と犬しかいなくなり、たまに二階の部屋へ行ってみたときなど、自分の手がけた博物館でも見ているような気がした。

彼が子供の頃は、広い二階にドアのついた部屋はたったひとつしかなく、祖父の寝室になっていた。残ったスペースは、おおざっぱに女の子の部分と、息子は彼一人だったからもっとずっと狭い男の子の部分に分けられ、境界の上のほうに針金を張って、すり切れた毛布をつなげて垂らしていた。両親は、今彼が使っている一階の部屋で寝ていた。

彼は一人息子として、十一か十二のときから父親と船に乗って漁に出た。祖父もいっしょに行くこともあり、逆さにした餌バケツの上に坐り、タバコを嚙んではぺっと吐き出したり、しょっちゅう立ちあがっては海へ放尿を試みていた。今になってみると、たぶん前立腺の病気だったのだろうとわかるが、死ぬまで医者にはかからなかった。祖父はまるで自分だけのレーダーを持っているように、いつも天気や潮の流れや、魚のいる場所を知っていた。漁の獲物はロブスターやタラ、ニシン、メルルーサだった。夏には、代々使われてきた鮭網を入れた。

彼の家族は、百年以上も前から先祖代々そうしてきたように、だいたいゲール語を使って生活していた。しかし、二つの大戦にはさまれた時代に、牛や羊や魚を売るのに言葉で損をしていると気がついた。英語をしゃべる業者と取引しようとしていた祖父の顔が、白いひげの下で真っ赤になったのを、彼は覚えている。ゲール語で話すと英語が返ってきた。言葉の大部分は、両者のあいだにぽっかり開いた暗黒の谷に落ちていった。川の対岸ではフランス系移民のアカディア人が、東部では先住民のミクマック族が、同じような目にあっていた。みな自分たちの愛する言葉の美しい罠に捕らわれ、もがいていた。「こんなことじゃあ困るんだ」と祖父はいらだたしげに言った。「俺たちも英語を習わんとな。前に進まんと」

彼は第二次大戦に出征して、当時の彼の目には貧しく見えた状況から逃げだそうとした。もしかしたら冒険を探し求めたのかもしれない。冒険に関してはたっぷり見つかって、瀕死の若者たちが横たわる塹壕のなかで、もし命が助かったら二度と故郷を離れませんと誓い、祈った。ゲール語で祈った。そのほうがすらすら出てきたし、小さい頃からなじんできた言葉で祈ったほうが、言いたいことがはっきりと神に伝わると思ったからだ。彼の祈りは聞き届けられたらしく、その後の数年間は、たった一週間のすばらしい休暇を思い起こすだけで、ぞっとするような恐ろしい記憶を心の奥に押さえつけておくことができた。

その一週間の休暇で、彼は地名や住所を書いた紙切れを持ってロンドンに出かけ、列車でグラスゴーへ行った。グラスゴーで列車を乗り換え、そのあともう一度乗り換えた。列車を乗り換えながら、さらに北へ、そして西へと進むうちに、まわりからゲール語の穏やかな音が聞こえてくるのに気がついた。最初は、無意識のうちに聞こえるささやき声のようなものとして聞こえてきたゲール語に驚いたが、列車が小さな田舎の駅に停まり、また動き出すたびに、ゲール語をしゃべる人が増え、そのうちこの耳に心地よい言語が圧倒的に多くなった。ある駅で、犬を連れた羊飼いが乗ってきた。羊飼いは犬に「グリス・オルシュト（急げ）」と言い、次に「ディン・スイッヒ（坐れ）」と言った。そばに犬が坐ると、「シェーウ・ヘイナ・ハ・タッピッヒ（おまえはりこうなやつだ）」と言って、荒れ地や山を楽しむように窓の外を眺めた。

カナダの軍服を着て坐りながら、彼は自分と彼らの違う点と似ている点に気がついた。彼はそっとポケットに手を入れ、住所や情報を書きつけた紙切れを取り出した。そして、つっかえながら羊飼いに話しかけた。「キマラ・ハー・シヴ？（お元気ですか？）ナッヒ・イェル・エ・ラハ・ブリアッヒ・アハン？（いい天気ですね？）」

たちまち車両のなかが静まりかえり、乗客の目がいっせいに彼のほうを向いた。「グレーヴァー。シェーウ・デルヴ。ハエ・ブラー・アグス・グリアナッヒ（元気ですよ。ええ、日が照って、暖かいですね）」と羊飼いは答えると、彼の肩章に目をとめて、英語でゆっくりと「カナダから来たのですか？　クリアランスの出だね？」と訊いた。どちらの文章も疑問形で述べ、「クリアランス」という単語を、「ハイランド・クリアランス」（十八〜十九世紀に牧羊のためにスコットランド・ハイランドに住む人々を強制的に立ち退かせた）という歴史的事実ではなく、まるで地名のように発音した。

「はい」と彼は答えた。「そうだと思います」

列車の窓の向こうには、何もない無人の荒れ地が靄《もや》のかかった山麓まで広がっていた。その山の中腹には白い水が滝となって落ち、消えてしまった人々が住んでいた家の土台石の上を、一羽の鷲が輪を描いて飛んでいた。

「ずっと昔のことです」と彼は羊飼いに言った。「われわれがカナダへ移ったのは」

「たぶん、運がよかったんだよ」と羊飼いが言った。「ここにはもう、たいしたものは残っちゃいない」

二人はしばらく黙りこんだ。それぞれの物思いにふけっていた。

「それにしても、カナダじゃ、自分の土地をもてるのかね？」と羊飼いが訊いた。

「ええ、もてますよ」

「そりゃあ、いい」と羊飼いが言った。父親を思い出させる年配の男だった。

その週が終わるまでに、彼は考えていたことを全部やろうとした。紙切れにメモした情報と新しくできた友人やそのまた友人たちに助けられながら、船で内陸の湖をまわり、海の沖に浮かぶ島々を訪ねた。島には、風と、鳴きわめく海鳥のほかは、ほとんど何も住んでいなかった。腰丈ほども伸びたシダの下に、崩れた墓石を見つけた。そのなかには彼と同じ名前を刻んだ石もあった。かつて何百人何千人と暮らしていた場所が、今では、羊で覆われた丘のある、人気のない広大な私有地として広がり、あるいは野鳥の保護区や金持ちの射撃練習場の島となっていた。自分の祖先は歴史と変わりゆく経済の時代の犠牲者で、おそらく政治と貧困の両方に裏切られたのだ、と彼は思った。

夕方には、もてなしのウイスキーの瓶に囲まれて、彼はケープ・ブレトンの風景を説明しようとした。

「そんなにいっぱい木があるところに、どうやって穀物を植えるんだね？」と、もてなしてくれる照れ屋の男たちが尋ねた。

「ああ、木は、はじめに切って取り除《クリア》かないと」と彼は説明した。「最初に入植したのは僕の祖父の祖父だったらしいです。木を切って、石ころだらけの土地を切り拓《クリア》いたんです」

「戦争が終わったら、その切り拓いた土地に戻るのかい？」

「はい、そうできたら、戻ります」

午後遅くや夕方に、彼はアードナマーカン岬の向こうの、西の海のかなたに目をやり、ケープ・ブレトンとそこで働いている家族に思いを馳せた。

「クリアランスのあとは」と友人になった羊飼いが言った。「残った人間は少なかった。だいたいはカナダやアメリカやオーストラリアに行ってしまった。この辺の若いもんも、ほとんど、戦争に行くか、グラスゴーに出ていった。イングランドの南部に行ったのもいるよ。だが、俺はここにいる」と指に挟んだヒースの茎をくるくるまわしながら、羊飼いは言った。「誰かの土地で、自分のもんじゃない羊の面倒をみながらな。でも、犬は俺のもんだ」

休暇の最終日の午後、彼は羊飼いといつも用心深い犬といっしょに、遠くで草を食んでいる羊を眺めながら立っていた。

彼はその美しい犬とその仲間たちにほれこみ、犬たちの天性の頭のよさが引き出されていることや、人間を喜ばせようという熱意にあふれていることに感嘆した。「繁殖の仕方を教えてやるよ」と羊飼いが言った。「こいつらは最後まであんたといっしょだ」

戦争が終わったあと、彼は生き残った者としての感謝の念を深く心に刻んで故郷に戻った。そして父親の手を借りて、海のそばまで広がる牧草地をもう一箇所切り拓いた。優秀な品種の牛や羊も買い入れた。友人の羊飼いがボーダーコリーを育てるための詳しい繁殖法を書いて送ってくれた。彼は子犬を取り寄せ、犬が成長すると、その特徴を維持するために繁殖シーズンのあいだは囲いのなかで飼うようにした。彼の妻は夫の熱中するものには何でもいっしょに熱中し、文句ひとつ言わなかった。新婚早々彼の父親の家に移ったときもそうだった。やもめ暮らしをしていた父親は、新婚夫婦に気をつかい、かつて妻と寝ていた寝室を二人に与え、自分は二階の寝室に移った。そこはかつて自分の父親が歳をとってから使っていた寝室だった。

「だんだん、よくなっていくだろうよ」と父親は言った。「俺たちは前に進んでいる。ひょっとしたら、来年ぐらい、もっと大きな船が買えるかもだぞ」

ときどき、夕方に海のかなたを眺めていると、スコットランドのアードナマーカン岬やその向こうの景色が見えるような気がした。父親や妻にハイランド地方の風景を説明することもあったが、塹壕で体験したことは決して口に出さなかった。

この日、彼はベッドを抜け出すと、窓の外に目をやり、二人の息子の家の屋根を眺めた。どちらの家を建てるときも彼が手伝ったが、そんなことがあったのは、遠い前世の話のような気がした。彼は息子たちに土地を与えただけで、所有権を息子に移すかどうか、移すならいつ移すのか、ということを明記した譲渡証書をわざわざつくってはいなかった。みんな、若い息子たちの結婚が近づいていることに夢中で、気もそぞろだったのだ。みんな、「前に進む」こと、最善をつくすことが肝心だと思っていた。土地の境界線がどこかなどということは、八年前に次男が死ぬまでは考えもしなかった。丈夫で活発だった次男が、煙突の掃除をしようとして屋根から落ちて首の骨を折った。親なら誰でもそうだろうが、子供に先立たれるとは思ってもいなかったので、それはほんとうに青天の霹靂の出来事だった。遺書はなく、家や土地の権利書もなかった。もともと誰もそうした文書が重要だとは考えていなかったのだ。彼は遅ればせながら自責の念に駆られて譲渡証書をつくり、次男の嫁が家と土地の所有権をもてるようにした。次男の死を予測できなかったように、しばらくしてその嫁が別の男を好きになり、夏だけやってくる無愛想な夫婦に地所を売ってハリファックスへ移ることになろうとは予想だにしなかった。その夫婦は二メートルを越えるフェンスを立て、不機嫌なピットブル（闘犬用のブルテリア）を飼ってそのなかをせかせか歩きまわらせた。彼は自分も建てるのを手伝ったその家に、持ち主が変わって以来足を踏み入れたことがなかった。

次男の家から長男のジョンの家のほうに視線を移した彼は、ちょっとこっちに来ないかと電話をしたくなったが、まだ朝早すぎるし、若い者はゆっくり休む必要がある、と思いなおした。彼は、今は悩める中年男となったジョンに深く同情していた。競争力をつけるためにと、資金を援助してジョンに大きな船を買わせたが、漁獲割当量が変更になって、新しい船は使うことも売ることもできずに放置されていた。この二年間、ジョンはシーズンになるとオンタリオ州のレミントンに出かけ、以前ニューファンドランド沖で知り合ったポルトガル人の漁師たちといっしょに漁をした。ソファベッドとホットプレートのついたエリー・ストリートの狭い部屋で寝泊りしながら、エリー湖でカワカマスやバス、スズキ、キュウリウオなどを捕った。エリー湖でも鳴きわめくカモメが船を追いかけてくる、とジョンは話していたが、それは別の種類の鳥だった。

彼はジョン一家を気の毒に思っていた。大きくなった子供たちはだんだん手に負えなくなっているようだし、その母親も口をきっと結んでやつれた顔をしていた。自分は舅であって夫ではないことを承知のうえで、でしゃばらない程度に力になろうとした。ジョンは二千四百キロ離れた町から途中で仮眠をとることもなく車を運転して、妻の誕生日を祝うために家に帰っていた。

彼は着替えをしながら、ゲール語で犬に話しかけた。「シェーウ・ヘイナ・ハ・タッピッヒ（おまえはりこうなやつだ）」。彼はいつも、この犬にもこの先代の犬にもゲール語で話しかけてきた。なぜかそのほうが自分と犬の祖先とのつながりが保てるような気がした。彼は、人々が彼の「バイリンガル犬」を面白がったり感心したりして、しつこくそう呼んでいることは知っていた。今、犬の真剣な表情を見ながら、この犬の天性の能力が使われていないことを痛ましく思い、胸がうずいた。生命がほとばしっている生き物であることを除けば、使われていないジョンの高価な船とどこか似ていた。その辺にわずかな数の鶏が散らばってはいるが、羊などの家畜を飼わなくなったせいで、この犬の天性を活かしてやれなかったと思った。

近くの農場にはもう柵のなくなったところが多く、家畜を飼うのはほとんど不可能になっていた。犬は本能に刺激され、鶏の後ろや、ときには幼い孫たちの後ろで家畜を追うポーズをとっていやがられていた。彼は犬の欲求不満にも気づいていた。犬はしきりに雌を求め、家畜を追いたがり、人間を喜ばせたがり、いつも期待を込めた茶色い目で彼を見つめ、指示を待っていた。ときどき、ピックアップ・トラックの助手席に乗って窓を通り過ぎる風景を眺めながら、遠くの丘に家畜の姿を見つけて急に興奮したりした。

彼が協同組合の駐車場からバックで出ようとして、近づいてきた車のフェンダーにぶつかったときも、犬がいっしょだった。損傷の度合いを調べている彼の耳に、「あんな歳でよく運転するよな。いっつも上の空でよ。犬に運転させたほうがましだろうよ」と言っている陰口が聞こえた。彼は運転資格検査を受けにいき、みごとに合格した。「私もそれぐらいの反射神経がほしいもんです」と検査官は言った。

犬といっしょに朝日を浴びに出てゆくと、ちょうどピックアップ・トラックが庭に入ってきたところだった。一瞬驚いたが、すぐに運転している若い男は知っている顔だと気がついた。彼が若い頃切り拓いた牧草地を徐々に覆ってしまったトウヒをほしがっている、「森の木を一度に全部切ってしまう伐採業者」の一人だった。彼は、こうした若い伐採業者たちのやる気満々なところや必死に暮らしを立てようとする姿勢には共感を抱いていたが、あまりの貪欲さが不愉快でもあり、そのあいだで悩んでいた。彼らはある区画の伐採権を手に入れれば、そこに見えるものは全部切り倒し、商品価値のある木やパルプ用材を取りつくすと、立木の廃墟と、切り捨てられた枝や質の悪い材木を残して去っていった。動力式の重装備をもちこんで、たちまちのうちに仕事を終わらせ、ときには男の背丈ほどもある穴を残してゆくのである。彼のような土地の所有者へは、コード数に応じた割合で伐採料が支払われた。

庭に入ってきた若い男は、スコットランド系の父の名を出して自己紹介し、期待するように「あなたの親戚です」と言った。

彼はその厚かましさにむっとして、この若い男が仕事をしたあとにはいろいろと面倒が残り、コード当たりの伐採料もごまかさずにきっちり払うわけではないという評判が立っていることを思い出した。

「おたくの木は、伐り出したほうがいいんじゃないでしょうかね」と彼は言った。「そちらにとってもいいし、私にとってもそのほうがいい。観光客なんかにみんな持っていかれる前に、全部切ったほうがいいでしょう」

一部の人にとっては観光客というのは泣きどころだった。観光客は清らかな水や汚染されていない空気に感動し、ここを最高のリクリエーションの場所と見て殺到しはじめていた。ニューイングランドから来る客が多かったが、ヨーロッパからの客も増えていた。彼らは遅くまで寝ていて、伐採業者ののこぎりの音がうるさいとよく文句を言った。夏には暑さを避けるために朝の四時頃から伐採を始めることが多かった。観光客は伐採が終わったあとの惨状を写真に撮り、環境保護を掲げる雑誌に載せることもあった。

「こっちは生活のためにやってるだけで」と若い男は言った。「自分たちにとって、ここはリクリエーションの場所なんかじゃないんです。ここは自分の生活の場なんです。あなたにとってもそうでしょう」。若い男の話には身につまされるような響きがこもっていて、彼の心に共感が込みあげてきた。

「いかがですか？」と男は続けた。「もうすぐ、観光客と政府が全部持っていってしまいますよ。漁だってそうなったじゃないですか。おたくの鮭網だって。北部の公園だってそうですよ。うかうかしてると、知らないまにみんなで自然保護区に住んでたなんてことになるんですよ」

この若い男が彼の家の鮭網を知っているのには驚いた。何世代にもわたって、彼の家はあの美しく繊細な網を海に入れてきて、その網はこれからも息子たちによって使われるはずのものだった。彼らは慣行として続けてきたこうした漁がそのうち政府に廃止されるのではないかと恐れながら鮭を捕っていた。彼らの捕る鮭などわずかな量だったが、それでもその鮭が夏の釣り人のために本土の川にのぼってくれれば、そのほうが利益になると考えられたのだ。そしてその噂は、結局、ほんとうだったことが証明された。

彼は「公園」という考えにも辟易した。もっと北に位置する国立公園は、ゆっくりと移動する氷河のように進むものらしく、ハイキング・コースや自然保護区として使うための土地がだんだん増やされていった。その一方で、その道筋に住む家族たちはいつ立ち退き命令がくるかと気をもんでいた。

「われわれのような人間は、政府や観光客にはかなわないんですよ」と若い男は言った。

「考えておくよ」と彼は、いらいらが募ってくるのとは逆に、ていねいな口調になるように努めながら言った。

「好きなだけ考えてください」と若い男は言った。「考えても事情は変わらないけど。これ、私の名刺です」と男はシャツのポケットから白い四角い紙を取り出した。

「いや、名刺はいい」と彼は言った。「あんたのいる場所は見つけられるから」

ピックアップ・トラックは小さな石を派手にまき散らして去っていった。

彼は、たとえば「俺がおまえぐらいの歳のときには、塹壕にいたよ」と言いたかったのだが、そんなことはいかにも老人の言いそうなことだったし、もしかしたら、たいして重要なことではないのかもしれなかった。

彼が地面を見つめながら、まだこの厄介な問題に思い悩んでいたとき、息子のジョンが近寄ってくるのに気がついた。ジョンは、二軒の家のあいだにある牧草地をひっそりと歩いて、いつのまにかそばまで来ていたのだ。

「やあ」と突然目の前にあらわれたジョンに、彼はぎくりとして言った。「あいつ、木を買いたいんだとさ」と、さっき訪ねてきた男のことを説明するつもりで付け加えた。

「うん」と息子は言った。「あのトラックでわかったよ」

二人は靴の先で小道の石ころをつつきながら、しばらく沈黙していた。それぞれが自分だけの思いや共通の思いを抱えた気詰まりな沈黙だったので、ぴかぴかの新車が滑るように小道に入ってきたときには、ほっとしたほどだった。彼も息子も、カジュアルな身なりの不動産屋の販売員には見覚えがあったが、後ろの座席に乗っているきちんとした服装のカップルは知らなかった。

「こんにちは」と不動産屋は言った。車から出てきて握手のために手を差し出すところまでが、まるでひとつの動作のようになめらかだった。「こちらは、海に面した土地を探していらっしゃるんです。六十キロ以上も走ってきたんですが、ここほど気に入られたところはなかったんですよ。ドイツからいらっしゃったんですが」といったあとで、声を落とした。「でも、完璧な英語を話せます」

「ああ、ここは売り地じゃないんでね」と彼の口からひとりでに言葉が出ていた。

「そんなことおっしゃらずに、まあ、こちらの買値をお聞きになってみてください」と不動産屋は言った。「ヨーロッパじゃ、こんな場所の売り地はないっておっしゃるんですよ」

彼がまだ朝早いことに気づいてびっくりしたのは、今日はこれで二度目だった。不動産屋が手数料を取って商売をしていることはわかっているが、なぜそれにいらだつのか、自分でもよくわからなかった。

ドイツ人の夫婦が車から出てきた。彼らは非常に礼儀正しく握手をした。「いいお天気ですね」と男が言い、妻のほうはにこにこしていた。「すばらしい土地ですね」と男が言った。「海のほうまで続いているんですか？」

「ええ」と彼は答えた。「海まで続いています」

夫婦はにっこりして、数メートル離れたところに歩いてゆくと、ドイツ語で話を始めた。

ジョンが彼の肩を叩いて手招きした。彼らも少し離れたところに移動した。ジョンがゲール語で話していると気づくまでに数秒かかった。「あの連中に、木もいるのか訊いたほうがいいよ。売るんなら、まず木を売って、そのあと土地を売るということもできるかもしれない」

彼は身内の裏切りとも思われるこの言葉に仰天した。二人がゲール語で憂鬱な話を続けているあいだ、ドイツ人の夫婦はドイツ語で会話を続けていた。不動産屋は両者の中間にあって、七月の太陽を浴びながら眉の上に汗をかいて大儀そうに立っていた。ひとつの言語しか話せない者の孤独ともいえる状態に追い払われたことに、少しいらいらしているように見えた。

「あの人たちに、木に興味があるのか訊いてみてくれ」とジョンが不動産屋のほうへ近づきながら英語で言った。低い声でこちらが問題にしている点を説明し、不動産屋がそれを夫婦に伝えた。夫婦はドイツ語で熱心に話しあっていた。

不動産屋は、説明上手な交渉人という役割に気をよくしている様子で戻ってきた。「木はどうでもいいようです。海の眺望をさまたげるだけだと言ってますんで。そちらの好きなようにできるわけです。所有権の取得は来年の春になりますから、それまでは好きなようにできますよ。相当いい値段を言ってくるでしょう」

ドイツ人の男が近寄ってきてほほえんだ。「ほんとうにすばらしいところですね」とくりかえした。そのあと、「この辺にはあまり人が多くないですね」と言った。

「そう、今はもうね」と、彼は気がつくと言っていた。「アメリカに行った人間が多いね。若いもんはハリファックスかオンタリオの南部へ行ってしまった」

「そうですか」と男は言った。「静かでいいところです」

彼はそばにジョンがいることを意識していた。

「これについては、ちょっと考えなきゃならんので」と彼は言った。

「もちろんです」と不動産屋は名刺を差し出した。「でも、早ければ早いほどいいですよ」

ドイツ人夫婦は微笑して彼の手を握った。「ほんとうにいいところです」と男がまたくりかえした。「早いうちにお返事をいただけるものと期待しています」

三人は車に乗りこみ、走り去りながら手を振った。

「親父にどうしろこうしろと言うつもりはないけど」とジョンが言った。「俺も人生のほとんどをここで生きてきたんでね。でも、親父はいつも言ってたよね、『前に進まないといかん』と、『だんだんよくなっていくさ』と。この話がうまくまとまったら、俺もしばらくは女房子供といっしょにいられるかもしれないし」。ジョンはしばらく父親の前で落ち着かなそうに立っていた。そしてようやく口を開いた。「さてと、もう行かなきゃ。じゃあね。シネ・ゲッド・ハー（こんなもんだよ）」

「うん」と彼は言った。「じゃあな。シネ・ゲッド・ハー」

「今日は暑くなりそうだな」と彼はひとりごとを言った。「コンドンズ毛織工場に行った日みたいに、暑くなるかな」。しかし、そのあと、コンドンズ毛織工場はもう存在しないのだと思い出した。

彼は犬を連れて小さな漁師小屋へ歩いていった。ドアを開け、壁にかかっていた美しい鮭網をおろした。コルクのブイを指でこすろうとしたら、さわっただけでぼろぼろに崩れた。彼は外に戻ってドアを閉めた。それから、かつて祖父の祖父が切り拓いた土地と、自分の手で切り拓いた牧草地を眺めた。そこにはかつてトウヒが生い茂っていて、そのトウヒは切り倒されて牧草地になったのだが、今また木が育っていた。木は潮のように引いたり満ちたりするものだと思った。もっとも、このたとえは正確でないとわかってはいたが。彼は海のほうに目をやった。目では見えない遠く離れたところに、アードナマーカン岬とその向こうに横たわる土地を想像した。彼はひとつの大陸の端に立ち、もうひとつの大陸の見えない端と向かいあっていた。自分が歴史物のドキュメンタリーに出ているような気がした。たぶん、白黒フィルムの映画に。

そばにいる犬が緊張して、低くうなっているのに気がついた。ふりかえると、隣のピットブルがこちらのほうに近づきつつあった。大きな野獣は、尖った鋲を埋めこんだ首輪をつけ、ゆっくりと慎重な足取りで進んできた。大きなあごを固く閉じ、ふくれあがった紫色の唇からビーズのカーテンのような涎をたらしていた。

ちらっとかたわらの犬を見おろすと、白と黒の毛が首筋から決然と逆立っているのがわかった。「俺たちは二人とも、強すぎる敵を相手にしている」と思ったが、口では穏やかなゲール語で「シェーウ・ヘイナ・ハ・タッピッヒ（おまえはりこうなやつだ）」と言った。

彼は太陽を見あげた。それはすでに真上を過ぎ、西へ傾こうとしていた。彼はそばで震えている犬を見おろした。「俺たちは、こんなことになるために生まれてきたんじゃない」と思った。そのとき、はるかかなたから、海を越え歳月を越えて友人の羊飼いの声が聞こえた。彼は右手をおろして、毛を逆立てた犬の首筋に指先を触れた。お互いに勇気を与えあうためのちょっとした動作だ。それから、彼と犬は同時に足を踏み出した。血の波立つ音が響く耳のなかで、もう一度声が聞こえた。「こいつらは最後まであんたといっしょだ」

著者謝辞

本書（注―全短編集『Island』のこと。邦訳では前半と後半に分け、それぞれ『灰色の輝ける贈り物』と『冬の犬』のタイトルで出版）に収められた作品が当初掲載された出版物は次のとおりであり、記して深く感謝する。

"The Boat"（邦題『船』）: *The Massachusetts Review*, 1968 ; *Best American Short Stories*, 1969.
"The Vastness of the Dark"（邦題『広大な闇』）: *The Fiddlehead*, Winter 1971.
"The Golden Gift of Grey"（邦題『灰色の輝ける贈り物』）: *Twigs*, VII, 1971.
"The Return"（邦題『帰郷』）: *The Atlantic Advocate*, November 1971.
"In the Fall"（邦題『秋に』）: *Tamarack Review*, October 1973.
"The Lost Salt Gift of Blood"（邦題『失われた血の塩の贈り物』）: *The Southern Review*, Winter 1974 ; *Best American Short Stories*, 1975.
"The Road to Rankin's Point"（邦題『ランキンズ岬への道』）: *Tamarack Review*, Winter 1976.
"The Closing Down of Summer"（邦題『夏の終わり』）: *The Fiddlehead*, Fall 1976.

（編集部注：以上『灰色の輝ける贈り物』に収録）

"To Every Thing There Is a Season"（邦題『すべてのものに季節がある』）: *Globe and Mail*, December 24, 1977.

"Second Spring"（邦題『二度目の春』）: *Canadian Fiction Magazine*, 1980.
"Winter Dog"（邦題『冬の犬』）: *Canadian Fiction Magazine*, 1981.
"The Tuning of Perfection"（邦題『完璧なる調和』）: *The Cape Breton Collection*, Pottersfield Press, Nova Scotia, 1984.
"As Birds Bring Forth the Sun"（邦題『鳥が太陽を運んでくるように』）: *event* magazine, 1985.
"Island"（邦題『島』）: *The Ontario Review*, 1988 ; Thistledown Press Limited Edition, 1989.
"Clearances"（邦題『クリアランス』）: "Festival of Fiction," CBC Radio/Canada Council for the Arts, 1999.
（編集部注：以上『冬の犬』に収録）

また、著者が必要としていたきわめて快適な執筆場所を提供してくださった、「イースタン・カウンティーズ・リージョナル・ライブラリーズ」のカースティン・ミューラー氏、および、「コーディ・アンド・トンプキンズ・メモリアル・ライブラリー」のロディ・コーディ氏にお礼を申し上げる。

さらに、A・G・マクラウド、マーディナ・スチュワートの両氏、およびウインザー大学のさまざまな援助と協力に感謝する。長いゲール語の歌詞の翻訳は、ドナルド・A・ファーガソン編 Beyond the Hebrides（1977）より引用した。重ねて感謝します。

アリステア・マクラウド

訳者あとがき

カナダの作家アリステア・マクラウドは、三十一年間に十六篇の短編を書いた。二〇〇〇年一月に、これらの短編をまとめた『Island』が出版されたが、本書はこの全短編集の後半八篇を翻訳したものである。前半八篇の翻訳は『灰色の輝ける贈り物』というタイトルで、本書と同じく新潮クレスト・ブックスとして二〇〇二年に刊行されている。

『灰色の輝ける贈り物』のあとがきでも触れたが、アリステア・マクラウドはたいへん寡作な作家で、一九六八年に最初の短編を発表してから一九九九年までに短編十六篇と長編一篇しか書いていない。一九三六年生まれ。一九六九年から二〇〇〇年までカナダ・オンタリオ州のウインザー大学で英文学を教え、家庭ではよき父親として六人の子供の成長に手を貸しながら、こつこつと短編を発表しつづけた。

カナダ国内で、文学界ではよく知られた短編作家ではあったが一般の読者にはあまりなじみのなかったマクラウドが一挙にブレイクしたのは、長編小説『No Great Mischief』を発表した一九九九年のことだ。十年あまりかかって書いたというこの小説は、出版と同時に高い評価を受けてベストセラーになり、カナダのさまざまな文学賞や国際IMPACダブリン文学賞を受け、マクラウドは「知られざる偉大な作家」（マイケル・オンダーチェ）「静かなる文学の巨人」（トロント・サン紙）と呼ばれて絶賛と注目を浴びることになった。この小説の成功のあと、短編を読みたいという要望に応えて『Island』が編まれた。

二〇〇三年十一月にもサンタフェで「ラナン文学賞」をもらっており、その評価と人気はまだまだ続いているようだが、インターネットの新聞や大学などの情報によると、最近は大学や地域で開かれる朗読会や講演会、創作講座での学生の指導などで、北米はもちろんヨーロッパやニュージーランドにも足をのばして飛びまわっているらしい。次の作品の発表まで、またしばらくかかるのかもしれない。

マクラウドの作品のほとんどはケープ・ブレトン島を舞台にしている。ケープ・ブレトン島といっても、多くの日本人には、そんな島があることも知らなかったような遠い存在だと思うが、『赤毛のアン』で有名なプリンス・エドワード島の東側にあり、カナダのノヴァ・スコシア州に属する。アメリカのボストンより数百キロ北、日本から見ると北海道より少し北の地球の反対側と言ったほうがわかりやすいだろうか。広さは宮崎県くらい、人口は十五万人（二〇〇一年）。冬の寒さは北海道より厳しい。それでも夏は意外に暑く、二十五度から三十度くらいに達することもあるという。

島にはハイウェイが走り、近年では観光地として、とくに夏のシーズンはたくさんの観光客でにぎわうそうだ。世界中を旅した電話の発明者A・G・ベルが「ロッキーより、スコットランドより、アルプスよりすばらしい」と称えたケープ・ブレトン島は、（写真や映画で見ると）複雑に入り組んだ海岸線が息をのむような絶景をつくりだし、島の中央にある大きなブラドー湖の湖畔は静かなたたずまいを見せて、「世界一眺めの美しい島」という賛辞もうなずける。

マクラウドの作品のなかで、イメージ豊かに描きだされているケープ・ブレトン島の景色には、あふれんばかりの作者の愛情が感じられる。カナダのサスカチェワン州で生まれたマクラウドは、十歳で両親の故郷であるこの島に移ってきて少年時代を過ごした。今でも毎年夏になると、プリンス・エドワード島を望む海のそばに曾祖父が建てた家で過ごすそうだが、その故郷の村ブロード・コーブから「ブロード・コーブ・パリッシュ」賞なるものをもらい、その「賞品」のひとつが、緑の丘に建つ白いその家のペンキ塗りだったという。

マクラウドの作品には、そんな地理的、あるいは歴史的な背景を知らなくても、物語自体に、読む人の心に響く強い喚起力がある。一人称を語り手とする「語り」の要素や、名前がほとんど出てこない「彼」や「彼女」を主人公とする民話的要素、読み返さないと気がつかないようなほのめかしなどをふんだんに取り入れながら、人間の生活や動物とのかかわり、自然の美しさや厳しさを描いた作品には、一篇一篇が濃く深く、いっきには先に進ませない引力というか呪縛力というか、強い力があって、引っぱられて戻ってみると、新しい発見があったりするのだ。

ただ、マクラウドが最もこだわって書きつづけてきたことのひとつは、スコットランド・ハイランドの流れを汲むルーツと、その背景にあるケルト的伝統であり、短編集の後半においては前半よりその色合いがだんだんと前面に出てきて、とくに「完璧なる調和」「幻影」「クリアランス」の三つは、他の作品がほのめかしの程度にとどまっているのに比べてこのテーマが強調されているように思われる。

ここではそうした背景について、ざっと述べておきたい。

カナダはご存じのようにロシアに次ぐ世界第二の面積をもつ移民の国である。混血の進んだ現代で民族のルーツの統計をとるのはかなり複雑な問題だが、カナダ政府の公式サイトの統計では人口約三千万人のうちスコットランド系は約四百十五万人とあり、かなりの割合を占めることはまちがいない。とくにノヴァ・スコシア（「ニュースコットランド」の意）には十八世紀から十九世紀にかけて多くの移民がスコットランドからやってきた。この時期にスコットランドからの移民が多かったのは、スコットランドのハイランド（高地地方）でおこなわれた住民の強制的立ち退き、つまり「クリアランス」という歴史的出来事による。

私たちはイギリス（英国）という国を「イングランド」と呼ぶことがあるが、正式には「大ブリテンおよび北アイルランド連合王国」といい、イングランドもスコットランドもそのひとつである。

スコットランドとイングランドの「君主連合」が成立したのは一六〇三年のことだが、十八世紀はじめにはスコットランドはイングランドに併合されたも同然の身になってしまう。ここには、イングランド対スコットランドといった単純な対立があってイングランドが嫌がるスコットランドを一方的に制圧したというわけではなく、内輪の権力争いや寝返り、保身、積極的なイングランドへの同化など、スコットランド人にも問題があったのだが、むろん抵抗勢力もいて、それが最終的に一掃されたのは一七四六年の「カローデンの戦い」という決戦においてだった。この戦いで「連合」国に反旗を翻したチャールズ王子とともに立ち上がったのが、ハイランドの戦士たちなのだが、戦いに敗れたハイランダーたちは、徹底的に追跡され虐殺されたという。そしてその後、反乱に加わったハイランドのクラン(氏族)に連なる人々は追放され、その土地は没収されて功績のあった貴族や政府軍に味方したクランの首長の領地となった。もっとも、このハイランド対ローランド(低地地方)という対立もそれほど単純ではなく、反乱派のハイランドの首長はむしろ少数派であったらしい。しかし、そのためにいっそう、勇猛果敢に戦って敗北し、故郷を追われた彼らの話は悲劇性を帯び、哀切さをもって語りつがれるようになったのだろう。

その後の領主たちは当時の羊毛の需要の増大に目をつけ、人手のいらない羊を飼ったほうが利益になるからと、ハイランドの広大な丘陵を牧羊地にしはじめた。そして小作人や住民たちを非情なやり方で追い出し、残っていた森林も伐採して牧羊地を広げていった。これが十八世紀半ばから始まる「クリアランス」と呼ばれる歴史的な出来事である。のどかに羊が草を食むなだらかな緑の丘の美しい眺めも、その裏には血塗られた歴史があったわけだ。

このように住民を力ずくで立ち退かせる政策は十九世紀のはじめまで続いたが、目に見える力より、目に見えないかたちでもっとダイナミックに人々をハイランドから追い出したのは「経済」の力である。結局、その後も、故郷で生活できなくなった人々は、貧しさからやむなく、産業革命の波を受けて労働者として工場や炭坑へ、また軍隊へと押し出されていった。

人々の向かった先は、ローランドや周辺の島々、イングランド、さらには北米やオーストラリアだった。そして、ノヴァ・スコシアのケープ・ブレトンにもたくさんのスコットランド人が新天地を求めてやってくる。島に住み着いた人々は、カナダ一の生産量を誇った炭坑や豊かな漁場や森林で働くことになった。
マクラウドの作品に登場するのはこうしたルーツをもつ人々であり、マクラウド自身もその一人である。

マクラウドがこだわって書いているスコットランドの文化的背景、すなわちケルト（ゲール）の伝統については、ここでくわしく触れる余裕はないが、とりわけ前述した三つの作品にはゲール語が多く出てきて、この滅びゆく言語に対するマクラウドの熱い思いが感じられる。また、マクラウドの短編には、文字をもたず歌（詩）や物語（伝説）によって歴史や心情を表現してきたケルト文化の影響が見られるものが多い。たとえば、「幻影」は数世代にわたる人々の運命の物語だが、いくつかの「伝説」が重層的に語られる。ここに登場する予言者とその予言の成就は有名な話らしく、いろいろなバージョンがあって、インターネットでこの伝説に関するサイトをいくつも見つけることができる。

歴史や経済や時代の変化といった抽象的な言葉の下には、それぞれに家族や愛する者のいる人間がいて、その人たちの血が流され、希望が奪われ、故郷から引き剝がされるように追い立てられたという具体的なドラマがあり、そういうドラマや人々の心情を、おそらくマクラウドも自分の物語に込めたかったのであり、それにこだわって語ることが普遍性をもつと信じていたのではないかと思う。そうした民族の悲劇は世界中にあり、今でも続いているのだから。

最後になりましたが、ゲール語の発音や意味を教えていただいた聖アンドリュー協会のチャールズ・マーシャルさん、ほんとうにお世話になり、ありがとうございました。そして、英語の解釈で力を貸してくださったロバート・リードさん、ていねいに原稿を見てくださった新潮社の福島知子さん、高城琢磨さん、いろいろ助けていただいた松家仁之さん、ありがとうございました。

なお、「冬の犬」は岩元巌氏の訳で『ドッグ・ストーリーズ』（新潮文庫）というアンソロジーに収められており、参照させていただきました。

スコットランドの歴史やケープ・ブレトン島については、いろいろな本やインターネットのサイトを参照しましたが、おもな文献は次のとおりです。

森　護『スコットランド王国史話』（中公文庫）
小林章夫『スコットランドの聖なる石』（NHKブックス）
ナイジェル・トランター『スコットランド物語』（杉本優・訳　大修館書店）
富田理恵『世界歴史の旅　スコットランド』（山川出版社）

二〇〇三年十二月

中野恵津子

Winter Dog
Alistair MacLeod

冬《ふゆ》の犬《いぬ》

著者
アリステア・マクラウド
訳者
中野恵津子
発行
2004年1月30日
9刷
2017年8月30日
発行者　佐藤隆信
発行所　株式会社新潮社
〒162-8711 東京都新宿区矢来町71
電話 編集部 03-3266-5411
読者係 03-3266-5111
http://www.shinchosha.co.jp

印刷所
株式会社精興社
製本所
大口製本印刷株式会社

ISBN978-4-10-590037-3 C0397

灰色の輝ける贈り物

The Golden Gift of Grey
Alistair MacLeod

アリステア・マクラウド
中野恵津子訳

カナダ、ケープ・ブレトン島の苛酷な自然の中で、漁師や坑夫を生業とし、脈々と流れる〈血〉への思いを胸に生きる人々。祖父母、親、これから道を探す子の、相克と絆、孤独、別れ、死を、語りつぐ物語として静かに紡いだ、寡作な名手の処女作からの八篇。

CREST BOOKS